妝點好日子 2

顧紫 著

目錄

第三十一章

傅聽闌喝了一盞茶，與賀複聊了些賀複感興趣的字畫、印章之類的話題，就離開了。

賀複親自將傅聽闌送到門口，然後趕緊去了賀夫人那裡，說起賀語瀟幫長公主化妝的事。

「哎呀，都是妾身不好，把這事忘了。」賀夫人是真的剛想起來。「那日長公主府還送了賞來，原本是想著語瀟回來讓她拿回去，結果出了語彩的事，我便把賞賜給忘了。」

「無妨，傅公子沒提賞賜的事。不過他今天過來，的確是解了咱們府上的燃眉之急。長公主府都沒有避嫌，其他家看在眼裡，應該很快就會跟咱們重新走動起來。」賀複喜道。這樣他有了臺階下，就可以去上值了。

果然，傅聽闌這一出面，關於賀語彩和魏三公子的傳言在第二天便驟然減少，似乎一夕之間，大家就把這事給忘了。雖然注重名聲的人家肯定不會再與賀語彩往來，但這並不影響他們與賀府保持良好的表面關係。

傅聽闌一離開，長公主府送的賞賜也如數送到了百花院。賀語瀟看著這些珍珠、瑪瑙和各種首飾，覺得自己發大財了——不愧是長公主府，出手就是這麼大方。

賀語瀟正美美地點著這些賞賜，姜姨娘就拿著點心回來了。

「姨娘，忙完了嗎？」賀語瀟拉著姜姨娘坐，給她倒了茶。

姜姨娘笑道：「恐怕今天之後，這家裡的瑣事就不用我管了。」

「怎麼說？」賀語瀟問。

「魏家來人了。」

短短幾個字，能解讀的空間可太大了。

賀語瀟驚訝。「怎麼這會兒來人了？不裝死了？」

姜姨娘笑了，喝著茶說：「能為什麼？還不是因為傅公子來過了嗎？」

之前賀複已經按姜姨娘說的把那番說辭散布了出去，給賀府找回一點顏面，但魏家還是沒有主動上門來。而這次就不一樣了，那是惠端長公主府，連皇上都向著三分呢，誰也得罪不起。

「這麼說，三姊姊和魏三公子有戲了？」賀語瀟問。

其實對賀語彩來說，魏三公子是最好的選擇了。如果嫁不進魏家，不知道會被挑個什麼樣的人家過此一生了。

姜姨娘倒是沒有那麼樂觀。「難說，魏三公子是嫡子，讓他娶一個從四品官的庶女為妻，怕是不在魏家的預計之內啊。」

賀夫人是在自己院子見的魏夫人。為了不低魏夫人一頭，讓人看輕，她特地好生打扮了一番，輸人不輸陣。

魏夫人年紀比賀夫人大上幾歲，身形略顯富態，高髻上簪著金釵，很有正三品夫人的樣子。坐在椅子上的姿勢也相當端正，似乎賀府若拿一般的茶具招待她，都配不上她的儀態。

「魏夫人。」賀夫人姍姍來遲。「讓魏夫人久等了，不知妳要過來，招待不周。」

賀府與魏府從未往來，最多就是在宴會上遇到，也說不上幾句話。

「賀夫人客氣了，本該先差人來打聲招呼的，結果我家老三求著我趕緊過來，妳也知道，哪有母親拗得過孩子的？」魏夫人笑得一臉和善。

這話幾分真、幾分假賀夫人心裡有數，這會兒也沒必要計較，便道：「不知魏夫人今天來，是為何事？」

這個時候裝傻還是要裝的，畢竟之前賀家已經放出話，說並不是私情，而是為了送魏家姑娘禮物，兩個人才見面的。魏夫人也不傻，這會兒不是拿喬的時候，而且現在是他們家不想得罪賀家，自然能服軟的話還是服軟比較妥當。

「是這麼回事。」魏夫人滿臉笑意，比賀夫人房裡插瓶的鮮花看著還要燦爛。「也是我之前沒瞭解清楚，不知道我家老三的心意。沒想到他居然喜歡上了妳家三姑娘，跟我說想迎她進門。也是妳家三姑娘與我家姑娘一起玩的時候，遇到過我家老三幾回，可能賀三姑娘沒上心，但我家那傻小子卻上心了。之前那些傳言讓人誤會，我們家也有責任。所以這不，在瞭解完情況後，我就趕緊來了。」

魏夫人這能屈能伸的性格在京中再常見不過了，彼此都是為家族打算的女人，誰還不知道誰呢？

「還有這事？」魏夫人既然沒繞彎子，也沒硬給自己找面子，賀夫人自然順著臺階往下了。「這事鬧的，若是魏公子早些與妳說，或者我們家語彩早些發現魏公子的心思，也不至於鬧出這事來。」

兩位夫人聰明地各自裝著糊塗，把一件不怎麼光彩的事說得兩家都有面子了。

「誰說不是呢？」魏夫人見賀夫人給面子，臉上的笑容都真誠起來了。她來時還擔心因為賀語彩找到魏府，魏府避而不見的事會惹怒賀家，從而要費一番心力。沒想到這賀府居然是個好說話的，這樣她就安心了。

其實對賀夫人來說，賀語彩嫁到魏家對她來說是最不失顏面的，可一想到賀語彩嫁得比她女兒好，又是心儀的對象，她這心裡多少還是不太爽。不過她也知道，魏家這麼會見風使舵，未必是個好相與的，賀語彩就算嫁過去，也未必能過得稱心。

「這事我得問一問語彩，最後還得看她的意思。」賀夫人一副善良嫡母的樣子。

魏夫人忙道：「賀夫人對庶女真是沒得說了，咱們京中論嫡母對庶女的重視和包容程度，賀夫人當屬前列。」

「都是自家孩子，我們家裡也沒有兒子，以後還要靠她們姊妹幾個相互幫襯扶持呢。」

哪怕知道魏夫人這是在刻意恭維她，賀夫人依舊很受用。

魏夫人喝了口茶，又道：「既然賀夫人爽快，那我也不遮掩了。不瞞妳說，其實我們家老三是已經訂親了的。」

這點賀夫人還真不知道，但似乎又在情理之中，便問：「不知是哪家的姑娘？」

「是國子監司業家的嫡長女。」魏夫人道：「這是兩個人從小就訂下的娃娃親，原本我們府計劃明年正式下聘，沒想到老三遇到了賀三姑娘。所以按順序來說，我們家只能委屈賀三姑娘做個妾室了。不過賀夫人放心，我們家可以讓賀三姑娘先進門，明年再迎娶正室。」

先不說事實是不是如魏夫人所說，聽魏夫人這樣講，的確是國子監司業家在先，賀語彩在後。而且國子監司業也是從四品，與賀複品階一樣，人家又是嫡長女，理應為正室。再說，魏家肯讓賀語彩先進門已是厚道了。

賀夫人笑起來。「魏夫人能如實告之，可見是重視語彩了。這事等我問過語彩後，再給魏夫人答覆。」

魏夫人忙點頭。「好，那我就靜等賀夫人的消息了。」

魏夫人此次前來的目的很快在下人中傳開，露兒也第一時間給賀語瀟帶來消息。

「只肯讓三姊姊當妾？」賀語瀟眉頭一皺，庶女當妾很正常，但賀語彩忙活了好幾年，肯定不單單只想當個妾吧？而那魏三公子既然已經訂親，又與賀語彩不清不楚，人品是有些問題的。

「是呀。夫人還沒去風嬌院，三姑娘應該還不知道。」露兒說。

賀語瀟估計是要等她父親回來，夫人與她父親商議後，再告知賀語彩了。

「姑娘，您覺得三姑娘會答應嗎？」露兒好奇地問。她倒不是想私下議論主子，只是覺得如果府裡的姑娘都是正妻，那她家姑娘以後嫁人，家裡肯定會往正妻上挑。可如果出現一個妾，那她家姑娘怎麼許人就難說了。

「會吧……」賀語瀟在心裡嘆了口氣。在給魏三公子當妾和嫁一個普通人家之間挑，她認為賀語彩會選前者。

賀語瀟沒把消息帶給賀語彩，倒是帶給了賀語芊，這中間依舊有試探的意味。

「什麼？魏家來提親了？」賀語芊滿臉難以置信，似乎表情都要裂開了。

「是啊，可能是魏家三公子與家裡提了，經過商議魏家還是同意了。」賀語瀟故意沒提當妾的事，反正她這樣講也不算錯，如果賀語芊讓丫鬟在府裡問一問，也很快就會知道實情。

「那、那真是恭喜三姊姊了。」賀語芊語氣聽著有些勉強。

「是啊，不過這事估計要等父親回來，母親與父親商議後，才能定下來。」賀語瀟道。

「這樣啊……」賀語芊說得心不在焉。

傍晚，賀語瀟去賀夫人那兒問安，賀夫人問了賀語彩的情況。賀語瀟說她還在絕食，不過鄧姨娘實在怕她這樣輕生，昨天晚上硬給她灌了半碗粥。賀語彩好幾天沒吃飯，根本沒力氣抵抗，倒也吃了一些。

「那就好。」賀夫人想得是萬一人餓得瘦脫了相，回頭進魏府不好解釋。

兩人正說著，羅嬤嬤來報，說賀複回來了，正往棠梨院來。

賀語瀟隨著賀夫人起身，準備迎自己的父親。可還沒等她們見到賀複，就聽下人驚叫「不好了，四姑娘落水了」。

賀語瀟和賀夫人對視了一眼，趕緊帶著下人朝聲音傳來的方向趕去。

賀複已經先一步到了，下人正把已經沒了知覺的賀語芊拖上岸。

「趕緊去請大夫。」賀夫人喊道。

賀語瀟接過丫鬟拿來的乾淨衣服給賀語芊蓋上，賀語芊的丫鬟淼兒跪在賀語芊身邊一邊哭、一邊喚她。

羅嬤嬤上前察看。「老爺，夫人，四姑娘還有氣息，可能只是驚嚇暈過去了。」

見人還活著，賀複和賀夫人都鬆了口氣。

「怎麼回事，妳們這些丫鬟、婆子是怎麼伺候的？語芊不是在自己院子休養嗎？怎麼會落水的？」賀夫人怒斥。

淼兒抽噎著回道：「回夫人，四姑娘昨天晚上作了噩夢，今天醒來精神就很不好，加上養傷待在屋子裡時間太久，人可能也憋悶得慌，就讓奴婢扶著出來走走。原本是到小湖邊賞景的，可能是姑娘精神恍惚，一個沒站穩，就掉進湖裡了。」

賀語瀟滿腦袋問號，明明她去和賀語芊說話的時候，賀語芊精神還挺好，也不像沒睡好的樣子啊。

就在這時，賀語芊悠悠轉醒了，淼兒趕緊去扶她。而賀語芊第一個看向的就是賀複，然後立刻紅了眼睛，問：「父親可願意陪女兒一會兒？」

賀複這人無論心裡怎麼想，表面工夫都是不差的，見賀語芊這樣，不禁問道：「妳這是怎麼了？」

要知道，往常賀語芊與他並不算親近。

賀語芊抹了抹臉上剛滑下來的眼淚，輕聲說：「女兒昨日夢見姨娘了，醒來想起，難免悲傷，想讓父親陪女兒說說話，跟女兒說說姨娘的事，行嗎？」

她這副柔弱無力，又煩悶無處排解的模樣，但凡是個做爹的，都不可能視而不見。

賀複便痛快地應了，讓人把賀語芊抬回去，他換身衣服就去賀語芊院裡陪她用晚飯。

這可真是把賀語瀟看得一愣一愣的，她都不知道要做什麼反應。不過無論賀語瀟怎麼想，賀複今日就是沒去賀夫人那兒，而是和賀語芊搞起了父慈女孝那一套。

賀語瀟托著下巴望天，不知道賀語芊搞這一齣是為了什麼。就算今天她爹不知道魏家來的事，明天也會知道，總不至於一個晚上，賀語彩就餓死了吧？

第二天一早，賀複到賀夫人那兒用早飯，得知昨日魏家來商議婚事了。這著實讓他鬆了一口氣，至少這下他在同僚那裡總算徹底能抬起頭了。

「這事我還沒問語彩，得先跟老爺商量了才行。魏家的意思是讓語彩做妾，老爺覺得呢？」賀夫人問。

如果說之前因為賀語彩有機會嫁給魏三公子，賀夫人不太高興的話，現在只是做個妾，這種不滿反而消失了。妾，說白了就是個奴才，就算兩情相悅又如何？等魏三公子的正室進門，賀語彩能有什麼好日子過？

「妳且去問問語彩的意思吧，如果她願意，就應了魏家。她生母是妾，她給人當妾也不是使不得。」賀複說。妾室在魏家肯定是說不上話的，但此時的他已經不想攀魏家這見風使舵的高枝了。

「好，一會兒吃完飯我就去風嬌院問問。不過老爺，咱們家姑娘目前沒有給人做妾的，這嫁妝怎麼個給法，老爺可有主意？」賀夫人自然是不想多給，但她又不想當那個出頭鳥，最好還是問過賀複再決定。

賀複想都沒想，說：「別人家女兒做妾是什麼嫁妝，咱們家照著來就行了。」

賀語彩聽到魏三公子肯娶她的消息，立刻喜極而泣。鄧姨娘也跪在地上直唸「上天保佑」。可等下一秒知道魏家只肯讓她做妾時，賀語彩臉脹得通紅，喜色頓時減了一半，整個人都不知道應該怎麼反應了。

鄧姨娘軟倒在地上，她與女兒謀劃多年，就是想高嫁出人頭地，怎麼到頭來只能做妾？

「魏三公子沒跟我說他有婚約啊……」賀語彩喃喃道。

「這妳就得問魏三公子了。至於魏家，人家不知道妳的打算，自然不會提婚約的事。」賀夫人這話帶著嘲諷。

「做妾就做妾！我相信魏三公子是真心待我的，就算做妾我也願意！」賀語彩咬著牙道。事情到了這個地步，她也沒有退路了。

「那我就讓人去回魏家的話了，到時候讓魏家挑個好日子，把妳抬進門。」這下婚禮、婚宴都省了，只需稍微準備一下嫁妝，一頂小轎就解決了。

等賀夫人離開，鄧姨娘抱著賀語彩哭起來。「妳的命怎麼這麼苦啊，經營多年，最後卻是去做妾了。」

賀語彩拍了拍自己的姨娘，說：「姨娘別慌，我還有機會的。反正正室要明年才會下聘，如果我在下聘前懷上孩子，說不定魏家就改變主意，把我扶正了。」

鄧姨娘一聽覺得有理，忙抹了抹眼淚，道：「沒錯沒錯，妳先歇著，我得趕緊去給妳做點補氣血的吃食，妳得把身體養好，才好懷孕呢。」

羅嬤嬤帶著人去魏家回信，回來時又帶了新消息，說國子監司業家的姑娘不知道從哪兒知道的消息，今天一早派人去和魏府說，不希望妾室先進門，讓魏府盡快挑個好日子下聘，等她與魏三公子成婚三個月後，再抬賀語彩進門。

「國子監司業家的姑娘是怎麼知道的？」賀夫人疑惑。

人家訂親的姑娘提這個要求是完全合理的，沒有要退婚，也沒有不許魏家三公子納妾，算不得妒婦，別人知道還要誇一句魏三公子好福氣。

「這個老奴也不清楚，會不會是魏家派人去說的？」羅嬤嬤猜測。

賀夫人搖搖頭。「應該不是，魏家若想讓對方知道，早前就應該去說了。既然是先來咱們家，那就表示是想瞞著國子監司業家先辦了，來個先斬後奏。」

羅嬤嬤一聽，覺得很有道理。「那夫人準備怎麼辦？」

賀夫人一笑。「不怎麼辦，如實跟賀語彩說吧。她樂意嫁，我還能攔著她不成？」

她就是見不得流著賀複血的任何一個子女過得好，如今這個國子監司業家的姑娘也是個厲害的，正合她的心意。

第三十二章

賀夫人本就不想給賀語彩留臉面，下人自然把這事傳得全府皆知，當然也傳進了賀語瀟的耳朵裡。

賀語瀟抽空去看了賀語彩，她是有心勸一勸的，這時代多數女子都以為只要有夫君的寵愛就夠了，名分並不重要。可賀語瀟不這麼看，她不否認世上有許多一生一世一雙人，也相信愛情的存在，但也有喜新厭舊，見異思遷的男人。賀語彩與魏三公子相處尚少，瞭解尚淺，怎麼能確定對方到底是什麼樣的人呢？況且，連名分都不能給，算什麼愛情？

「三姊姊，妳真的想好了？」賀語瀟問。

好好吃過飯的賀語彩臉色比之前好了不少。「當然。」

「做妾不比正妻，妳這是何必呢？」賀語瀟不能理解。

賀語彩看著賀語瀟，似乎到了現在，也沒什麼話不能說了。「我也不怕跟妳說，我從小就立志要嫁進高門，過無憂無慮的富貴日子。妳不常參加那些貴女們的聚會，可我是常去的。我看著她們別致華貴的衣衫首飾；看著她們銀錢不愁，要什麼、有什麼；看著與我一樣出身不高的姑娘要恭維那些貴女，無論是不是真心，都要把話說得讓對方高興……那時我就暗暗發誓，我一定要成為那樣被捧著的人。」

賀語彩望著窗外，表情很輕鬆。「我這人心氣高，妳也是知道的，所以每次我去恭維別人，都讓我覺得很難受，那不是我發自內心做的，也不是我想要的生活。」

「可家裡沒缺妳吃，也沒缺妳穿，妳的日子過得已經很好了。」賀語瀟還是不能完全理解賀語彩的想法，如果不想恭維別人，那像她一樣不參加聚會就是了，又沒有人拿刀架在她脖子上。

「妳還是見識得太少，我看似什麼都不缺，但手裡的零花錢可能連貴女頭上一個最普通的髮簪都買不起。妳知道那種羨慕又窘迫的心情嗎？」賀語彩完全沈浸在自己的思想裡。

賀語瀟沒說話，她也會有遇到許多自己喜歡但買不起的東西的情況，這個時候她就會果斷放棄，想都不會再想。

賀語彩並不在意賀語瀟是什麼想法，自顧自地繼續道：「從柳家和翟家的事後，我就知道我的婚事拖不了了，我必須為自己打算，我要過上我想要的生活，所以我必不能嫁一個普通人。魏三公子是目前對我來說最好的選擇，魏家富足，品階又是官員之前，錢權都不缺，魏三公子受寵，自然更不會短金少銀了。雖然沒能成為正室肯定有遺憾，但與嫁普通百姓相比，做魏三公子的妾室肯定還是更好些。」

「可是做了妾室，上頭有正室壓著，妳的日子就真的能如妳所願？妳不想恭維別人，可為了生活，還不是得恭維正室？」賀語瀟通過國子監司業家姑娘這一波小操作，就知道她不是個好相處的，但哪個元配又會想跟妾室好好相處呢？

「開始肯定難一些，但妳我都是庶出，都是跟著姨娘長大的，怎麼在家裡得寵不是有現成的經驗嗎？我在家裡可能需要恭維正室，但三公子若帶我出去，就是別人恭維我了。等我生下兒子，魏家說不定能抬我做個貴妾，日子肯定差不了。」賀語彩似乎已經把自己的人生都規劃好了。「如果上天眷顧，那國子監司業家的姑娘是個不好生養的，那抬我做個平妻也不是沒可能，到時候我的人生就大不同了。」

「既然妳主意已定，那我也沒什麼好說的了。做妾的嫁妝不會太豐厚，妳和鄧姨娘恐怕要自己添補一些了。」賀語瀟善意地提醒。

「我知道。」賀語彩笑了，笑得很開心，似乎是為自己未來的美好生活，又像是為自己終於達成了目標。

賀語彩沒拒絕，賀家自然要為她的婚事忙碌起來。嫁妝不必太豐厚，可喜服還是要做一件的，就算不能穿正紅色，這東西也不能沒有，否則會讓人笑話。不過這些倒不急，按現在這個情況，等賀語彩嫁過去也得年底或者明年了，準備時間充足。

這事解決了，賀語瀟的店終於能重新營業。雖然算一算才過去沒幾天，但賀語瀟卻覺得像過了一個月那麼長。

到店的第一件事當然是給地湧金蓮澆水，好幾天沒澆水，加上天氣這麼熱，地湧金蓮都顯得蔫蔫的，連香氣都不那麼濃郁了。

露兒熟練地打好水，擰濕了抹布開始擦拭店內各處。

「慢慢來，不急，天熱，估計今天也沒什麼客人。」賀語瀟說。

「好，姑娘歇著吧，有什麼事吩咐奴婢做就行了。」露兒勤勞得像隻小蜜蜂。

賀語瀟笑說：「哪能閒著啊？妳忙妳的，我去後面把亞麻籽曬上。」

趁著今天天氣好，早點曬乾、早點儲存。

忙完手上的事，賀語瀟又煮了一鍋酸梅湯，準備冰到井裡，下午可以喝。

「姑娘，有客人來了！」露兒在前面喊她。

賀語瀟沒想到這麼快就有客上門，趕緊放下手裡的活計，去了前面。

來人是兩個丫鬟打扮的姑娘，看衣著應該是近身伺候貴人的貼身丫鬟。

「兩位姑娘想看些什麼？」賀語瀟迎上去。

大概是沒想到賀語瀟願意親自接待她們，兩個人愣了一下，穿粉裙的姑娘先回過神來，忙道：「我們想看一看畫花鈿用的刷子。」

聽到終於有人肯看她的刷子了，賀語瀟一下就來了精神，引著兩個人走到放刷子的櫃子。「刷子都在這裡了，兩位姑娘慢慢看。」

「姑娘這兒的刷子好多呀！」黃裙姑娘看到那成排的刷子眼都花了。

「各有各的用途，像這一把細小的，畫花鈿的細節就很好；這把扁平的可以勾勒眉形；這把小刷子比較適合做眼尾的眼影加深。就看兩位姑娘是想做什麼用了。」賀語瀟簡單介紹了幾款，生怕介紹太多，容易讓人有選擇困難症。

粉裙姑娘笑道：「五姑娘心思細，所以才能做出這麼多用途不同的刷子。上次家中主子在伏日宴上見到了長公主的妝，驚為天人，羨慕得不得了，奴婢們沒有五姑娘這樣的手藝，就只能在這些小東西上下些工夫了。」

賀語瀟平易近人，她們做丫鬟的自然願意與她多聊幾句。

「兩位姑娘有心了，能做貼身侍女肯定是有些本事的，不需要妄自菲薄。這些刷子的主要用途是為了能夠更好上妝，可以先買兩把回去試試，如果用得順手，再來買其他的就是。」賀語瀟並不急於推銷，聽這兩個丫鬟的意思，想必那日喜歡惠端長公主妝容的人不在少數，既然能打聽到妝容出自她手，早晚都會有人過來挑妝品，以求能化出那樣好的妝面。她只要靜候客人上門便是。

「五姑娘說得有理。」粉裙姑娘見她這樣好說話，又不會看不起她們這些丫鬟，自然願意在她這兒買東西，以後也樂意常來。

如賀語瀟所料，果然這一天陸續有人來買妝刷和妝品，算是賀語瀟的妝鋪開業以來最熱鬧的一天。

賀語瀟拍了拍自己鼓鼓囊囊的荷包，這幾天在家待著的煩悶都煙消雲散了——賺錢能解百憂，這話今天她是真信了。

在這天快關門的時候，傅聽闌來了。

時間不早，賀語瀟簡單與他寒暄後，便問：「傅公子今天過來，有事？」

「沒什麼特別的事，正好路過，看妳開門了，就過來看看。順便和妳說一聲，商隊一路很順利，再二十來天應該就能到達目的地。」傅聽闌道。他的商隊送信很頻繁，是怕路上出了狀況不能妥善處理，所以幾乎每兩天就會有消息傳到他這兒。

「那我就放心了。」賀語瀟想知道的就是這個，如今一切順利，她就沒有什麼可擔心了。「對了，之前去西邊的商隊給我帶了話，說面脂賣得很好，讓我多做一些。如果你那邊也賣得不錯，記得提前跟我說，我好準備下一批，以免耽擱了。」

「沒問題，有消息我會第一時間通知妳。」傅聽闌點頭，又道：「如果兩邊都要面脂，妳可忙得過來？」

賀語瀟不敢托大，如實說：「做面脂不費事，主要還是原料。到冬天花都謝了，就沒辦法做純露了，所以要趁花開得好的時候摘取留存，不過也不確保夠用。今年就這樣了，明年我準備多種些花。」

「妳地方有限，再怎麼種也未必跟得上需求。」傅聽闌知道是要靠大量的鮮花做原料，也上心起來。「除非妳能租個院子專門種花。」

「我倒是想啊，但京中租金高，我又是小本生意，本想著讓西邊乾旱地區的百姓能用上價格便宜又好用的面脂，所以就算賣得好，也不能抬高價格。」她給貴女們化妝和賣一些妝品，的確是有得賺，但這也僅能讓她吃喝不愁，買些合心意的小玩意兒開心一下，並不等於能沒有壓力地買或租京中院子。

傅聽闌一笑。「妳這麼說，我倒是有個能種花的地方，那邊空氣好，又不需要租金。想冬季開花是難了些，可早春開花肯定比京中大部分地方早。」

「哦？這不錯啊，可怎麼不需要租金呢？」賀語瀟挺想要這塊地方的，自然要打聽一下。

「是我在京郊的一處山間小莊子，自然不用租金了。」傅聽闌笑看著她。

他逗她呢！賀語瀟很是無語。「那你說這些對我也沒用啊！」

「怎麼沒用？我可以跟妳做個生意。我提供鮮花，妳到時候給我的進貨價再低一點，如何？」傅聽闌似是找到了新的合作機會。

「這倒是可以，你讓我再考慮一下。你讓人種植鮮花，總是要給工錢的。」賀語瀟在算這方面的成本，她不想讓傅聽闌賠錢。

「這妳就不用操心了，我家看莊子的都是家僕，沒有額外的工錢需要給，只是占點地方種植罷了。」這就是家有私產的好處，想怎麼折騰都行。

這下賀語瀟來了精神。「這個可以，看看你的商隊這一批貨物賣得怎麼樣，如果賣得好，那我就占個便宜，與你詳談鮮花的事。」

傅聽闌出地出人，她等著收花製作就行，她的面脂成本不高，讓利給傅聽闌沒有問題，是雙贏的好事！

回去的路上，賀語瀟雖沒特地往春影巷跑，但也沿路買了些零食。天氣熱，大家吃飯都沒胃口，需要一些酸甜開胃的小零食來刺激食慾。

提著東西回到家，剛走到棠梨院門口，就聽到賀語彩幾乎發狂的大聲叫罵。

「妳這個賤人，平時看著不爭不搶的，沒想到一肚子壞水！整天裝柔弱、裝無辜，沒想到背地裡挑事，說人壞話妳是一個頂十個！妳就是披著兔子皮的黃鼠狼！我是哪裡得罪妳了？妳這樣壞我名聲，攪和我與魏三公子的姻緣，妳是不是就見不得我好？」

賀語瀟腳步頓了一下，這會兒她不知道應不應該進去了。

這明顯是家裡之前查的事有了眉目，而且如她所料，與賀語芊脫不了關係。

羅嬤嬤看到她回來了，快步走了過來，低聲道：「五姑娘，老爺和夫人都在裡面，四姑娘弄出些事，估計還有得鬧呢，要不您晚一點再來請安？」

賀語瀟想知道來龍去脈，便道：「既然回來了，我還是進去請安吧。正好買了些開胃的吃食，估計母親等等更沒胃口吃飯了，給她墊一墊，開開胃也是好的。」

一聽是給賀夫人買了吃食，羅嬤嬤立刻就不勸了，道：「那老奴帶您進去。」

進了主屋，就見賀複和賀夫人坐在主位上，賀語芊跪在地上，哭得一臉委屈，賀語彩站在一邊，氣得渾身發抖。

賀語瀟規規矩矩地向父母請安，裝作剛才什麼都沒聽到的樣子，道：「回來的路上給母親挑了幾樣開胃的零食，母親嚐嚐。」

說著，賀語瀟將零食放到了賀夫人手邊的方桌上。

「妳有心了。」賀夫人本來就沒胃口，加上眼下這事更是煩心。賀語瀟有心給她帶吃的，她的心情稍微緩和了些。

賀複見賀語瀟如此孝順，覺得閨女總算有個沒白養的。

賀語瀟這才把目光轉向兩位姊姊，問：「這是怎麼了？」

不等賀夫人開口，賀語彩就嚷了起來，那嗓門巴不得把說的話傳到大街上。「這個賤人幹的好事！我和魏三公子的事，就是這小蹄子讓人傳出去的！我現在是想明白了，她那日與我說什麼魏三公子在悄悄與其他姑娘說話，都是騙我的，就是為了讓我去見魏三公子，好落下話柄！」

賀語瀟做出一副驚訝的表情。「四姊姊？會不會是所查有誤啊。」

她可不能表現得太精明，對著賀語芊這樣的人，就得表面裝傻，內心提防才行。

還沒等賀語彩再說什麼，就聽賀語芊哭道：「父親、母親、三姊姊，這真不關我的事啊！我真不知道這事是淼兒傳出去的，是淼兒自作主張，與我無關呀！」

說著，賀語芊往前爬了兩步，抓住賀複的衣襬，繼續哭道：「父親明鑒，三姊姊的名聲若壞了，對我又有什麼好處呢？」

這話聽著真的是一點毛病都沒有，賀語瀟也不明白賀語芊這麼做到底是為了什麼。

「別在這兒裝無辜，如果沒有妳的授意，妳那丫鬟敢亂說話嗎？」賀語彩尖叫。

賀語瀟揉了揉耳朵，覺得應該先塞兩坨棉花再進來的。

「可我沒理由讓她傳那樣的話呀！」賀語芊還是咬死了這一點。

「把淼兒帶上來。」賀複冷聲道。

家裡的丫鬟都由賀夫人管教，從來沒出過差錯，所以賀複既不願意相信自己的女兒會幹出這種事，又不能相信是賀夫人沒管好丫鬟才出了這種事。

第三十三章

不一會兒，淼兒就被帶了上來，整個人抖如篩糠，兩頰紅腫，一看就是被教訓過了。

「真的是四姑娘指使妳傳話的？」賀複一臉寒意地問。

淼兒一頭磕在地上。「老爺明鑒，若非四姑娘吩咐，給奴婢一百個膽子，奴婢也不敢亂說啊！」

「妳血口噴人！」賀語芊的聲音也尖銳起來。「妳到底是受了什麼人的指使，來這樣冤枉我？我與妳主僕一場，自認向來待妳不薄，妳為何要冤枉我?!」

淼兒明顯傻了，似乎完全不知道如何回答，只能難以置信地看著賀語芊，良久之後，才喃喃道：「姑娘，您……奴婢……奴婢只是聽您吩咐做事啊。那日伏日宴結束，您就吩咐了奴婢趁明日去給您買點心的時候，把三姑娘和魏三公子私會的事傳出去。還有，也是您讓奴婢去把三姑娘要先入魏府為妾的事透露給曾家的下人的。奴婢聽您的吩咐辦事，您也沒給奴婢解釋過原因啊！」

曾家就是國子監司業家。原來那天落水一事不過是想拖時間。

的確，奴婢為主子辦事只管聽話，哪裡會讓主子解釋那麼多呢？

賀語芊也磕了個頭，聲淚俱下地說：「父親、母親，真的不是女兒讓她做的。女兒一直在院子裡養傷，哪知道什麼曾家。倒是淼兒每日為我拿吃食、送洗衣物，想打聽這些容易得很。」

賀語彩似乎是信了賀語芊的話，惡狠狠地瞪著淼兒。「真的是妳私自做的？」

淼兒哭喊。「三姑娘，奴婢一個丫鬟，又是簽死契，又不是不要命了！」

賀語芊擦了擦眼淚，望著淼兒，一副柔弱不能自理的樣子，道：「淼兒，妳跟了我這麼多年，我自是知道妳的忠心。妳總心疼我被三姊姊欺負，每每寬慰我，我也是記在心上的。或許妳這次是走偏了，原本是想為我出頭，只是沒想到事情鬧得這麼大，不好收場了，才想賴到我身上。畢竟我是父親的女兒，父親疼我，並不會真拿我怎樣。妳的好意我都明白，但這次妳真的做得太過分了。」

如果不是賀語瀟腦子有幾分清醒，她都要信了賀語芊了。就這劇本的創造力，如果不給賀語芊頒個最佳編瞎話獎，她都覺得這獎項妥妥是黑箱！

賀語芊的話徹底把淼兒的路給堵死了，淼兒既沒有證據證明事情是賀語芊讓她做的，又不能說自己對賀語芊沒那麼忠心，可以說是百口莫辯。而且比起一個丫鬟，賀複肯定更傾向於相信女兒，不然這不是等於說他教女無方嗎？

賀語彩這會兒不知道信誰了，不過就算真的是淼兒幹的，她也沒辦法不記恨賀語芊。自己的丫鬟都管不住，把她弄到現在這個地步，都是賀語芊沒用，還連累了她！

賀複也乏了，起身對賀夫人道：「把這丫鬟給處置了。語芊管不住下人，在自己院子裡思過吧。」

「是。」賀夫人應道。

送走了賀複，賀夫人依舊冷著臉，她先對賀語芊道：「回妳的院子思過，沒有我的允許不許出門。來人，送四姑娘回去。」

「是。」棠梨院的丫鬟應著，過來扶起賀語芊，送她回自己的院子，也是為了去落鎖。

賀語彩狠狠瞪了賀語芊一眼，總覺得心中這口惡氣沒出完。

等賀語芊走遠了，賀夫人才看了一眼跪在地上哭都哭不出來的淼兒，對羅嬤嬤道：「先帶下去關起來，稍後再處置。」

羅嬤嬤應著，一把提起淼兒就出去了。這倒讓賀語瀟很意外，她原本以為賀夫人會打死淼兒，但看賀夫人這態度，似乎並沒想下狠手。

事情到這裡，賀語彩和賀語瀟也沒什麼好說的了，一併告退離開了棠梨院。

處理完淼兒，羅嬤嬤將丫鬟拿回來的晚飯擺上桌，賀語瀟買的開胃的零食也裝盤送上了桌。

賀夫人吃著酸甜爽口的山楂糕，並沒有拿筷子用飯的意思。

屋裡沒有別人，羅嬤嬤就直接問了。「夫人打算怎麼處置淼兒？」

賀夫人沒有猶豫地說：「發賣了吧。我沒必要為了個黑心的，沾上人命。不過淼兒也算不上無辜，她若有點腦子，提前把事情報給我，也不會有後面這些事。」

「夫人也覺得淼兒是聽了四姑娘的指使？」羅嬤嬤並不意外賀夫人這樣想。

「自然。這府裡的丫鬟都是我一個個挑的，也是我一個個指派到各院的，別的不說，是什麼性子我還是知道的。」這點賀夫人很自信，這也是她能管好一府的原因。

「夫人眼明心亮。」羅嬤嬤微笑道：「可老爺似乎看不明白。」

「他只是不願意細想罷了，畢竟想多了，也是他的無能。」在賀夫人看來，賀複細不細想跟她沒什麼關係。

「那四姑娘那兒……」羅嬤嬤試探地問。

賀夫人道：「衣食都別缺了，讓人私下盯緊些。」

「是，老奴知道該怎麼做了。」

百花院裡，賀語瀟也在和姜姨娘討論這件事，並交換了彼此的看法。

「姨娘，您說四姊姊圖什麼呢？」賀語瀟很不能理解，就像賀語芊自己說的，賀語彩的名聲壞了，對她沒有好處啊。

姜姨娘笑了笑，說：「人心難測啊。有些人就是見不得身邊的人比自己過得好，哪怕傷敵一千，自損八百，心裡也舒服。」

「這不有病嗎？」賀語瀟嘴角一抽。

姜姨娘被她的表情逗得笑出了聲。「妳想，四姑娘之所以敢這麼做，是因為足夠瞭解妳父親。她知道三姑娘就算出了這種事，妳父親為了自己的面子，也會儘量把這件事圓過去。若非傅公子上門改變了京中的風向，三姑娘和魏三公子的事肯定就黃了，而妳父親為了名聲，肯定會想辦法把這事蓋過去。到時候三姑娘可能草草嫁人，甚至可能遠嫁來平息這件事。等這事淡了，對四姑娘能有什麼影響呢？」

賀語瀟茅塞頓開。果然，她化妝是一把好手，但論起這些算計，她要學得還有很多。

「姨娘，咱們得讓人盯著四姊姊那邊才行。這次她算計了三姊姊，誰知道下一個會不會是我。」雖然等到她要嫁人時，賀語芊肯定已經成婚了，但防她之心不可無。

姜姨娘一副女兒終於長大了的表情，欣慰道：「妳能知道防著她就好，我會讓人盯著的，放心吧。」

賀語瀟成天不在家，肯定還是她來盯更方便。

日子一天天過，賀語彩已經開始為自己的嫁衣挑選布料了。

賀語芊在院內禁足，氣不過的鄧姨娘每天都會到院門口陰陽怪氣幾句，丫鬟每天準時準點把飯菜送進院子，除此之外也不與賀語芊多說一句話，誰也不知道她現在是什麼心情。

而賀語瀟的日子是最按部就班的，依舊每天忙碌於她的小店，客人多少她都不計較。

冰鎮好的酸梅湯正好入口，賀語瀟愜意地坐在椅子上，桌邊放著一小缸冰，她一邊搖著團扇邊喝著酸梅湯，感覺外面的炎熱酷暑對她來說都不算什麼了。

正在心裡念叨著人間很值得，就見一婆子滿頭大汗地跑進來。

「哎喲，姑娘您在店裡真是太好了！」看到賀語瀟，婆子就如同看到了救星般。

賀語瀟仔細一看，這不是跟著何姑娘的那個婆子嗎？怎麼這會兒跑到她這兒來了？再一想，今天二十九，好像是何姑娘成親的日子啊！

「您別急，先喘口氣。」看她累成那樣，賀語瀟都怕她中暑暈倒了，這大熱天的一路跑過來，也不知道何府是怎麼安排的。

露兒趕緊上了涼茶，婆子也顧不上謝，咕嚕咕嚕一口氣喝到底，才勉強喘勻了氣，道：「姑娘，不瞞您說，我家姑娘原本是要讓您化婚妝的，那日回去，老爺、夫人看到妝面也很滿意。但夫人的姊姊說，婚妝就應該找兒女雙全的妝娘化寓意才好，既然我們家姑娘喜歡這個妝面，那讓妝娘照著化就是了，還推薦了個有經驗的妝娘。結果今天一上妝，卻相差十萬八千里，根本不是一回事啊！」

這點賀語瀟並不意外，很多人都會仿妝，但多數時候只有其形，沒有其神。妝容也是有神在裡頭的，這其中包含妝娘的經驗、色彩的運用，以及對想要達到的效果的理解。

婆子繼續道：「我家姑娘向來是個有個性的，聽了家裡的話換了妝娘，對她來說已經是很大的讓步了。如今卻弄得四不像，我家姑娘頓時就不高興了。說請不來您，她就不嫁了，省得丟人。」

賀語瀟哭笑不得，這結婚的大喜日子，哪能說不嫁就不嫁了呀？

「既然何姑娘需要，我又收了訂金，自然應該與嬤嬤走一趟的。請嬤嬤稍等，我收拾一下妝箱。」賀語瀟還是希望何姑娘能夠美美的出門，每一個進入婚姻的姑娘都值得一個美美的妝面。

「欸！那就多謝姑娘了！」婆子鬆了口氣，她原本還擔心因為婚妝反悔一事，會惹得賀五姑娘不高興，畢竟是他們何家不地道，約好了又不做，還讓人仿了賀五姑娘的妝。沒想到賀五姑娘有容人之量，如此她就放心了！

婆子來得急，府裡的馬車又都安排去接賓客了，所以根本沒有馬車載賀語瀟去何家。好在她們運氣不錯，走了沒幾步就看到拉客的空馬車，這才避免了酷暑步行。雖然這種馬車顛簸得很，坐著並不舒適，可也比步行強。

下了馬車，看到闊氣的府門，賀語瀟才意識到這位何姑娘的家世比她預想的還要好。不過現在不是打聽這些的時候，婆子引著賀語瀟去了何姑娘的院子。

何府到處張貼著喜字，掛著紅綢、紅燈籠，是成親才會有的氣氛。而且燈籠比賀語瀟之前見過的都要精緻，可見對何姑娘婚事的重視。

不過府裡的氣氛似乎沒有那麼歡快，估計是何姑娘鬧的。

進了何姑娘的院子，氣氛更沈悶了。院子裡站了不少人，除了下人外，媒婆站在門邊大氣都不敢出；妝娘打扮的婦人臉頰通紅，不知道是熱的還是臊的；院中一打扮貴氣的婦人來回踱步，顯得焦躁不安；另一個婦人與她有幾分相似，這會兒正擰著手帕，臉上的表情有些不樂意。

見婆子帶著賀語瀟進來，貴氣的婦人立刻來了精神，三步併成兩步地走上來，一把抓起賀語瀟的手，道：「好孩子，妳願意來真是太好了。這次都是我們府的不是，望妳不要與我們一般計較。丹兒正在裡面鬧脾氣，妳把她安撫好了，別耽誤了吉時才是啊。」

「夫人客氣了，我這就進去為何姑娘上妝。夫人放心，時間來得及的。」賀語瀟不欲火上澆油，不然這親恐怕真成不了，這攸關何姑娘一輩子的幸福。

何夫人親自將賀語瀟送進門，高聲對裡面道：「丹兒，五姑娘來了，妳別生氣了。」

何丹聽到動靜，趕緊從裡屋走出來，見到賀語瀟，臉上才少了些怒氣，對著門外的另一位婦人翻了一個大大的白眼，對丫鬟道：「關門！」

房門再次關上，何丹臉色更好了些，拉著賀語瀟就開始抱怨。「我真是沒臉見妳了！妳快看看，不知道的還以為我要上臺唱戲呢！我當初就不應該為了孝順聽話，讓姨母給我推薦了這麼個妝娘。說什麼兒女雙全才好，還說是京中很有經驗的妝娘了，結果就這樣？幸好妳還願意來，不然我今天真的是不能嫁了！」

賀語瀟被她逗樂了，這妝雖然是仿她的，但的確差了不是一星半點兒，不說花鈿畫得不夠漂亮，妝面的顏色還與花鈿混成一團，看著就像滿眼塗了胭紅，難怪何丹要鬧。

「別說這樣的話，大喜的日子要說吉利話才是。」賀語瀟拉著她去妝檯那邊坐下，親自動手為何丹卸妝。

頻繁上妝對皮膚的拉扯還是比較大的，就算這個季節不容易乾燥也會發紅，萬一粉蓋不住，那妝面的效果也不會太理想。所以卸妝一定要輕柔，才不影響二次上妝。

「我也不是要說難聽的，是真被氣到了。」何丹很委屈，當初賀語瀟幫她化了個極美的妝，她喜歡得不得了，就等著成親時也能帶著這樣的妝容出嫁，驚豔她的夫君。

家裡父母為她的婚事忙得跟陀螺一樣，就怕哪裡疏忽了，讓大喜的日子不完美。她理解父母的苦心，也不希望他們太操勞，所以姨母來說要請個兒女雙全的妝娘時，她才同意的。因為她這個姨母太會鬧騰，萬一讓姨母不順心，姨母能讓她的母親煩心好幾天。所以即便知道不守信用，也不道義，她還是妥協了，結果就把她化成這樣！

「何姑娘消消氣，新娘子氣鼓鼓的，不知道的還以為與新郎不合呢。」賀語瀟手上動作很快，沒幾句話，妝面就卸掉了大半。

何丹哼哼了幾聲，小聲跟賀語瀟道：「我算看明白了，我這個姨母怕是怕我妝面太出眾，壓我表姊一頭，所以才出這餿主意。我早該想到的，姨母凡事都愛拔尖，表姊只早了我半個月出嫁，我們一定會被拿來做比較的。」

她也不想小人之心，但事實擺在眼前，她就是不多想都不成。論家世，姨母家不如她家，但她表姊的嫁妝可是比照她置辦的，聽說搬空了大半個府宅。

賀語瀟沒接話，人家的家事，她聽聽可以，附和就算了。

可能因為賀語瀟解了何府的燃眉之急，何家一點兒也不敢怠慢，點心、茶水流水似的往屋裡送，就是為了讓賀語瀟吃得開心。

見何丹有了笑模樣，跟著她的婆子、丫鬟也都放鬆下來。

一回生，二回熟，因為試過妝，所以賀語瀟化起來格外得心應手，這次錦鯉妝面上還貼了幾顆小珍珠，看著更為精緻了。

不出一個時辰，妝面完成。賀語瀟再三打量，確定無誤後，便對一旁的婆子道：「可以給新娘子餵全福飯了。」

「好咧！」婆子應得響亮，府裡的氣氛因為賀語瀟這一句話恢復了應有的喜慶。

第三十四章

何夫人進門來，見妝面比試妝時更精緻好看，而且速度還這麼快，完全不耽誤上轎時辰，心裡是又高興、又愧疚。

「五姑娘今日務必留在我府上用喜宴啊，沒吃飽不許走。」何夫人親切地拉著賀語瀟的手。

賀語瀟沒立刻答應，而是問：「何姑娘嫁的地方可遠？若在京中，我可以跟妝。」

「哎呀，這哪好意思啊！」何夫人沒想到賀語瀟被臨時拉來救場，卻願意做得這樣周全，好像一點都沒有記恨，頓時更愧疚了。

「這都是應該做的，若太遠我也沒法跟。」賀語瀟是想著既然這個婚妝她接手了，那就沒理由做一半跑了。何況通過與何家人短暫的相處，她覺得這家人那時做事雖不地道，但心並不壞。

「那就太謝謝妳了。」說著，何夫人就要拿下手腕上的玉鐲給賀語瀟當謝禮。

「何夫人，這可使不得。」這玉鐲看著價值連城，她再喜歡錢也不能收這麼貴重的東西。

「妳是不知道我這心啊，如果不是妳，今天這丫頭真的會一點面子都不給的。」何夫人不心疼這鐲子，只要女兒能風風光光、開開心心出嫁，這鐲子算什麼？

賀語瀟笑道：「夫人言重了。這鐲子我是萬萬不能收的，何姑娘肯讓我化妝，於我來說已經是沾何姑娘的光宣傳，相信以後找我化婚妝的客人不會少，這就夠了。如果收了夫人的東西，讓人以為要高價才能找我化妝，那反倒沾不上何姑娘的光了。」

何丹吃著全福飯，對何夫人道：「母親，您就別操心了。五姑娘這朋友我交定了，既然她是為了我，禮也應該我送才是。」

何姑娘說話爽利，賀語瀟也不駁她的話，笑著對何夫人道：「您去忙吧，府中想必有不少客人需要您招待，我等等跟著何姑娘直接去她夫家，何夫人不必特地招待我。」

何夫人又欣慰地拍了拍賀語瀟的手，說：「好姑娘，妳的好心我記下了。」隨後又對跟著何丹的婆子道：「禮畢後，務必讓人好生送五姑娘回府。」

「是，夫人放心，老奴曉得。」婆子應道。

時間還早，賀語瀟讓露兒回府報個信，以免她天黑了沒回去，家裡擔心。

婚禮按規矩一步步進行，一切都非常順利。新郎親自來接何姑娘，賀語瀟也從下人的討論中得知，何姑娘與新郎算是青梅竹馬。雖不是娃娃親，長大後卻還是走到了一起，這讓兩家都很高興，也沒有任何阻礙。

直到賀語瀟跟著迎親的隊伍到達新郎家，才發現新郎家居然是靖國公府！

能嫁進靖國公府的姑娘會是什麼家世？賀語瀟又再次刷新了對何丹的認識。

靖國公府規矩多，何丹沒能像華心蕊那樣，把賀語瀟叫進屋裡吃東西聊天，但也絲毫沒有怠慢，特地讓人安排她去院中的廂房歇著，吃食也送了一大堆。

在新郎差不多要回房間時，賀語瀟才去幫何丹補了妝。

「改天我去妳店裡找妳玩呀！」何丹笑道。

「成啊。」這位說不定是她未來大客戶之一，賀語瀟當然歡迎。

「嬤嬤剛才跟我說院裡有不少府上的大丫鬟在候著呢，真有那麼多人？」何丹小聲問，完全看不出在家喊著化不好妝就不嫁了的架勢。

「是呢，一個個都極有規矩。」賀語瀟補好了妝，又給她整了整婚服。

何丹嘆了口氣，似乎不喜歡太多人伺候，但還是很快打起了精神。「我讓丫鬟準備了些吃的，妳記得帶回去，別客氣。」

「好。」這個賀語瀟是敢收的。

「姑娘，新郎官往這邊來了。」門口的丫鬟道。

賀語瀟趕緊幫她蓋好蓋頭，笑道：「那我就先回去了。何姑娘別緊張，有嬤嬤和丫鬟在，出不了錯的。」

「好。」話是這麼說，但賀語瀟還是從她的語氣中聽出了緊張。

賀語瀟無聲地笑了笑，便退出了新房。

惠端長公主參加完何府的婚宴回來，時間已經不早了。

傅聽闌前來問安，笑問：「母親喝酒了？」

「喝了一點，不多。」惠端長公主拆卸著髮飾。「你父親還要晚一些才會回來，你早點休息，不必特別再來向他問安了。」

「是。」別人都以為他們長公主府規矩多，其實他們家是最隨意的。

「說到婚宴，跟你說個有趣的事。」惠端長公主把何府將賀語瀟請來當救兵的事向傅聽闌說了，又道：「沒想到她是個有義氣的姑娘，屬實難得。這要是換個心眼小的，恐怕今天就要鬧出笑話了。」

「還有這事？」傅聽闌挺意外的。「何府這事辦得不地道。」

「是啊，好在五姑娘沒計較，這樣的姑娘能顧得了大局，是個好的。」惠端長公主覺得只有通過這些小事，才能看出一個人的人品。

「兒子與她做生意，也覺得她是個有幾分俠義之氣的。」傅聽闌不吝嗇自己的好評。

長公主意外地看著自己的兒子。「能得你幾句讚美，還真是難得。」

「兒子只是實話實說而已。母親若覺得她是個好的，以後多請她來給您化妝便是了，這樣的人您用著放心。」傅聽闌道。

「自然，這還用你說？」人品好，手藝也好，這樣的人她必須惦記著啊！

賀語瀟回到家，賀複和賀夫人都還沒休息，她便前去問安。

賀複在賀夫人的院子，見到她回來，克制著上揚的嘴角，問道：「妳那丫鬟也沒說清楚，妳到底是去給誰化妝了？」

賀夫人不動聲色地瞥了一眼賀複，沒有說話。

賀語瀟如實道：「之前何姑娘來找我試過妝，我沒問她是哪家的。今日去她府上，只知府邸很大，家裡實際上是做什麼的沒來得及問。跟著她去了婆家，才知道她嫁去靖國公府。」

賀複搓了搓手心，道：「傻孩子，妳參加的宴席太少了，那何家老爺是太子少師啊。」他早就料到了，京中今日成親的人家，姓何，且宅院氣派的，對他這個在京為官的人來說根本不難猜。

賀語瀟真的是完全沒想到，她以為何家滿打滿算也就是個三品之家，沒想到位列從二品。如此說來，與靖國公家結親，也是情理之中。

賀夫人順著賀複的話說：「是啊，這次妳是去救急的，做得很不錯。就算咱們家素來與他們沒有往來，這次也算是在兩家面前露臉了。」

「是啊。」賀複摸著鬍鬚，之前因為賀語瀟，他與懷遠將軍能說得上話了，這次他雖沒妄想能與靖國公或者太子少師說上話，但能混個臉熟對他這個從四品官來說，也是相當不容易。

「女兒真沒想到何姑娘是這樣的身分，希望自己沒有怠慢就好。」賀語瀟並不想攀關係，如果她是那種樂於攀關係的，直接攀惠端長公主府不好嗎？

見她依舊是謙虛謹慎的樣子，賀複感慨姜姨娘教女有方，和賀夫人說要給姜姨娘漲月例。賀夫人順著他的意思應了，也讚揚了姜姨娘一番，才讓賀語瀟離開。

回到百花院，姜姨娘還沒睡，賀語瀟跟她說了夫人要幫她漲月錢的事，姜姨娘覺得賀語瀟以後用錢的地方多，能多些月錢是好事。

第二天，賀語瀟照常營業。如今賀語瀟出門會比之前早些，趁著太陽完全升起來之前到店裡，也不會覺得特別熱。

「姑娘，再過幾日就是七夕，咱們是不是得買些麵粉了？」露兒邊澆花邊問，如今店裡小院子種的花都開了，因為都是些好養活的花，說不上多好看，就是很有生機。

七夕是乞巧的日子，這一日女子都會親手做些巧果，再編織些小玩意兒，供奉織女，乞求心靈手巧，覓得如意郎君。巧果也可以贈送他人，男女皆可，這美好的祝願，也是大祁為數不多男女相互贈送東西不須避諱的節日之一。

「是得準備起來了。」化妝需要手巧，賀語瀟一點也不想怠慢。「過兩天咱們一起去買東西，就在店裡做，多做些巧果，還能送給客人，圖個好寓意。」

郊外馬場，傅聽闌已經騎馬跑了三圈了。馬跑得很開心，歇息期間打著響鼻慢慢沿著外緣走著。

崔恒策馬過來。「天熱起來，也就騎馬能覺得舒適些了。」

「的確，不過你這麼早出來，崔少夫人沒不高興？」傅聽闌對好友這不解風情的性格有所瞭解，不過也沒辦法，高溫時讓馬兒奔跑，馬容易中暑喪命。能來這邊騎馬的都是愛馬之人，沒人會這麼做，所以都是早晚過來跑跑。

「怎麼會？蕊兒可是最懂事，最講道理的。」可見夫妻兩個甜蜜不減。

傅聽闌聽得牙酸。

兩個人正說著，後面跟上來一匹棕馬。

「傅公子，崔兄，好巧啊。」來人語氣輕快熟稔，臉上帶笑，是個性格活潑的公子。

傅聽闌微微點頭，也朝他笑了笑。

崔恒看到他倒是挺意外。「難得啊，你居然起這麼早？」

「崔兄這話我可不愛聽了，我怎麼就不能起早了？」那年輕公子拍了拍自己的胸脯。

「我也是要早起讀書的人，雖然讀得不怎麼樣，可我態度端正得很。」

崔恒笑道：「你昨日應該是去參加靖國公府的婚宴了吧？居然沒有宿醉？」

這位公子姓盧，單名一個湃字，是信昌侯府的孫少爺，排行老四。這人沒有什麼大的缺點，跟誰都聊得來，朋友眾多。可比起讀書，這位四孫少爺更擅長玩，也喜歡和朋友一起喝點小酒，搞些逍遙做派。

「別提了，不瞞兩位，我昨天都沒吃好飯，更別說喝酒了。」話是這麼說，但盧湃臉上並沒有任何不滿。

「怎麼說？」崔恒問。

「昨天我跟著新郎去接親，看到一美貌女子。你知道什麼叫驚鴻一瞥嗎？之後我滿腦子都是那位姑娘，吃宴席都沒心思了。」盧湃毫不掩飾自己對那位姑娘的喜歡，似乎巴不得所有人都知道。

「是哪家的姑娘？」崔恒好奇，這盧湃雖然愛玩，但在與姑娘的關係上還是拎得清的，不會去什麼煙花之地，也沒有過踰矩的舉動。

盧湃嘆氣。「就是因為不知道，所以才睡不著覺啊。那姑娘是從何府跟著隊伍一起出來的，看打扮不像何府的下人。我也不能貿然去問何府或者靖國公府的人，只能放心裡了。」

傅聽闌眼皮跳了跳，看了盧湃一眼，雖沒有證據，但心中已有定見。「既不知是哪家的姑娘，婚配與否，那你說話還是收斂些，影響到對方的名聲可不好。」

盧湃忙點頭。「我曉得，這是看到傅公子和崔兄，知道兩位都不是多話的人，才敢多說兩句。」

傅聽闌點頭，輕輕一抽馬屁股，馬再次奔跑起來。

盧湃撓撓頭，覺得傅聽闌好像有點不高興了。

下午，賀語瀟像昨天一樣，搖著扇子、喝著酸梅湯，只是桌上比昨天多了一份糕點，是昨天何姑娘讓她帶回賀府的，因為味道好，她今日特地帶了幾塊過來。

「也不知道什麼時候能下場雨。」賀語瀟感嘆道，要是能下雨，這天氣能涼快一些。

「看這萬里無雲的樣子，短時間怕是難了。」露兒坐在小凳子上，雖不如賀語瀟的椅子舒服，卻也很愜意。

賀語瀟道：「哪能顧得上它敗不敗落，再不下雨，若是成旱情，可就糟了。」「如果下雨，院子裡的花恐怕會被淋得敗落，就不好看了。」

一聽她這麼說，露兒也趕緊改口道：「那還是下一場大雨吧，的確是許久沒下雨了。」

賀語瀟雖擔心出現旱情，可她父親所在的司農寺一切正常，沒有緊急要務，應該是沒有旱情出現。

一個大丫鬟打扮的姑娘走了進來，對著賀語瀟行禮道：「五姑娘。」

賀語瀟見她面生，便問：「不知姑娘是哪位府上的？」

大丫鬟笑著拿出府牌，道：「奴婢是何府的。」

沒想到何府的人這麼快又上門了，賀語瀟忙問道：「是有什麼事嗎？」

大丫鬟笑意不減。「是這樣，奴婢奉夫人之命，想在五姑娘這兒買一批口脂。我們夫人聽說五姑娘的口脂京中不少姑娘都在用呢。」

有人來買東西，賀語瀟當然高興，可她也不希望何府因為昨天的事，特地來照顧她的生意，畢竟口脂買回去若沒有地方用，實在浪費又沒必要。

「不知何夫人買那麼多口脂是做什麼用？」賀語瀟問，如果不是正常用途，她就得找藉口回絕了。

大丫鬟從容道：「這不是快七夕了嗎，我們夫人想著給來參加我們姑娘婚宴的姑娘們送一份小禮物，聊表心意。原本想著多做些巧果便是，可再三考量，還是覺得寓意雖好，就是少了幾分特別，便突然想起了五姑娘店裡賣的口脂。如果用口脂和巧果一起作為謝禮，想必非常合適，姑娘們應該都會喜歡。」

「原來如此。」這是正常用途，賀語瀟就沒有不做這生意的理由了。「那姑娘跟我來挑一挑顏色吧。露兒，倒碗酸梅湯來。」

「好咧！」露兒趕忙去了。

賀語瀟搬了把椅子過來，讓大丫鬟慢慢挑。

「使不得，奴婢站著就好。」大丫鬟趕緊來搭手。

「來了就是客，沒什麼使不得的，坐著慢慢挑。」賀語瀟可不在意那麼多，該怎麼招待就怎麼招待。

她這兒口脂樣式多，顏色也豐富，不過因為大丫鬟要買的量多，並不存在挑花眼的情況。於是何府幾乎買走了她大半的口脂，弄得她庫存都緊張起來了。

「姑娘買了這麼多，也給自己挑一個吧，我送給姑娘。」賀語瀟一下子賺了一大筆銀子，自然不吝嗇。

「不敢不敢，奴婢只是奉命來買東西，實在不敢白要五姑娘的東西。」大丫鬟忙推辭。

賀語瀟笑道：「沒什麼不行的，正常別人買這麼多，我也是會送的。我這兒的口脂顏色淺些，不大適合何夫人的氣質，所以只能送妳了。妳身為何夫人身邊的丫鬟，若是每天塗著我店裡的口脂在何夫人面前轉，也是為我店裡做宣傳了。哪日何夫人若有興致，願意來逛逛，妳這不就促成我的生意了嗎？」

能代替何夫人來買七夕給各家姑娘的禮物的，必然不是一般的大丫鬟，這樣的大丫鬟一般深得主子的信任，且是能說得上話的。

大丫鬟樂了。「姑娘客氣了，就算沒有奴婢，我們夫人也會惦記著您的。」

「何夫人心地好，願意惦記我是一回事，妳幫我宣傳就是另外一回事了。就這麼說定了，妳就別推辭了。」說著，賀語瀟挑了個適合她的顏色，給她塞進了荷包裡。

大丫鬟沒再推辭，笑道：「那奴婢就謝過五姑娘了。」

「客氣客氣。」跟她今天賺到的相比，這一小盒口脂真算不上什麼。

直到賀語瀟回到家才發現，何府不只是買了她的口脂讓她小賺了一筆，還送了好多謝禮過來，其中就有何夫人要給她，但她沒要的那個玉鐲子。

「何家的人說話真誠，我也不好推辭，妳又不在家，我便收了。」賀夫人道。

既然收了就沒有退回去的道理，賀語瀟覺得的確貴重了些，可既然人家能送來，就表示對他們來說這不算什麼。

「母親費心了。」賀語瀟道。

賀夫人沒表現出高興，也看不出不高興，說：「這些東西既然是給妳的，妳便拿回去收著吧。」

話雖這麼說，但賀語瀟可不敢真的把這些東西都拉回自己房間。「女兒那兒實在沒有地方放這些，還是母親收著吧。」

賀夫人笑了笑，顯然是滿意賀語瀟的懂事。「那妳挑幾樣喜歡的帶回去，剩下的我幫妳收著，等妳出嫁了，給妳當嫁妝。」

女兒家能自己攢到足夠的嫁妝，對賀夫人來說也是省心省力，所以她不會貪這些，而且到時候也是從她庫裡往外抬的，在外人看來，這就是她準備的嫁妝。

「母親安排便是了。」想到自己又豐盈了一些的小金庫，賀語瀟嘴角揚了揚，別管她現在能拿走多少，只要是落進她荷包裡的，那就是她可以隨便使用的！

第三十五章

轉眼到了七夕這日，老人常說七夕這日牛郎、織女相聚，兩個人的眼淚會化成雨灑落人間。然而今天依舊晴空萬里，讓人都不知道要不要相信這個神話了。

麵粉、雞蛋和白糖是提前準備好的，賀語瀟一到店裡就開始做了，她在這方面不擅長，卻知道自己喜歡什麼樣的口味。既然是自己在店裡做，那肯定是照自己喜歡的口味來。

可能今日姑娘們都在忙著七夕的事，店裡沒有客人，賀語瀟也不在意，在麵粉中加了雞蛋提香，白糖增加甜味，這樣吃起來才夠香甜。

露兒剪了些院子裡的花插瓶，為節日增加些氣氛。

趁著醒麵的工夫，賀語瀟用毛毛草編了幾個小兔子，又用彩繩編織了手鏈，沒有複雜的裝飾，卻很是別致，而且是京中少見的樣式。

將這些東西擺在小桌，賀語瀟就帶著露兒去後面烙巧果。京中巧果的做法很多，有蒸的、烙的，還有炸的。賀語瀟喜歡烙的，香且不油膩，配什麼茶都剛剛好，配酸梅湯也可以。

賀語瀟負責揉麵和按進模具裡做好形狀，露兒負責烙。烙這東西要注意火候，火太大容易糊，裡面還沒熟，火太小則不香，這事還是交給露兒更穩妥。

第一鍋出爐，兩個人迫不及待地嚐了起來，又香又軟，還有一絲恰到好處的甜味，吃得根本停不下來。

「姑娘這糖加得剛剛好。」露兒讚道。

賀語瀟吹著有些燙口的巧果，道：「運氣好而已，都是憑感覺加的。」

把所有巧果做好，兩個人轉回室內，將晾涼的巧果打包，家裡賀夫人、賀語彩和賀語芊都得送一份，就算看不上賀語芊，形式也是不能省的。

「大姊姊那兒估計不需要我的東西，二姊姊那兒妳一會兒跑一趟，幫我送一份過去。」賀語瀟想，如果大姊姊給她送了，那她肯定會回禮，如果沒有，她也不想登翟家的門。

「好咧，那奴婢再裝一筒酸梅湯，一併給二姑娘送去吧。」

「哦，對了，陳娘子那兒妳也去一趟吧。谷郎君不在家，這個日子她必然思念郎君，給她送一份，讓她開心一下。」這一趟順路，不會讓露兒多折騰。

「好，奴婢一定辦好。」

賀語瀟又包了幾包備用，剩下一些除了自己吃外，還裝了幾個在盤子裡，留作晚上祈福用。希望上蒼能讓她在三姊姊、四姊姊出嫁前，碰上談得來的對象吧！

露兒去賀語穗那兒後，崔府和馮府的丫鬟們陸續送來了巧果，賀語瀟也將準備好的交給丫鬟，請她們帶回去給家中姑娘。讓她沒想到的是，何姑娘居然也送了巧果來，賀語瀟照例回了禮，還加了一份酸梅湯。

「方便進來嗎？」賀語瀟這邊剛送走何丹的丫鬟沒多久，傅聽闌就來了。

似乎每次傅聽闌來，都要在門口問上這麼一句。

「請進。」賀語瀟站起身。「怎麼過來了？是商隊有新消息了？」

「不是。」傅聽闌笑道：「今日七夕，想買個東西讓母親高興。不過我母親素日裡衣食、珠寶不缺，每次給她挑禮物，都很費腦筋。今天實在想不出來，就想來妳這兒碰碰運氣。」

「東西不要緊，心意最重要。」賀語瀟請他坐。「酸梅湯沒有了，請你喝茶吧。」

「好。」傅聽闌看到桌上食盒裡擺放的巧果，笑問：「妳做的？」

「是啊，今天家家戶戶都做這個，要嚐嚐嗎？」

「那我就不客氣了。」

「請隨意。」又不是什麼貴重的東西，傅聽闌就算吃到撐她也不心疼。

茶放到傅聽闌手邊，傅聽闌挑了個祥雲形的巧果咬了一口，品嚐了須臾後，點頭道：

「味道很好，五姑娘果然手巧。」

「能得傅公子肯定，我是可以驕傲了。」傅聽闌這樣的人什麼樣的巧果沒吃過，能得他一句好吃，無論是真心還是客套，賀語瀟都很受用。

「妳今日看起來收了不少巧果。」傅聽闌注意到了一邊的小布袋，有幾個已經打開了，能看到裡面的東西，顯然嚐過。

「是啊，馮姑娘她們都有送我。傅公子呢？今日收到多少？」賀語瀟也不是多好奇，就是順口一問。

「一個也沒有。」傅聽闌無奈地聳聳肩。

賀語瀟很意外，這是難得可以送給男子東西的節日，對傅聽闌有心的姑娘應該不會錯過這個機會吧！

「不信？」傅聽闌笑看著她。

賀語瀟搖頭。「那倒沒有，只能說傅公子躲得好。」

想來也是，誰敢把東西送到長公主府上去呢？就算是高門貴女，恐怕也不敢吧。

傅聽闌吃完一個，又拿了一個，道：「五姑娘做的合我口味，不知道能不能有幸從五姑娘這兒分一些？」

「行啊。」賀語瀟十分爽快。今天沒客人，她原本為客人準備的那些根本沒送出去。既然傅聽闌願意拿走一些，那是再好不過了。「不過若有人問起，傅公子可別說是從我這兒拿的，京中姑娘我可得罪不起。」

「妳這是一朝被蛇咬，十年怕井繩？」

「我這叫京中生存攻略。」

傅聽闌哈哈大笑。「行，幫妳保密。那妳有沒有東西能讓我回家哄母親開心的？」

賀語瀟打了個響指，笑道：「傅公子今天來得不虧，我這兒還真有一樣東西可以讓長公主殿下試試。」

看到傅聽闌回來，手裡還提了個小籃子，惠端長公主好奇地問：「拿了什麼？」

傅聽闌將小籃子放到長公主手邊，說：「母親嚐嚐，是賀五姑娘做的巧果，兒子覺得味道不錯。」

惠端長公主詫異地看籃子裡賣相不怎麼樣，但聞著還挺香的巧果，問：「她送你的？」

「不是，是兒子向她要的。」傅聽闌笑說。

惠端長公主翻了個白眼。「就這點出息！」

她這兒子能把宮裡的皇上、皇后都哄得樂樂呵呵的，卻沒給她哄回來半個兒媳婦的影子。之前娶了牌位進門，她不是沒想過會耽誤傅聽闌的婚事，可那是她親外甥女，她看著長大的，年紀輕輕就沒了，她也心疼。當初想著自己兒子長得好，家世又不錯，她也不求什麼高門貴女，只要是個心思純淨，且與兒子相互喜歡的就成。

可她想得很美好，兒子卻跟個不近女色的和尚似的，讓她很無語。

她也知道京中不是沒有姑娘蓄意想靠近她兒子，她不就遇上過嗎？且不說那些姑娘她兒子看不上，就連她都對這種女子煩得很，肯定不能同意讓這樣的女子進門。

傅聽闌毫不在意，又從懷裡掏出個小盒子，說：「母親看看這個。」

「這又是什麼？」惠端長公主接過盒子打開來看，裡面裝著一些細膩的粉末，看著是白色的，但在手背上塗開就沒有顏色了，只覺得乾乾滑滑的，也沒有香氣。

「這是五姑娘研究出來的新東西，叫什麼……散粉。說是上完底粉後在臉上掃上一層，這個季節就不容易花妝了。母親試試看好不好用吧。」具體怎麼用他也不清楚，賀語瀟怎麼跟他說的，他就怎麼說。

哪個愛美的女子能不喜歡這種小玩意兒？惠端長公主對兒子的抱怨拋到了腦後，笑說：「行，明天我就試試，算你小子有孝心。行了，回你院子休息去吧。」

傅聽闌應道：「是，母親也早些歇息吧。」走時還不忘把他的小籃子帶走。

惠端長公主回到房間，駙馬也從書房看完書回來了，見長公主臉上帶笑，便問道：「有什麼好事？」

惠端長公主晃了晃手裡的小盒子，說：「聽闌送了我一盒小東西，也不知道好不好用，明天試試。」

「這小子一天天就知道哄妳高興，弄得我反倒都不知道送妳什麼東西好了。」在這點上，駙馬對兒子很不滿，不過兒子自己賺錢自己花，他也管不了。

惠端長公主把東西放好。「你可別送我東西，我這些櫃子、小屜都被你這些年送的東西裝滿了，再買我就要差人打新櫃子了。」

駙馬送她的東西她是不往庫裡放的，都放在屋裡，到處都是。有時候拿出來看看或者把玩一下，還能想起駙馬送她這個物件時的場景。

駙馬笑著，卻沒應。有時候他也不是刻意要買，只是看見了，覺得長公主會喜歡，就買回來了，也不見得多貴，就是希望妻子能有。

「唉……」惠端長公主嘆了口氣。「他送我這些小玩意兒，我是高興，但還是希望他哪天能跟我說看中了哪家姑娘，讓我給他提親去。」

長公主和駙馬不想由他們去給傅聽闌挑選婚姻，更不想搞聯姻，兩人希望傅聽闌能挑個自己喜歡的，哪怕有個苗頭，長公主都願意去人家姑娘家裡問一句。

「他向來是個有主意的，妳不用操心他。」駙馬倒是不著急。

「我是怕他老大不小了還不成親，我姊姊那邊心裡有愧，會覺得是因為外甥女的牌位進了府才這樣的。而且我也擔心皇上哪天興起給他賜婚，萬一對方不是他喜歡的，我實在不想他委屈了。」惠端長公主實在沒法不操心，她就這麼一個兒子，她在地位上已經沒有所求，只希望兒子能過得順遂開心。

「妳說得有理，要不改天我去跟他說說，讓他對自己的婚事多上點心。」駙馬道，他是樂於擔起與孩子談心的責任的。

惠端長公主點頭。「你跟他說，他更能放在心上，而且你們男人也更容易溝通。」

過了七夕沒幾天就立秋了。

這日傅聽闌差人給賀語瀟送來消息，說商隊已經到目的地了，面脂只花了三天就賣完了，新一批的面脂要趕快準備了。

小廝恭恭敬敬地說：「我們少爺說之前與五姑娘說的莊子種花的事，等他忙完過陣子再親自來與姑娘詳談。」

面脂賣得好，讓賀語瀟倍受鼓舞。「行，代我回傅公子，隨時恭候傅公子前來。」

「是。對了，這是我們公子給您的。」說著，小廝從騾車上卸下兩個麻袋。

「這是什麼？」

「奴才也不清楚，公子只說讓奴才帶來。」

賀語瀟打開一看，一袋是亞麻籽，另一袋看著像是葡萄籽！

雖然她請傅聽闌幫忙找些能做面油的種子，但她沒想到居然在北方能找到葡萄籽，還是這麼一大袋！她以為這東西得去西北之地才能取得。

「太好了，我正需要這些！」賀語瀟很是驚喜，先不說葡萄籽的作用，就這一大袋亞麻籽已經為她解決大半的原料難題了。

「對姑娘有用，我們公子一定很高興。」小廝是個會說話的。

賀語瀟笑道：「幫我跟你們家公子說，下次他過來，我有好東西給他。」

「是，奴才一定把話帶到。」

把兩袋子抬進小院，賀語瀟抓緊時間把它們都曬一遍。

「這下姑娘可以鬆口氣了。」露兒笑說。這也預示著她們要忙起來了，忙起來好，忙了姑娘才有錢賺，姑娘有錢賺她就能跟著沾光。

「是啊。傅公子果然是個有福之人，他去找這些東西感覺就很容易。」賀語瀟檢查著這些種子，個個飽滿，比她在京中買到的還要好。

「那肯定呀，那可是長公主的獨子，這福氣可不是一般的大呀！」對於露兒來講，這樣的貴人是她們羨慕不來的，更多的只是感嘆而已。

「這倒是。」賀語瀟贊同。投胎可是個技術活兒，如果她穿過來的時候已經腰纏萬貫，她哪需要搞這些一步步賺錢？早就大手一揮，開一間京中最大的美妝店了！

「語瀟，妳在嗎？」是馮惜的聲音。

「在呢。」賀語瀟忙應了一聲，擦了擦手進了店裡。

馮惜今天又穿了騎馬裝，臉上沒著脂粉，衣襬沾了些塵土，人看著倒是非常精神。

「馮姊姊這是去哪兒玩了？」賀語瀟笑問。

馮惜道：「郊外的馬場。入伏後我就沒去跑過馬，這幾天涼快了，今天去跑了兩圈。」

賀語瀟幫馮惜倒水。

馮惜正好渴了，一口氣喝完，才繼續說：「我今天過來是想邀妳一起去馬場玩一玩，想看看妳什麼時候有空。」

「我倒是不忙，不過我不會騎馬啊。」賀語瀟無奈。

「哎，沒事。馬場新來了幾匹溫順的小矮馬，小孩子都能騎的那種，妳就放心吧。」

馮惜這樣說，賀語瀟就沒有拒絕的理由了。

「那我去試試。」賀語瀟應了邀請。

「好，那三日後一早，我去妳府上接妳。」馮惜不會聽風就是雨的說明天就要去，賀語瀟是做生意的，店裡總要安排好才妥當。

「好，那我就等著馮姊姊啦！」

三天一晃而過。家裡知道她是要跟馮惜一起去騎馬，不僅沒有阻止，賀複還做主給了錢，讓賀語瀟去買一件像樣的騎馬服。於是這天出門，賀語瀟穿了一身黃白相間的騎馬服，頭髮也束成了一個高馬尾，編成一條麻花辮，顯得更俐落。

「妳這身看著很應秋景啊。」她一上車，坐在車上等她的馮惜就誇獎了她的衣服。

「我第一次穿成這樣，有點不習慣呢。」賀語瀟拉了拉自己的衣服，這衣服穿起來的確比裙子方便多了。

「挺好挺好，看著精神。」馬車駛了起來。「不過大部分姑娘家都喜歡騎馬裝帶點紅色，比較顯眼。」

「我看紅色的騎馬裝也是最多的，不過我想著還不知道自己能騎成什麼樣，穿那麼惹眼，萬一騎得很難看，多丟人啊！」賀語瀟逗趣道。

馮惜笑得爽朗。「有我在，肯定把妳教會了，保證不丟臉。」

第三十六章

盧湃騎上自己的馬，剛進入馬場，就看到場邊小練習場裡有兩個姑娘，其中一個是馮惜，盧湃是認識的，也是惹不起的。另一個姑娘背對他，騎在一匹小矮馬上，馮惜牽著矮馬的轠繩，帶著一人一馬慢慢走著，似乎是在適應場地。

盧湃騎著馬過去，準備和馮惜打個招呼。剛走到圍欄邊，馬上的姑娘正好轉頭看向他這邊，盧湃心裡立刻如同煙花炸開一般──這不就是讓他驚鴻一瞥的姑娘嗎？

看到有位公子騎著馬，傻乎乎地站在原地，賀語瀟眨了眨眼睛，對馮惜道：「馮姊姊，那邊有個公子，妳認識嗎？」

她以為對方是在看馮惜，便提醒了一句。

馮惜一轉頭就看到盧湃，她與盧湃算不上熟，但平日也能說上幾句話，便朝他點點頭。

盧湃這才回過神來，發覺自己剛才失態了，幸好有個認識的人，如果這兩個姑娘他都不認識，恐怕得被當成輕薄之人了。

盧湃下了馬，牽著馬走過去，他想了好幾天的姑娘在這兒遇上了，還是馮惜的朋友，他沒理由不去認識一下！

「馮姑娘今日好興致啊。」盧湃站在柵欄邊，儘量讓自己的語氣聽起來克制而禮貌，其實只有他自己知道心裡已經一浪高過一浪了。

「盧四公子興致也很好啊。」馮惜笑說。時節一到，馬場肯定會越來越熱鬧，遇到各家的公子、姑娘也是常事。

「這位姑娘沒見過，敢問是哪家的？」盧湃終於問出了他最想問的。

「這是司農寺少卿賀家的五姑娘。」馮惜說。能來這個馬場玩的，多少都有些身分，大家彼此知道身分，親近還是疏遠也能做到心裡有數。「五姑娘第一次來，不太會騎，在這邊先練習一會兒。你們馬跑得快，離這邊遠些，別驚著她。」

隨後馮惜又對賀語瀟道：「這位是信昌侯府四孫少爺，叫盧湃，常來馬場玩。」

女兒家閨名不好輕易告訴別人，一般只說個排行，男子就沒那麼多講究了。

「盧四公子。」賀語瀟沒下馬，以點頭代替行禮。

盧湃心都要跳出來了。他沒想到這賀五姑娘長得好看不說，聲音也好聽，不是那種柔柔弱弱的，也沒有很尖，聽著就很舒服。

「賀五姑娘。」盧湃沒有因為自己家世高就疏於禮數，還是規規矩矩向賀語瀟抱了抱拳。「伏日宴我記得賀家人也來了我們府，但那日似乎沒見到五姑娘。」

如果那日見到，恐怕他也不用想了這麼多天了。

賀語瀟笑說：「那日我有事在忙，沒能參加貴府的伏日宴。」

「原來如此，那我與五姑娘也算有緣了，那日雖沒見到，但兜兜轉轉還是見到了。」盧湃笑起來特別有活力，看著有那麼點紈袴子弟的樣子，可又有點乖順在裡頭。

他沒提驚鴻一瞥的事，以免讓對方覺得自己不像個正經人。

賀語瀟笑了笑，沒再說什麼，盧湃卻不想錯過這次聊天的機會，又道：「這是馬場新送到的小矮馬吧？怎麼樣？性格真的那麼溫馴嗎？」

馮惜向來對這種小馬沒興趣，是為了教賀語瀟，才待在這兒。「還不錯，也不認生。不過體力有限，稍微跑一跑就要休息一會兒。」

「估計再長得壯實些會好很多。」盧湃目光一直在賀語瀟身上，賀語瀟則專心保持著自己的平衡，並未發現。「五姑娘想要養一匹小矮馬嗎？」

賀語瀟這才再次看向他。「我現在尚且需要馮姊姊幫我拉著韁繩，才能稍微慢跑一段距離，說養馬未免太早了。」

盧湃笑道：「這種小馬很多人都喜歡，尤其可以養來給家中年紀小的孩子騎，五姑娘如果不抓緊時間訂下來，下次來恐怕就沒有了。」

賀語瀟琢磨了一下自己的錢包，無奈道：「我不像馮姊姊那麼擅長馬術，這馬就算跟著我，也多半是要受委屈的，若有個懂馬愛馬的養著，想必更好些。」

馮惜笑道：「妳才第一次來，怎麼知道不擅長了？」

「我自己什麼水準，心裡能沒點數嗎？」賀語瀟向來不喜歡托大，也不喜歡逞能。

「等妳練熟了就不會想這麼多了。」馮惜拉好韁繩，說：「我再帶妳走幾圈。」

現在賀語瀟要做的是先學會在馬背上保持平衡。這個做好了，就可以開始自己慢跑了。

盧湃不好出言挽留，硬搭話可不是君子所為，他希望能給賀五姑娘留下個好印象，便適時地說：「那兩位姑娘先玩，我去跑幾圈。」

「盧四公子請便。」馮惜點頭道。

兩方各玩各的，盧湃每次經過賀語瀟這邊，都不禁向她那裡張望，看著她笑咪咪的不知道在和馮惜說什麼，他也會覺得很開心。

玩了一陣子，賀語瀟累了，馮惜讓她下來先去涼亭那邊休息，她則去馬場跑兩圈再回來找她。賀語瀟欣然應允。

亭子這邊沒有人，一陣微風吹來，雖沒有多涼快，卻也覺得很舒爽。

「五姑娘，喝茶。」馮惜帶來的丫鬟給賀語瀟送來茶水。賀語瀟今天沒帶露兒過來，等於是給她放了一天假。

賀語瀟端著茶杯，站在欄杆處遠遠看著騎馬疾馳的馮惜，有種說不出的瀟灑恣意，是京中頗為難得的女子會有的狀態。

「五姑娘不騎了嗎？」

賀語瀟聞聲轉頭，是盧湃。

「歇息一下。」賀語瀟簡言道：「盧公子也休息了嗎？」

「嗯，過一會兒就熱了，不適宜跑馬了。」盧湃走進亭子，看到騎馬奔馳的馮惜，說：

「馮姑娘馬術極好，我們這個年紀能與她一較高下的，大概只有長公主府的傅公子了。」傅聽闌馬術好，賀語瀟一點也不意外，畢竟跟著懷遠大將軍學過，肯定差不到哪兒去。

「盧公子看著也是個愛跑馬的，想必馬術應該也不錯。」賀語瀟並不是有意想恭維他，只是作為一個菜鳥，這裡但凡能去跑兩圈的，肯定都比她強。

「哪裡，我就是個讀書不怎麼成，在玩的方面比較擅長罷了。」盧湃從不羞於承認自己讀書不行。

「盧公子倒是實在。」在世家能遇到一個不怎麼裝的，屬實難得。

「人各有所長嘛。」盧湃倒是很想得開。

「沒錯。」賀語瀟贊同他的說法。

等馮惜回來了，盧湃便告辭了，不是他不想繼續和賀語瀟說話，而是有馮惜在，他就不可能那麼隨意地與賀語瀟閒聊了。何況人家兩個姑娘，他也不方便一直跟她們待在一起。

太陽升起來後，馬場就沒有人跑馬了。賀語瀟和馮惜坐在涼亭裡喝茶吃點心，午飯也準備在這兒用。兩個人聊著聊著，話題不知怎的就聊到了信昌侯府上。

「聽說幾個月前老侯夫人為了給三孫少爺挑親事，特地邀了幾家去府裡聽戲，乘兒也去了。」這邊沒有外人，聊起這些事也沒什麼。

賀語瀟突然想到之前乘兒與樂安縣主起衝突那次，應該就是那回吧。

「說來，老侯夫人真是用心良苦了，想趁著自己和老侯爺還活著，把孫輩的親事都安排明白了，尤其是老三。」馮惜伸直著腿，喝著茶，做派相當豪邁。

「是有什麼說法嗎？」賀語瀟問。

馮惜笑她。「妳真是比我還不樂意打聽這些事。信昌侯之子有一個平妻，那三孫少爺就是平妻所生。」

「平妻？那樣的家族為何會娶平妻？」賀語瀟很驚訝，平妻在京中不是沒有，只是一般高門大戶少見。納妾就算了，娶個平妻回來，未免太打原配的臉了。但凡有點身分的人家，也不希望姑娘嫁到一個有平妻的家裡，萬一姑爺也要學著長輩娶平妻，多鬧心啊！

「聽說是侯府的兒媳入門五年無所出，侯府以為是個不能生的，侯府又是獨子，必要傳宗接代，就想給兒子納個妾。結果這位少爺不知怎的，跟一個遠房表妹搞到一塊兒去了。然後那遠房表妹只肯做平妻，不肯為妾。礙著親戚關係，侯府不想撕破臉，再三考慮後，就同意了。

「結果這平妻入門後，仗著自己是表親，又是平妻，各種不敬重原配，在府裡囂張跋扈，娘家人也常來府裡打秋風。原本娶她進門是為傳宗接代，結果這平妻進門也是五年沒個動靜，倒是原配生了兩個兒子。信昌侯府悔得要命，又沒辦法對外講，只能和幾個親近的人說說，排解苦悶。等這平妻好不容易懷上了，沒多久原配也懷上了，平妻生了老三，原配生了老四，兩個人年紀相差不過半年。

「如今侯爺和侯夫人年紀都大了，侯府也日漸勢微，等老侯爺不在了，下一輩雖說能襲爵，卻也只是個伯爺，加上侯爺這位獨子實在無甚才能，連個官都不是，到時候恐怕就是個擺設了，所以侯府才想趁現在把三孫少爺的親事定了。」馮惜說。她認識的貴女多，這種八卦自然不缺人跟她說。

「那現在可定下人家了？」賀語瀟好奇。

馮惜搖搖頭。「還沒呢，大家表面上不說，但心裡都不願意讓女兒嫁給這平妻之子，加上那人似乎與他父親一樣無所建樹，所以到現在還拖著呢。」

賀語瀟略感唏噓，能坐上侯位肯定不是簡單的人物，結果聰明一世，糊塗一時，到老了還要為自己當初的錯誤決定買單，何必呢？

「方便打擾兩位聊天嗎？」

熟悉的聲音讓兩個人同時轉頭，就見傅聽闌站在亭外，眼含笑意。

「傅公子怎麼過來了？」馮惜笑問。之前傅聽闌經常出入她家，家裡的下人對他很熟悉，在這種地方見到也不會特意通傳。

「聽說馬場來了幾匹小矮馬，我過來看看，如果有合眼緣的就挑一匹養。」傅聽闌的衣服有些褶皺，看起來像是剛忙完別的事趕過來的。

「語瀟騎了一會兒，我看著不錯，挺溫馴的。」馮惜道：「就是歲數小，得精養。」

傅聽闌笑了，說：「那就煩請兩位姑娘帶我去看看，既然五姑娘騎的那匹夠溫馴，我就買那匹吧。」

「你怎麼突然有興趣養矮馬？」馮惜挺意外，這種矮馬傅聽闌肯定不騎，就是養著玩。

傅聽闌負手而立，笑說：「從來沒養過，不免好奇。就算不騎，放在院子裡看牠來回跑應該也挺有趣。」

「你興致是真好。」馮惜拍了拍自己的衣襬，道：「走，帶你去看看。」

說著，馮惜還不忘拉上賀語瀟一起去。

馬廄裡難免有些異味，就算打掃得再勤，也是不能避免的。所以很多女子就算喜歡騎馬，也不會往這邊來，多是家裡的下人去挑選，再由訓馬師牽出來。

馮惜完全不在乎這個，賀語瀟也沒覺得不適，農場、動物園不也這個味？所以注意力更多的還是放在各式各樣的馬上。這裡大大小小的馬都有，樣子各異，看著都特別有精神，毛也順滑光亮，一看就是精心養護的。畢竟是給京中貴人們跑馬的地方，誰敢怠慢？

「喏，就是這匹了，品相不錯吧！」馮惜指了指剛才賀語瀟騎過的那匹。

此時小矮馬正在吃蘋果，那專心致志的態度就連人過來牠都沒抬一下頭。

傅聽闌走過去仔細看了看，摸了摸皮毛，又拍了拍牠的身體，感覺手下很結實。「不錯，就牠了。」

小廝去找馬場負責人，馮惜看到不遠處的馬廄裡有一匹沒見過的白馬，便湊過去看。小矮馬的馬廄前就剩下傅聽闌和賀語瀟兩個人。

「我的小廝回話說，我下次去妳店裡，妳有好東西要給我？」傅聽闌主動開口。

賀語瀟笑了。「小廝說你最近忙，我琢磨得過一陣子你才會到店裡，還沒開始製作呢。」

「也行，我最近是挺忙的，今天也是抽了空過來看看，一會兒就得趕回去。」聽說賀語瀟有東西要給他，他心裡很高興，也很期待，想知道卻又不敢多問，怕驚喜感沒了。

「在忙很要緊的事？」賀語瀟隨口一問，又補充道：「不方便的話不用回答。」

「沒什麼不方便的。」傅聽闌似乎有些累了，站得也沒有那麼端正，稍微靠了靠旁邊乾淨的柵欄。「這不是要秋闈了嗎？陛下命我代他巡視京中考試場地的安排和治安情況，所以最近到各處巡視比較多。」

「今年京中考試的學子多嗎？」賀語瀟好奇，不知道會不會出現人山人海送學子去試場的情況。

「就目前記錄在冊的看，比去年多一些。其中不少是外州府到京中求學的，拿到老師的推薦信，亦可在京中考試。不過人肯定比春闈少，若是趕上春闈，妳最好不要出門了，車馬行走都很不便。」傅聽闌道。

秋闈是地方性的，秩序還比較好管理，趕上全國學子集中到京中的春闈，那可是要動用皇城軍維持秩序的。

「我記下了。那明年會有春闈嗎？」賀語瀟順著他的話問。

「有。」傅聽闌點頭。「朝廷需要人才，這三年年年考，年年任新官，但還是不夠。」

「人才這麼難選？」

「不是人才難選，是可用的人才難選。」

賀語瀟一琢磨，這要麼說明皇上對人才要求高，要麼說明皇上在用人這方面十分謹慎。

「皇上聖明，官員只有肯為百姓做實事，才能真正地為皇上分憂吧。」

傅聽闌笑著點頭。「在京中為官的還好說，這麼多雙眼睛盯著。怕就怕下放的官員不能成為好的地方官，那樣百姓才要吃苦呢。」

「傅公子說得是。」

馬場負責人過來，兩個人便停止了對話。賀語瀟跟馮惜回到小涼亭，傅聽闌與負責人交談後，付了銀兩，便又去忙自己的事了。

等盧湃吃飽喝足，想起賀語瀟騎的那匹小矮馬，讓人去問價考慮買下來後找個理由送給賀語瀟時，才知道馬已經被傅聽闌買下了。盧湃有點失望，但也沒有太在意，小矮馬就那麼幾匹，五姑娘騎的那匹品相最好，傅聽闌選牠再正常不過了。

傅聽闌買下的小矮馬並沒有拉走，說先養在馬場裡，她可以繼續騎。於是賀語瀟在太陽開始落下時又騎了好幾圈，已經可以自己一個人慢慢騎著小馬跑了，讓她非常有成就感。

第三十七章

第二天賀語瀟就吃到苦頭了，昨天騎了一整天，今天腰痠腿疼，走路都費勁。

賀夫人見她這樣，沒說什麼。倒是賀語彩笑她。「妳自己什麼水準心裡不清楚嗎？逞能逞得動不了了吧？我看妳今天也別出門了，讓露兒去給妳看店就得了，在家躺著吧。」

原本賀語瀟跟著馮惜去騎馬，她心裡挺不爽的，總覺得自己的風頭現在都被賀語瀟搶走了。可現在看賀語瀟這樣，她只想笑。

賀語瀟知道賀語彩這話不是壞心，而且自己這樣子的確挺搞笑的，便道：「那我在家歇兩天，讓露兒去店裡看著吧。」

店裡的大部分活兒露兒都能做，不需要她盯著，有什麼事露兒回來再跟她說就行。

賀夫人清了清嗓子，等兩個人將目光轉回她身上，才道：「昨天語芊做好了雙鞋給妳們父親送來了，妳們父親想著語芊也被關了好多天，想必也反省明白了，準備把人放出來。」

賀語彩的臉頓時就冷下來了，不過面對父親的決定，她又不能說什麼，就只能瞪著賀語瀟，希望她能說點什麼話，別讓賀語芊這麼快出來。可賀語瀟更沒有發言權，賀語芊做的那些事都是針對賀語彩的，說到底跟她關係不大。

「我明白妳心裡不舒服。」賀夫人沒粉飾太平，對賀語彩道：「但妳得明白，這事是咱們家內部查到的，外人並不知道。她若長時間不露面，被有心人打聽到一二傳出去，對妳們的影響才是最大的。如今妳已經可以安心待嫁了，這事就翻篇吧。」

賀語彩再不情願，也只能聽從。「是，父親、母親做主便是。」

離開棠梨院，賀語彩滿臉不高興，可也沒有別的辦法，只能生生悶氣罷了。

就這樣，賀語瀟在家裡待了三天，店裡都交給了露兒。

第三天傍晚露兒回來時，帶回來個訂婚妝的消息。「今日曾府來了人，說想跟姑娘訂婚妝，之前看何家姑娘化得漂亮，所以也想請您。」

「曾府？不會是國子監司業家吧？」賀語瀟皺起眉。

「正是。」露兒見她不怎麼高興，聲音也跟著低下來。

如果是一般人家，或者說賀語彩沒有要嫁到魏家去，那這活兒她肯定接，但現在卻是不能了。她三姊要去給人家當妾，她能高高興興地去給人家正室夫人化妝？要是別人議論起來，還以為他們家巴不得家裡三姑娘去給人當妾呢。

這事說大不大，說小也不小，就是讓賀語瀟有些膈應。曾家應該明白這個道理，何必來找她呢？這不等於是把難題丟給她嗎？如果她不接，說不定又會傳出她心胸狹窄，不是個好相處的人之類的傳言，真煩心！

「妳要接嗎？」姜姨娘問。

「不接。」賀語瀟回得很乾脆。「但我要想個合適的理由，不能讓人挑我的理，更不能讓曾家以後拿這事說話。」

這事賀語瀟沒隱瞞，直接跟賀複及賀夫人說了，兩個人當然也不贊同她去幫曾家姑娘化妝，倒不是有什麼深仇大恨，只是臉面上真的過不去。不過這兩個人也沒幫賀語瀟想出合適的拒絕理由，還得賀語瀟自己動腦子。

等賀語瀟恢復正常到店，曾家人又找來了，就像是讓人守著店門，知道她什麼時候來。

「我家姑娘說一定差不了五姑娘的妝錢，五姑娘接我們家姑娘的妝虧不了。」來的丫鬟脖頸抬得老高，不知道的還以為是宮裡的娘娘上門了，那語氣似乎要去魏家做妾的不是賀語彩，而是賀語瀟。

都說伸手不打笑臉人，前提是對方得笑，還國子監司業家呢，就這態度，賀語瀟更不可能接這個工作了。

「妳家姑娘婚期是何時？」賀語瀟直接問，連茶水都沒招待。

「咦？五姑娘不知道？還以為賀家應該是最關注我們姑娘與魏三公子的婚事的。」丫鬟似笑非笑地說。

「這話就說笑了，我們家關注這個做什麼？」賀語瀟直言。

丫鬟被噎了一下，隨後道：「定在八月二十六，大師說這是個宜成婚，且能白頭偕老，子孫滿堂，恩愛一生的好日子呢。」

「那是挺不錯，不過那日我沒空，貴府另請妝娘吧。」賀語瀟張口就拒絕。

丫鬟眼睛一下就瞪大起來。「怎麼會這麼巧？五姑娘怕是故意不想接吧？」

「呵，妳這話問的，我哪知道怎麼這麼巧？」賀語瀟不願意把丫鬟當下人看，但前提是對方跟她說話的態度得差不多一點。

「五姑娘那日有何事？」丫鬟眼睛一直盯著賀語瀟，似乎是想從她的表情中看出破綻。

「問這麼多做什麼？難道曾姑娘準備為了約我的妝改大好婚期？」賀語瀟覺得自己懶得跟她說這麼多。

丫鬟一時不知道說什麼好，又問：「五姑娘難道不能把事情推遲嗎？」

露兒看不下去了，她家姑娘得保持體面，所以不能跟那丫鬟吵，傳出去丟人，但她可不用顧臉面，從那丫鬟一進門的態度她就很不爽了！

於是露兒上前幾步，擋在賀語瀟面前。「真好笑，只有你們家姑娘成親是不能改的事，我家姑娘有事要忙就可以隨便推遲了？你們曾府好歹是國子監司業，教出妳這種趾高氣揚的丫鬟也是奇葩了，誰給妳那麼大譜啊？擺譜也得找準地方，不知道的還以為我們家姑娘是妳家下人呢！」

露兒這一下把那丫鬟嗆得無語了。

賀語瀟樂了，對那丫鬟道：「去回妳家姑娘吧。露兒，送客。」

露兒得令，立刻大聲道：「請吧。」

丫鬟最後翻了個白眼，不滿地走了，她也不敢真和賀語瀟正面鬧，畢竟賀語瀟是官員家的庶出姑娘，而她只是家中姑娘的丫鬟。只是沒想到這賀家五姑娘居然不是個好拿捏的。

「姑娘，曾家應該不會再來了吧？」露兒見那丫鬟走遠了，才回到店裡。

「應該不會了，不過難保曾姑娘成親那日曾家不會派人來看我到底在不在店裡。所以那天還是得找點事做，躲上幾日。」或許是她想多了，但在京中多想總比少想強。

「姑娘準備怎麼辦？」露兒問。

賀語瀟思考了一會兒，說：「說不定傅公子能幫我這個忙。」

說想讓傅聽闌幫忙，實際上並不是什麼難事，只看到時候對方能不能幫她安排一下。

盧湃打聽了幾天賀家五姑娘的事，對他來說，這事並不難打聽，或者說賀語瀟作為一個做生意的人，比一般在宅子裡的姑娘好打聽些。

知道她開了一家妝店，又打聽了裡面有賣什麼東西。這天一早，盧湃便穿了一套看起來如同翩翩公子般的華麗長衫，手裡拿了把根本不適合他的扇子，步履款款地來到了賀語瀟的店裡。

「這位公子，不知您想買些什麼？」露兒在前頭，此時賀語瀟在後院榨葡萄籽油。

看到店裡只有一個小丫鬟，盧湃不免失望，問道：「這可是賀五姑娘的店？」

露兒一見是衝著自家姑娘來的，再看這人的打扮還挺正經，不像來找碴的，便問：「正是，公子找我家姑娘嗎？」

盧湃點頭。「五姑娘在店裡嗎？」

「在的，您稍等，我給您喊去。」說著，露兒就往後面去了。

賀語瀟聽了露兒的描述，一時間沒想出來對方會是誰，便道：「妳幫我把這些過濾好裝進瓶子裡，我去前面看看。」

這是她好不容易榨出來的葡萄籽油，這東西出油率真的不怎麼樣，好在品質不錯，這多少讓她有了些安慰。

來到前頭，賀語瀟就看到了正在店裡閒逛的盧湃。

「盧公子？」盧湃的到來的確是她沒想到的。一般男子過來，都是陪自家娘子或者姊妹，像傳聽闌這種，也是有事或者被推薦來買東西的。

「五姑娘。」看到賀語瀟，盧湃立刻高興起來，三步併成兩步地走上來，又怕自己顯得不穩重，後退了半步，順手還理了理衣裳。「五姑娘近來可好？」

賀語瀟微笑點頭。「很好，盧公子怎麼過來了？」

「聽聞五姑娘開了家妝店，我想過來看看有什麼新鮮玩意兒，給我娘親和祖母帶幾樣回去。」這並不算藉口，他可不是不孝順的孩子，何況他不缺錢。

「可以啊，那我幫你介紹幾樣？」賀語瀟提議，反正她從不宰客，推薦起來從不心虛。

「好啊好啊。」盧湃立刻應道。

介紹了幾樣適合老侯夫人和盧夫人的東西，沒挑色彩太豔麗的，到了秋季，若想有秋冬感，適當的棕紅色調反而顯得柔和、有韻味。賀語瀟介紹的胭脂和口脂也大多傾向這個色系，顏色看著濃烈，但塗上去顏色並不重，不用擔心下手重塗出來會感覺奇怪。

「我祖母和母親好像都沒有這種顏色的胭脂和口脂，不知道她們會不會喜歡，不過這顏色的確很特別，京中不常見。」盧湃和別的公子不同，他會關注女子妝容和妝品。

「你可以先各買一盒回去，分別送給侯夫人和盧夫人，若她們喜歡，你可以再來，這不就又能多哄兩位夫人開心一次嗎？如果兩位夫人不喜歡，那你也省錢了。」賀語瀟說。

「妳這樣謹慎，真的能賺到錢嗎？」盧湃笑她。要知道，他往常去胭脂鋪，老闆都極力給他各種推薦，把他忽悠得看什麼都覺得好，都覺得適合他娘，不花個十幾兩銀子是出不來的，哪有賀語瀟這樣幫忙省錢的？

賀語瀟笑說：「不是幫你省錢，我這叫賺回頭客。我對自己的東西有信心，相信用完的顧客還會再來。」

「那我若不趕緊買下來，就顯得我不識貨了。」隨即，盧湃又問：「可有什麼是適合我用的？」

賀語瀟挑眉，這個小動作讓她顯得十分俏皮。「有倒是有，就怕盧公子看不上。」

「怎麼會？是什麼？」盧湃忙問。

「是面脂。」賀語瀟帶他到放面脂的貨架邊，打開試用品讓他在手背上先試試。

最近有不少之前到她這兒買過面脂的婦人又來買了，不是自己那罐用完了，而是買回去給自家相公用的。這種便宜又好用的面脂，對用過的人來說絕對是首選。尤其一入秋，臉上一天比一天乾燥，這個時候塗面脂的好處就逐漸體現出來了。

「盧公子在手背上試試，看看這滋潤度是否喜歡。」賀語瀟拿了個小挖勺，讓盧湃自己挖一點試試，這也是為了保證試用品的乾淨。

「這個好滋潤啊。」盧湃一般都是直接上臉，還沒在手背上試過，這種感覺對他來說挺新奇的，不過試滋潤度是足夠了。「還沒有什麼香味，這用著舒服啊！趕緊給我來一罐，不，來三罐！」

他要給兩位兄長都帶一罐。

賀語瀟提醒。「這東西不能久放，你買這麼多回去送人還行，自己用的話，用不完反而浪費。」

「送人的。」盧湃心情很好，他沒想到還能買到這樣的面脂。

他和兩位兄長臉上都特別容易乾，冬天會塗一些女子用的面脂來緩解，有時候香味久久不散，別人還以為他們是去了什麼花柳巷呢。他好玩也就罷了，不怕別人說，可他的兩位兄長可是正經讀書人，而且都娶親了，讓人那樣誤會實在不太好。

「那成，我幫盧公子包起來。」賀語瀟說著，轉頭去找了個小盒子，把這些東西裝到一起方便拿。

「五姑娘這兒就跟個珍寶庫似的，居然能找到這麼多市面上不常見的東西。」他原本只是想找個藉口來見見賀語瀟，萬萬沒想到居然還有意外收穫。

「珍寶庫算不上，京中胭脂鋪不少，也不缺妝娘，如果沒有點拿得出手的東西，估計很難在京中生存下去。」賀語瀟知道自己和一般胭脂鋪的客戶群體不同，所以她的生意越來越好，是有理由的。

臨走時，盧湃問賀語瀟什麼時候再去馬場。賀語瀟表示短時間內不會去了，盧湃有些失望，卻也沒多說什麼。

送走盧湃，賀語瀟又到後面搗鼓她的油了。這次她準備做一個保養油，除了葡萄籽油，她還準備加入山茶花油和茶樹籽油，這兩樣她都只做了一點點，雖然買現成的油也行，可她總覺得自己做的品質更好，更放心。

其中葡萄籽油可以讓皮膚保持水潤狀態，這也是主要成分，山茶花油可以讓皮膚平滑，茶樹籽油則有消炎鎮靜的功效，這些純天然的成分比較好吸收，不會對皮膚產生不必要的負擔。

「姑娘，您歇一會兒吧，忙活了快一天了。」露兒給賀語瀟換上新茶。

「嗯，弄好了。」賀語瀟在手上試了試，效果很不錯，滋潤不糊臉，洗起來也不費事。

「姑娘做這一小瓶東西可真是費了不少工夫呢。」露兒幫賀語瀟揉著肩膀，手勁適中，一看就是經常幫賀語瀟按摩。

賀語瀟喝著茶，表情很是享受。「裡面的東西不說多貴重，在京中想買齊很容易，主要是比例，怎麼配才是最合理的，得研究一番才行。」

賀語瀟能這麼快調配出來，是因為她之前用過保養油，知道自己用的那一款裡面都有什麼成分，看過成分表也大概能知道比例順序，不然她現在還在各種試呢。

「姑娘就是聰明，別人要琢磨很久的東西，姑娘沒兩天就能搞定。」露兒覺得她家姑娘是全大祁最好的姑娘。

「別一天天總誇我，把妳家姑娘我誇飄了，以後就不上進了。」

要關店前，賀語瀟讓露兒去買些水果帶回家，她則簡單收拾一下店裡，這樣明早過來就不用打掃了。

「五姑娘。」

賀語瀟聞聲轉頭，頓時驚訝了，叫她的是位嬤嬤，而站在嬤嬤前面的不是別人，正是微服前來的惠端長公主！

第三十八章

「拜見長公主。」賀語瀟趕緊行禮，她作夢都沒想過有一天長公主會親臨她的小店。

「起來吧，我常服出行，就不必多禮了。」惠端長公主步入店內，雖然穿了常服，但那貴氣和讓人驚嘆的容貌，可是一點都不低調。

之前賀語瀟沒覺得她這店小，反正對她來說是很夠用了，但今天長公主一來，她才明白什麼是小店配不上貴人，就算她鋪紅毯迎接，都感覺遠遠不夠。

賀語瀟起身道：「您若有想買的，來人吩咐一聲便是。」

長公主的自稱都沒用「本宮」，可見是真的不想張揚。對於這樣的貴人，賀語瀟是樂意招待的，就怕那種說不用在意禮節，結果別人當真了，對方又惱了。

「我待在府裡沒什麼事，權當出門散心了。我的濕敷水快用完了，聽聞最近挺忙，就沒叫他過來。」惠端長公主說。

「那日小女子在馬場遇到傅公子，聽他提了最近在忙。」賀語瀟微笑道。

「哦？他還跟妳說這個呢？」惠端長公主面露意外。

賀語瀟從容道：「小女子與傅公子有些生意上的合作，那日見到，傅公子就隨口說了一句，應該是想提醒小女子近日生意上的事得放一放。」

「你們到底在合作什麼呢？」惠端長公主坐到椅子上聽賀語瀟慢慢說。她之前聽傅聽闌提過，但沒細問。她知道兒子有商隊和生意，但具體都是些什麼，她從不過問，讓傅聽闌一個人去闖。

賀語瀟將面脂的事跟長公主說了。

長公主恍然。「我說最近怎麼看著我兒這臉皮是越發細緻了，這小子，有這等好東西居然不和我說。」

賀語瀟忙道：「不是什麼了不得的東西，只是想著能讓乾寒地區的百姓在秋冬時節有些東西潤潤臉，這樣日子也不會覺得太苦。配方都是比較平價的東西，託傅公子的福，能有一處銷路，我已經感激不盡了。」

惠端長公主沒想到她居然有這樣心懷百姓的胸懷，雖然只是小東西，可對百姓們來說，生活中的甜滋味往往就來自這些小東西。

「沒想到妳這樣有心。」惠端長公主露出讚許的笑容。

「並沒有長公主誇得那樣好。不瞞長公主，一開始小女子只覺得這是個賺錢的商機，等真正動手做了，在各種計算成本後，才發現是真的可以惠及百姓的。也好在傅公子不嫌棄東西簡單便宜，沒多少賺頭，樂意讓他的商隊帶去北邊賣。若真說有心惠及百姓的，傅公子才是當之無愧的那個。」賀語瀟並不是故意想說傅聽闌的好話，只是話說到這兒，她覺得傅聽闌當得起這樣的讚揚。

惠端長公主笑得溫和。「聽闌作為我的兒子，做這些都是應當的，倒是妳能有這樣的想法，的確難得，不必謙虛。」

「長公主過獎了。」賀語瀟並不邀功。「小女子這就去給您配濕敷水，您可以隨便看看，這邊還有些口脂、胭紅，看有沒有您喜歡的。」

「好，妳去吧。」惠端長公主點點頭。

等賀語瀟配好濕敷水出來，長公主正在看口脂，正是賀語瀟覺得與秋天很配的棕紅色。

「這個顏色很特別。」惠端長公主說。

「長公主好眼光，小女子也覺得這個顏色可以用到深冬，都很合適。不過因為京中不太有這種顏色的口脂，所以不是所有人都能接受。」賀語瀟覺得長公主是個有品味的，而且是對新東西有好奇心的女子。

「反正試試也不虧，我可不是那種別人用什麼，我就愛用什麼的人。」惠端長公主把口脂往桌子上一放，說：「這個我要了。」

「好的。」賀語瀟幫惠端長公主打包，順便拿出一個小瓶子，對長公主道：「小女子還得煩勞長公主一事。這是新製出的面油，煩請長公主帶給傅公子試用，如果效果好，小女子也想多做些賣到北邊去。」

她前面之所以說了那麼多，就是為了讓長公主幫她帶這個東西。如果長公主不瞭解其中緣由，肯定不會幫她帶，萬一落個私相授受的罪名，反倒不好解釋。

一聽是想賣去北邊的東西，惠端長公主立刻點頭。「沒問題。這東西怎麼用？」

「可以在洗過臉後倒幾滴在手上揉開，然後抹到臉上，再塗一層薄薄的面脂就足夠了。也可以混兩滴在面脂裡，揉勻後上臉。」賀語瀟向長公主說明。「這個季節京中還沒有那麼乾燥，可能效果感覺不那麼明顯，等天再冷一些，應該更實用。」

「這東西我能用嗎？」惠端長公主聽著覺得不錯。

賀語瀟笑說：「長公主皮膚柔嫩，大概是用不上的，如果強行往臉上疊加，恐怕易生痘。等什麼時候殿下覺得臉上乾得不舒服了，再從傅公子那裡分一些便是。別看這小小的一瓶，用量很省的。」

賀語瀟這樣誇她，惠端長公主心裡自然是高興的。「行，到時候我跟聽闌要一些。」

送走惠端長公主，賀語瀟鬆了口氣，能把長公主伺候好，對她來說真的沒有表面看起來那麼輕鬆。

而馬車上，惠端長公主心情很不錯，對貼身嬤嬤道：「以後聽闌若能娶個像五姑娘這樣心懷百姓的姑娘，我就放心了。」

越是得到皇上看重，娶個什麼樣的姑娘回來越是要仔細，必不能挑個事多的，也不能是沒有腦子的。

嬤嬤笑道：「咱們家公子的眼光肯定差不了，但殿下這要求有點高，女子多以賢良淑德，能相夫教子為榮，能當好家已經不容易了，哪還有精力心懷百姓呢？」

「說得也是，所以五姑娘的想法才尤為難得。」惠端長公主笑得有些無奈。

嬤嬤想了想，說：「五姑娘若家世高一些，與咱們公子倒也相配。說實話，五姑娘這樣的好樣貌在京中必是要排上前列的。但凡要是個高門姑娘，稱個京中第一美人都不為過。」

「是啊。若是聽闌喜歡，家世低一些倒也無妨。可惜啊，我與駙馬恩愛多年，沒想到生出的兒子居然是個榆木腦袋，根本不開竅！」惠端長公主嫌棄自己的兒子毫不客氣。

「殿下可別這樣說，咱們公子聰慧著呢。」嬤嬤樂道：「殿下若是著急，與公子說說，讓他多上點心，公子肯定會聽的。」

長公主點頭。「是得提醒他兩句了，我雖不想干涉他，也不希望他一點都不上心。」

如賀語瀟所料，沒過幾天，傅聽闌就抽空上門了。她猜到就算她跟長公主說了用法，傅聽闌也會再來一趟，不是長公主的話沒說明白，而是用好了會來問她成本。

果然，一進門，傅聽闌就開門見山，說面油很不錯，味道也淡，適合男子用。又問了價錢如何，是否能批量做。

賀語瀟不托大，直接說：「這是用上次你讓小廝帶來的種子做的，兌進去了些其他面油。只要找到的材料足夠，完全自己來做的話，成本就可控。不過上次的葡萄籽出油量不是太好，我還要再研究一下。」

「那行，我會去信給商隊的人，讓他們多比較一下價格，儘量花小錢、辦大事。」傅聽闌對這面油很感興趣，如果有了這個，冬天再乾燥也不用愁了。

「那就麻煩傅公子和商隊的人費心了。說來，傅公子來得正好，我有事想和你商量。」賀語瀟說。

傅聽闌點頭。「妳說。」

「你之前不是提議在你莊子上種花嗎？我想八月二十六到你莊子上看看，瞭解一下環境和面積。」這樣她就能完美錯開曾姑娘成親的日子，也不用特地為了躲這一天，而浪費時間，她的時間可是很寶貴的！

「非得那天去嗎？」傅聽闌疑惑怎麼突然就定了個這麼具體的日期。

「對。」賀語瀟很堅決。

「是遇上什麼事了？」傅聽闌腦子動得很快。

賀語瀟直接說了曾姑娘的事，又道：「說白了，我就是想出去躲躲，去你莊子上看看也不算藉口，咱們早點達成合作，你莊子上也能早點打算起來。」

「行。我原本是想著等哪天不忙了，或者忙完了，再抽空請妳去莊子上看看，既然妳有需要，就按妳說得來吧。不過到時候可能得妳一個人去了，我會安排好莊子上的管事接待妳。妳也可以在那邊小住兩日，放心，不會有人多嘴的。」

「如此，就多謝傅公子了。」事情順利解決，賀語瀟心情很好。別人不會關注她去了哪裡，如果曾姑娘讓人留意她的動向，就算知道她的去處，想必也沒膽子多嘴。

她就是仗勢欺人了，那又怎麼樣呢？是曾姑娘先給她找難題的！

「對了，再過些時日就到賞菊的時候了，妳可有不錯的買秋菊的地方？」傅聽闌問。

「若沒有，我倒可以給妳推薦一處。」

賞菊是京中秋季非常看重的事情之一，一些高門大戶甚至會專門舉辦賞菊會。若能得幾盆不常見的菊花品種，那在京中可是相當有面子的事。

「我一般在京郊一處專門賣鮮花的地方買。往年開春種花，我也是在那裡買花苗和種子，不說花色多精緻，但的確很容易養活，也沒被騙過。」

「叫什麼名字？」

兩個人一對，居然是同一家。

賀語瀟恍然道：「我想起來了，開春我去買花苗那日，聽老闆娘提了一句，說公主府那日也在那裡買花苗，應該就是你們府上吧？」

「這麼巧？估算一下日子，的確是我們府上。」傅聽闌點頭道。

「我還以為公主府的花卉都由宮中賞賜呢。」

「宮中的確會賞賜一些，還會有專門的花匠來府布置。但宮中賞賜的花卉有限，不足以填滿公主府的花園，加上母親每年喜歡的花卉都有所不同，所以還是會自己買一些。」傅聽闌說。

「那以後你莊子上的花種好了，長公主就不用去別處挑了。」賀語瀟把未來想得很美好，即便還不知道莊子上的花能種成什麼樣子。

「想法是很好，但還是得緊著妳用才是。」傅聽闌笑說。

賀語瀟想到以後不用為鮮花發愁，能省不少精力，也跟著笑起來，端起茶杯。「預祝我們合作成功。」

「合作愉快。」傅聽闌拿起自己還未喝的茶，與賀語瀟輕輕一碰。

賀語瀟沒跟家裡提合作的事，她覺得和傅聽闌的合作越少人知道越好。。她這邊沒什麼煩心事了，只等到日子去莊子上看看，去之前還可以去一趟順山寺求個合作順利，這秋景之下，沿路上山，想必心情應該相當不錯。

賀語瀟是放鬆不少，但賀府可沒她這麼無憂無慮。這不快秋闈了嗎？二姑爺今年下場，賀府不可能不重視，在賀複的提議下，賀夫人準備了些考試用得到的東西和衣物，讓人送到了胡家，也是為了讓賀語穗能準備得輕鬆點。

轉眼到了秋闈，街道上多了不少官兵巡邏，生怕有學到崩潰的學子鬧事，影響秋闈。

賀語瀟照常去店裡，路上意外地看到了柳翀，沒想到這人居然沒有離京，看他身上揹著個包袱，應該也是去趕考的。

賀語瀟拉著露兒走了小路避開，回家也沒提這事。

賀語瀟沒跟家裡提要去傅聽闌莊子上的事，只說之前去順山寺求開業順利，覺得很靈，這次想去添點香油錢，還個願，還想在寺中小住兩日。

賀夫人沒有意見，對於這種祈福禮佛的事，她向來都是支持的。至於賀複，就更沒有什麼可不樂意的了，賀語瀟開店讓他與不少官員都相熟起來，如果不是公務在身，他都想自己去拜拜了。

於是賀語瀟就這樣順利地帶著露兒，提著小包袱離開了賀府。臨離開時，賀語瀟還是跟姜姨娘說了實話。姜姨娘得知賀語瀟此番全是為了生意，只叮囑她要低調謹慎些，不要被傳出閒話，便放心讓她去了。

第一天，賀語瀟當然是老老實實地待在了順山寺，該拜的殿一個沒落，該添的香油錢也只多不少。

「姑娘，您應該去好好求求姻緣才是。」露兒給她提建議。「雖說還沒到您議親的時候，但看三姑娘婚事這樣不順，您去拜一拜，至少求個順遂吧。」

賀語瀟漫步於寺中的小路上，這邊都是給香客住的廂房，此時並沒有其他人。「三姊姊那是人禍，不過她也算得到了她想要的，對咱們來說或許那叫波折，但對三姊姊來說算是得償所願。」

「……好吧，但奴婢覺得求一求沒壞處。」露兒覺得賀語瀟總有自己的道理，還是她無法反駁的那種。

「等四姊姊議親了，我再來求也不遲。」賀語瀟笑說：「現在首要的還是賺錢，妳也不希望妳家姑娘我嫁到別人家，因為沒個本事，嫁妝也不夠豐厚，而被欺負吧？所以求姻緣是得求，可也要自身有底氣才行。」

露兒略一想，覺得賀語瀟說得很有道理，像那些嫁妝夠多的姑娘，嫁到婆家後的確更有底氣說話，婆婆也不敢隨意拿捏，只要姑娘自己爭氣些，都不會過得太差。「那姑娘還是先賺錢吧，別委屈了才是。」

她家姑娘要是能在婆家說得上話，那她跟著姑娘嫁過去，日子也不會太難，誰不想過點好日子呢？哪怕不是更上一層樓，能保持現在這樣，她也是知足的！

既然是閒聊，賀語瀟便笑問她。「妳覺得我找個什麼樣的相公比較好？」

露兒想得特別認真，說：「肯定是要真心疼愛姑娘的才行。別的嘛……人品得好，脾氣也得好，最好有點才氣，但也不能太有了，讀書人雖好，但讀書人心氣高，而且很多讀書人都不喜歡女子做小生意，這樣姑娘的才華就要被埋沒了，這可不好。還是得與姑娘一條心，能想到一處才是。」

「妳想得還挺細緻。」賀語瀟覺得挺有意思，這小丫頭有時機智，有時大剌剌的，可在關鍵的事情上想得還挺全面。

「那是，姑娘的婚事可是很要緊的。奴婢還覺得得長得好看些，才配得上姑娘。」露兒嘿嘿笑道。

賀語瀟樂了，正好有落葉掉到她身上，她便拿在手裡輕輕拍了拍露兒的額頭。「沒想到妳還是個愛看臉的。」

「這可不是奴婢愛看臉，姑娘長得這麼好看，必然得找個相貌配得上的，才稱得上般配嘛。」露兒翹著鼻子道，對自家小姐的容貌她是與有榮焉。

賀語瀟沒否定露兒的話，她也不是完全不看臉的人，有個賞心悅目的另一半，每天生活在一起，光看著也叫人舒心。

還沒等賀語瀟說什麼，露兒就又道：「奴婢覺得傅公子那樣的就很好看。」

賀語瀟笑噴了。「妳可真敢想啊！妳是怕我日子過得太舒心嗎？」

「沒有沒有。」露兒連忙擺手。「奴婢只是突然想到罷了。如果傅公子只是一尋常公子，姑娘倒真可以考慮。」

「如果他只是尋常人家的公子，那還輪得到我考慮嗎？估計京中姑娘都得為他搶破頭。」賀語瀟很清楚，如果不是有長公主府的庇護，傅聽闌的婚姻處境恐怕會非常糟，所以不得不說傅聽闌是個會投胎的啊。

第三十九章

聽了經，吃了齋飯，賀語瀟這一天過得很是自在。

第二天一早，傅聽闌安排的馬車就來到了寺廟後門，賀語瀟帶著露兒上了馬車，前往莊子。她們沒有退廂房，晚上還要回來，明天中午再乘賀家來接她們的馬車回去，可以說是安排得相當周全。

其實賀語瀟原本預想的是今天從店裡出發去莊子上，可沒想到賀夫人居然慷慨地同意她在順山寺多住幾天，估計也是因為不想她去幫曾家姑娘化妝，覺得這樣更加順理成章。

「給五姑娘請安了。」莊子的管事已經在門口等她，見她下車，立刻上前問好，一點架子都沒有。

管事看上去五十來歲，鬢角有幾根白髮，但並沒有被歲月蹉跎之感，反而有種自在活力在氣質裡。

「管事客氣了。」賀語瀟可當不起他請安，再怎麼說那也算是公主府的下人。

管事笑道：「公子已經吩咐過老奴了，讓老奴務必帶姑娘好生逛莊子，姑娘有什麼不懂的儘管開口，老奴必定知無不言。」

「有勞管事。」賀語瀟依舊客客氣氣。

這莊子比預想的大不少，但算不上是大莊子。莊子建在山間，隱蔽性很好，夠安靜，周圍的自然景色十分宜人。可能因為地氣暖和，莊子裡為裝飾而栽種的花還有不少待開的花苞，按這個狀態，開到十月都是有可能的。

「這個莊子平時是用來做什麼的？」賀語瀟問。

管事答。「沒有什麼特別的用處，原本公子買下來，是因為山上有溫泉，想著入冬了長公主和駙馬可以過來小住，泡泡溫泉。但後來皇上賞賜了一個很大的溫泉莊子給長公主，雖然地方比這兒遠，可地方大，長公主能帶的僕從就多，所以這邊就空下來了。只有公子偶爾過來泡個溫泉，也不多住。」

「原來如此。」有溫泉的都是寶地，難怪傅聽闌會想到拿這裡來種花了，這環境種出來的花肯定差不了。

「姑娘這邊走。」管事為賀語瀟引路。「雖然這邊不常使用，但公子並沒有遣散下人，大家能在這兒做份工，養活一家，已經非常知足了。這兩年我們實在沒什麼活計，就在莊子上種了些蔬菜，冬季收了給長公主府上送去，也表示我們這些下人是有用的人不是？」

能自己找活幹，可見莊子上的人都是勤快的，這樣的人看花種花，賀語瀟也放心。

「莊子上的冬菜長得還行嗎？」賀語瀟問。

「與南方的肯定沒法比，但和京中其他地方比，那是絕對長得起來的。」管事很驕傲。

「就是能種的種類太少，空了不少地，有些可惜了。」

他們樂意種，可長公主也不能頓頓都只吃那麼幾樣吧？所以他們就算送，也是有限。

「管事您是個能幹的。」賀語瀟誇道。

「不敢不敢，姑娘過獎了。」說著，兩個人就來到了後院。「姑娘您看，這邊就是我們種的冬菜，才下的種子，還沒長起來。旁邊這一片都是空出來的，還有後面的一大片山林也是歸莊子的，地方不少，就是沒什麼用處。如果能將這些地方種上姑娘要的花，那也算是物盡其用了。」

「這地方的確不錯，有您這樣的管事，想必沒有什麼需要我操心的，只是不知道莊子裡可有人懂種花？」賀語瀟問。

管事道：「這個還真沒有。不過公子說了，如果五姑娘覺得這莊子不錯，公子會專門請花匠來教。五姑娘放心，莊子上的人都聰明肯幹，一定能學得又快又好。」

管事這樣積極，也是太期望這莊子能物盡其用，這樣莊子裡的人都成了有用之人，主人家養著他們幹活，他們才更安心，不用擔心被辭退或者賣到別處去。

賀語瀟點頭。「地方是不錯，後山若也能開發，如此鮮花肯定夠用。待傅公子有空了，我再與他細商可種的品種，到時候就要麻煩管事多費心了。」

「五姑娘能看上我們這小莊子就好，我們一定盡心盡力養好花，以便姑娘隨時取用。」管事樂得褶子都出來了。

「不用等了，我現在就有空。」傅聽闌從拱門走進來，身上是平常的衣裳，卻不華貴整潔，反倒有些風塵僕僕，一看就是剛到。

賀語瀟驚訝。「你怎麼來了？」

即便面帶倦容，也絲毫不影響傅聽闌的神顏，這讓賀語瀟不免嫉妒老天的偏心。

「還是不放心妳一個人過來，讓人代了我一天，我便趕過來了。」傅聽闌笑道。

聽到他這話，賀語瀟心裡很暖，她坐著陌生的馬車來到陌生的地方，即便知道是傅聽闌安排好的，也不可能半點憂慮都沒有。如今傅聽闌過來，見到熟人讓她頓時覺得安心，也有更多心思慢慢參觀莊子各處了。

「逛得差不多了嗎？」傅聽闌詢問。

管事向傅聽闌行禮後，道：「回公子，奴才只帶了五姑娘看過此處，其他還沒去看。」

傅聽闌點點頭。「行，你去忙吧，我帶她逛。」

「是。」傅聽闌這樣的態度讓管事又把賀語瀟的重要等級升了一等，如果說之前只是「不能怠慢的姑娘」，那現在就是「絕對不能怠慢的貴客」。

「怎麼好麻煩你？」雖然賀語瀟也覺得傅聽闌帶她逛她能更放鬆些，但客氣話還是要說兩句的。

「我人都來了，還有什麼不能麻煩的？」傅聽闌笑說，隨後又對管事道：「我與五姑娘中午在這兒用飯，讓廚房簡單準備些就行。」

管事樂起來，似乎很高興傅聽闌能留下用飯。「是是是，奴才這就讓廚房準備。」

傅聽闌轉回目光，對賀語瀟說：「走吧，帶妳去後面的林子看看。」

「好。」賀語瀟帶著露兒跟了上去。

露兒沒跟得很近，方便自家姑娘與傅聽闌說話，而傅聽闌的小廝老老實實走在露兒旁邊，不搭話，眼睛也沒有亂飄，一看就是個很懂規矩的。

林中與莊子只有一牆之隔，但打開後門出去，彷彿進入了世外桃源。高大的樹木，新鮮的空氣，鳥兒嘰嘰喳喳地叫著，雜草與樹葉摻在一起，隱約可以看出一條有人走動的小路。

山中的樹木不小，但彼此間距還是挺大的，如果想開闢出一處種花之地，不必大面積砍樹，倒是不費事，甚至可以在樹間種植。

「這林中可有猛獸？」賀語瀟邊走邊問。如果有猛獸，就算不太猛，像山豬之類的，就夠對花植產生威脅了。

「猛獸倒沒有，不過不缺兔子、獐子、鹿之類的小獸。」傅聽闌知道賀語瀟在想什麼，便道：「放心，到時這邊種起來，肯定會設好柵欄防護。總不能辛苦好幾個月，最後都便宜牠們了。」

「嗯。」賀語瀟笑著點頭。「這邊環境比我預想得好。還要多謝傅公子慷慨出地才是，不然我想找到這樣的地方幾乎是不可能。」

「既然是合作，就沒有什麼好謝的。五姑娘有才能，有想法，我跟著五姑娘賺錢，說來還是我占便宜些。」傅聽闌繞過一棵樹，這個時節的落葉並不是完全發黃乾枯，踩在上面也沒有特別明顯的聲響。

兩個人都覺得自己更占便宜，這生意反而更好做。

賀語瀟笑說：「那我就不跟傅公子多客套了，傅公子看這花什麼時候能開始種？」

她爽快，傅聽闌也不拖沓。「隨時可以。」

「那好，林中這片地先不著急收拾，可以先種莊子內的空地。等我回去就寫下需要的鮮花品種，之後如何種植就交給傅公子操心了。」賀語瀟不需要什麼都管，就很省心。

「沒問題。如果京郊的花房有不錯的品種，我們可以一起去挑選，直接把花苗送過來就行。」既然他們有共同購買花苗的地方，在這點上就更能達成一致，不至於為買哪家、不買哪家產生分歧。

「好。」賀語瀟喜歡跟傅聽闌這樣的人合作，不拖沓，不糾結，是個實做派。

「秋闈已經結束，傅公子大概還要忙到什麼時候？」賀語瀟小心翼翼地跟在傅聽闌身後，林中的路不是特別好走，需要留意腳下。

「要到放榜才算結束。」傅聽闌沒有敷衍她，他挺喜歡和賀語瀟聊天的，尤其這個姑娘如果放開拘束說話，腦子很靈活。「現在考官正在閱卷，為防止有人打試卷的主意，閱卷的地方需要日夜有人看守。放榜時可能會有考生因為落榜心神失常，所以到時無論是榜下看守還是路上巡查都不能少，以免考生做出傷害路人的事。」

「我還以為只有春闈落榜才會讓人備受打擊，沒想到秋闈也會如此。」賀語瀟來大祁的時間不算長，之前也沒關注過科舉方面的事。

「情況肯定不會像春闈那般嚴重，但無論是考秀才還是考舉人，都有無數多年苦讀仍考不中的，所以多防一手有備無患。」

賀語瀟點頭。

「今年你們府上的二姑爺也下場了吧？」傅聽闌聽幾位考官提過幾個京中讀書比較勤勉的書生，其中就有賀府的二姑爺。

「是，家裡也都在等放榜呢。」賀語瀟笑說。

「女子普遍愛嫁讀書人。妳呢？也更中意讀書人嗎？」這話傅聽闌本不該問，可與賀語瀟相處了幾次，覺得她不是個保守到敏感的人，所以才多問一句。

賀語瀟微笑搖搖頭。「能通過讀書識字明理是必要的，但考不考科舉我倒不是很看重，我更看重對方是否與我想法一致，是否與我聊得來。人生漫長，如果與一個沒有共同話題的人生活，那和孤獨終老有什麼區別？」

「妳總是有讓我覺得意外的想法。」傅聽闌停下腳步，沒有繼續往前走。「女子通常把丈夫的前途放在首位，以夫為榮，也希望丈夫能為自己帶來地位和榮光。」

賀語瀟也跟著停下來，抬頭看著他，眼裡帶著笑意，說：「設想一下，如果你的夫人把所有的指望全寄託在你身上，你是會覺得倍受鼓勵還是很有壓力？她天天叮囑你要為前途考慮，你們一聊天，除了家裡瑣事就是勸你向學，你會覺得很開心嗎？」

傅聽闌稍微一想，就覺得這種日子他過不下去。「的確很難開心。」

「是啊。所以兩個人一起努力，不要把希望寄託在對方身上，更注重兩個人之間的交流，瞭解對方的想法，一起讓生活變得愉快和舒適，才是我覺得合適的婚姻。」賀語瀟表達自己的觀點，她相信傅聽闌能明白和理解。

傅聽闌怔怔地看了她一會兒，賀語瀟說這番話時，彷彿身上有一層柔光，比秋日的陽光更柔和。就像這片樹林，看上去平平無奇，安安靜靜，實際上只有身在其中，才能看到獨樹一幟的風景。

「怎麼了？」賀語瀟被他看得有點不好意思，只能出聲提醒他。

傅聽闌回過神，尷尬一笑，說：「抱歉，走神了。」

賀語瀟再次笑起來。「沒事，再往前走走嗎？」

原本傅聽闌沒準備帶著賀語瀟一直逛林子，畢竟種花只看一塊地方就差不多能瞭解林子的情況了，但現在他卻想多和賀語瀟待一會兒。「再走走吧，說不定能遇上野兔或者山雞，可以抓一隻回去加餐。」

賀語瀟欣然同意，她還沒抓過野味呢，就算不一定能遇上，期待感還是可以有的。

又在林子裡走了一陣，野味沒見著，倒是看到了一棵石榴樹，可能是地氣暖和的原因，這石榴長得又大又飽滿。

「要嚐嚐嗎？」傅聽闌見她眼睛都看直了，主動問道。

「甜嗎？」賀語瀟只喜歡甜石榴。

「不知道，沒吃過，也沒聽莊子裡的人提過這邊有棵石榴樹。」這倒不怪莊子上的人，他不常來，莊子上的人不可能為一棵石榴樹特地找他彙報。

「那摘一個試試吧。」賀語瀟躍躍欲試。

傅聽闌上下看了看，挑了個看起來最大、最飽滿的，摘下遞給賀語瀟。

「謝謝。」賀語瀟接過來，用帕子擦擦上面的塵土，可一時不知道要拿什麼打開，也不想弄得滿手汁水。

傅聽闌從容地拿出一把小短刀。「用這個吧。」

「你東西還挺全的。」賀語瀟接過小刀看了看，不是特別名貴的東西，她便放心用了。分石榴賀語瀟可是很專業的，沒一會兒就分成了幾瓣，紅通通的石榴看著特別誘人，賀語瀟招來露兒，給了她一瓣。「快嚐嚐，看著就好吃。」

露兒忙剝下幾顆塞進嘴裡，牙齒輕輕一咬，汁水四溢的同時，眼睛也不自覺地瞇起來。

「姑娘，是酸的。」

賀語瀟自己掰下幾顆嚐了嚐，臉上有點失望。「的確不夠甜，但也不算很酸。」反正不是她預想中的味道。

「傅公子要不要試試？」賀語瀟問他。

傅聽闌笑了。「妳這是看不好吃，才想起我吧？」

「哪有？」賀語瀟有點心虛，但還是挺起了胸膛。

傅聽闌笑意更濃了。「我就不試了，我也不喜歡吃酸的。」

「好吧。」賀語瀟把石榴包好，並沒有丟，隨後又對傅聽闌道：「既然傅公子不喜歡這石榴，不知道能不能讓我帶走一些？」

「妳想要便拿，我叫人來給妳摘了帶走。不過妳要這些石榴做什麼？」傅聽闌好奇。

「做石榴酒。」賀語瀟把包著石榴的帕子給露兒拿著。「在這兒掛著也是浪費，我拿去釀些石榴酒，天冷的時候正好能喝。現在招待客人用茶正好，等天冷起來，給姑娘們提供一杯溫酒暖和暖和，才是正正好。」

她這話把傅聽闌都說饞了，忙問道：「不知我能否有幸分得一壺？」

做石榴酒又不是什麼難事，賀語瀟當然不會拒絕，但還是玩笑道：「想喝酒總要付出點勞動吧？如果傅公子肯自己摘幾個石榴，倒是可以換上一壺。」

傅聽闌二話沒說，仗著自己身量高，胳膊一抬，很快就摘了好幾個石榴，統統塞給了賀語瀟。「這些可夠？」

賀語瀟抱著石榴玩笑道：「如果傅公子能幫忙把這些抱回去，那就足夠了。」

於是堂堂傅公子成了賀五姑娘的臨時小廝，真的抱著十來個石榴往回走，完全沒有假他人之手。

第四十章

午飯兩個人是在莊子裡的看景臺上用的，不算大的地方擺了兩張桌子，中間拉了一道屏風，沒有同席是對賀語瀟的尊重。

雖有屏風擋著，但薄透的屏風還是能隱約透出人影，這樣說話感覺方便些，不至於有種自言自語或者對牆說話的彆扭感，更不會不自覺提高音量。

莊子上做的飯菜不說多精緻，卻也是用了心的，賀語瀟很喜歡。

「對了，還未與妳說，我母親說散粉很不錯，用了不僅不易掉妝，妝面還很細膩光滑。」傅聽闌突然想到，便與她說了。

「長公主不嫌棄就好，這東西秋冬用處不大，在春夏容易出汗的時候，是真的好用。今年怕是趕不上時節了，等明年，我準備在店裡賣這個，屆時還得找傅公子進貨才是。」賀語瀟說。她賣給長公主散粉，打的就是這個主意。

「哦？這次需要什麼貨？」傅聽闌很願意幫忙。

賀語瀟給露兒塞了一口肉，露兒估計沒時間去用飯，她又不忍心讓露兒餓著，反正屏風擋著，讓露兒跟著吃幾口並不礙事。「需要滑石，是中醫會用到的一味藥材。我平時會去醫館買一些，但品質和價格都沒有比較好。傅公子手上的愈心堂長年進藥材，如果能蹭上這個便利，我便是賺了。」

這不是什麼名貴的藥材，賀語瀟想從愈心堂的進貨中用成本價拿一些不是什麼大事，傅聽闌便道：「可以，妳的用量應該沒有醫館多，跟著醫館買一次，夠妳用很長時間了。」

「這還真不好說。」賀語瀟吃飯的姿勢挺隨興的，反正沒有外人，她不用裝端莊給別人看。「我還準備用滑石粉做一些眼影，這個可是時常能用得上的，甚至能做胭脂粉。」

這些傅聽闌聽著新奇，可他對女子化妝用的東西只處在知道的階段，與瞭解精細還有很遠的距離。「都是要放在京中賣的？」

「對。不過像眼影、胭脂粉這種東西也可以帶去北方試試，價格合適的話，銷路應該還是有的。」北邊不比南邊富足，可逢年過節買一個回去塗一塗，也很應景。

傅聽闌道：「那等妳有成品了，拿給我看看吧。下次愈心堂進藥材，我讓他們多進些滑石，到時候妳去看看品質。」

「好。」

「妳多是做女子用的東西，是不是應該考慮做些男子能用的東西？」傅聽闌提議，他覺得自己用得不錯，覺得這方面應該有市場。

「我是女子，自然更知道女子需要什麼，所以做的東西也以女子為主，這是沒辦法的事。」她做的都是認知範圍內的事，她也想把自己的小店做大做強，可並不是一時半刻能做出成績的。「或許等我成親了，就知道男子都需要什麼樣的東西了。」

傅聽闌「嘖」了一聲，笑說：「這麼說，我還得等妳成親了才能沾妳夫君的光用上好東西了。」

他們兩個並不適合聊這樣的話題，女子的親事向來不便拿出來與男子討論，但兩個人話題聊到這兒了，誰也沒多在意，反正沒有外人，不會有人說閒話。

「理應如此。」賀語瀟想著以後自己的生意發展要是遇到瓶頸，男性市場的確是個可以試水溫的部分。

午飯後，賀語瀟小坐了一會兒，等莊子的人把摘好的石榴送來，賀語瀟才坐著莊子的馬車回順山寺。傅聽闌在賀語瀟離開後也沒多留，吩咐了管事幾句，便離開了。

次日賀語瀟回到家中，賀語彩見她提了這麼多石榴回來，不禁問道：「妳不是去寺裡了嗎？怎麼提了這麼多石榴回來？」

賀語瀟敷衍說是在順山寺山腳下看到有人叫賣就買了，回來釀酒。

賀語彩絲毫沒有懷疑，只道：「妳會釀嗎？別浪費了東西才是。」

「當然會了。」賀語瀟笑道：「等這酒釀成，三姊姊也差不多要去魏府了，到時候給姊姊帶上一罈。石榴象徵多子多福，正好適合三姊姊。」

賀語彩這才有了笑模樣。「妳有心了，那我可不跟妳客氣。」

賀語瀟很清楚賀語彩這兩天的心情不可能很好，魏三公子昨天成親，迎娶了曾家姑娘，換成是誰，心上人娶了別人，心情都不會好。

給賀夫人請過安後，賀語瀟回到百花院，姜姨娘忙把她叫到屋裡。

姜姨娘問：「怎麼樣？和傅公子談得順利嗎？沒被人看到吧？」

就算她信得過女兒，知道女兒不會做出格的事，可身為母親，還是難免擔心。

「沒有，姨娘放心，都安排得很好，事情也談妥了，沒什麼需要操心的。」賀語瀟坐到姜姨娘身邊，小女兒態地把頭枕到她肩膀上。

姜姨娘慈愛地摸了摸賀語瀟的頭髮，說：「昨兒個魏府娶親，隊伍正好從咱們家前面過，雖然誰都沒說什麼，但能看出老爺和風嬌院的心情都不好，妳今天可別多嘴提這事啊。」

「我知道。」賀語瀟隨即問：「三姊姊就沒有反悔的意思嗎？」現在還有機會反悔，畢竟兩家只是口頭約定，婚事要等曾姑娘入門後一個月，才能陸續開始辦起來。

姜姨娘嘆了口氣。「聽說是哭了一場，但並沒有反悔。」

賀語瀟心下也頗有些無奈。「易求無價寶，難得有情郎。三姊姊自認是遇到了有情郎，這位有情郎還能給她想要的一切。可既然難得，誰又能確定那真的是位『有情郎』呢？」至少，她不認為有情郎會這樣對待自己的愛人。

賀語瀟不知道是自己想得太複雜，還是賀語彩想得太簡單。

姜姨娘望著窗外，輕聲道：「每個人都有自己想過的日子，也都是去過了自己選擇的日子，才知道好壞，是不是自己預想的那樣。」

賀語瀟點頭，隨後又問：「四姊姊那兒呢？這兩天還安分吧？」

從賀語彩的事後，姜姨娘就讓人盯著賀語芊的院子了。解了禁足後，姊妹幾個也不常交流，賀語芊似乎活得更低調了。

「妳去寺裡這兩天，她倒是都出門了，具體出去幹麼不清楚，不過都是沒半天就回來了。估計是在府裡禁足時悶壞了，一有時間就想出去走走。」姜姨娘說：「哦，對了，我發現夫人那邊也讓人盯著四姑娘的院子，看來夫人對她也未必放心。」

賀語瀟雖意外，卻覺得都在情理之中。「看來真心覺得她反省過了的只有父親一個。也好，希望她不要再生什麼壞心思，我雖不想拿她怎麼樣，卻也不想被她影響了名聲。」

幾日後，到了秋闈放榜的日子。

一早賀府就派人去榜下等了，為的就是第一時間知道胡姑爺中沒中。

「老爺，夫人！中了中了！胡姑爺大比以第十七位錄取，是舉人了！」看榜的小廝第一時間衝回來報告這則好消息。

賀複立刻興奮地站起來。「哈哈哈，不愧是我賀家的姑爺，第一次下場就中了舉人，未來可期，未來可期啊！」

賀夫人也跟著笑起來，不過依舊維持著她的端莊，笑容也很克制。「中了便好，語穗也能鬆一口氣了。」

「是啊，胡姑爺果然是個爭氣的，還是夫人眼光好，挑了這樣一門好姑爺。」賀複彷彿看到了未來自己在朝堂之上的助力。「只要胡姑爺努力不懈，估計至多三年，就能在朝堂上謀個一官半職了，到時候咱們賀府在京中也算自己培養出的助力了。」

「正是，到時候京中必定人人都要誇老爺一句慧眼識珠呢。」話是這麼說著，但賀夫人眼裡卻沒什麼笑意——從秀才到舉人並不是最難的，但想從舉人考到貢士，再入朝為官，那可不是動動嘴皮子就行的，到時候才是真正的千軍萬馬過獨木橋呢。她給女兒挑的婚事，不可能脫離她的預計和掌控。

賀複沒注意到賀夫人的眼神，還在兀自開心，吩咐自己的小廝。「快快快，去胡家請他們來家裡吃飯，咱們府可得好好慶祝一番。」

賀夫人非常捧場道：「是得好好慶祝一番，我這就吩咐廚房準備起來。」

賀夫人借準備宴席之名去了廚房，她派出去看榜的婆子也回來了，她要看的是柳翀的榜。她也是考試結束後才知道柳翀和她表姊沒回西邊，而是留在了京中備考。

「夫人，老奴仔仔細細看了三遍，並沒有柳公子的名字。」婆子回道。

賀夫人點點頭，似放心了，淡淡地應了句。「知道了。」

胡姑爺中舉的宴席賀語瀟她們作為未嫁的姑娘不需要作陪，自然還是按照自己的習慣，吃完晚飯忙活了一會兒，睡前記了帳。

露兒進來臥房幫賀語瀟點艾草驅蚊。「姑娘，這蚊子比之前少多了，過幾天應該就不用驅了。」

「是啊，夏天什麼都好，就是蚊子實在惱人。」賀語瀟不大喜歡燒艾草的味道，但到了夏天又實在沒別的辦法，總比被蚊子咬花了臉強，她還得開店見人呢。

「奴婢去取艾草時，聽婆子們在閒聊，說四姑娘最近出門也太頻繁了些，而且不知道是想開了還是怎麼著，每次回來手裡都提著些東西，有時候是糕餅零食，有時候是絹花飾品，倒不是什麼高價的東西，只是和四姑娘之前的行事不大一樣。」露兒說。

賀語瀟琢磨了一下，說：「這些年四姊姊手頭上的銀錢不多，都是按府裡的分例拿，她過得節省，想必能存下一些。如今三姊姊的婚事基本上定了，下個就輪到她了。她恐怕是想著好好打扮一下，之後說親相看時，不至於太寒酸。」

露兒點頭。「姑娘說得有道理。」

第二天一早，賀語瀟吃過早飯照常帶著露兒出門，還沒走到門口，就被婆子攔住了。

「五姑娘今日從正門走吧。」

「怎麼了？」見看門的婆子神情不悅，賀語瀟便問了一句。

由於姜姨娘平時待她們這些下人和善，賀語瀟也不會找她們麻煩，所以婆子們是樂意與她們多說幾句的。

就聽那婆子壓低了聲音，道：「柳家的來了，正在側門鬧呢。」

之前府裡的人還喚一聲「柳夫人」，從他們被趕出去後，下人們只叫這位夫人「柳家的」了。

「她怎麼來了？又鬧什麼呢？」那日見到柳翀趕考，便知道柳家母子仍在京中，今天突然來鬧，難道是柳翀中了，柳夫人底氣足，所以又來討說法了？

婆子無奈道：「還不是因為柳公子這次沒考中嗎？柳家的覺得是因為賀府把他們趕走，影響到了柳公子的心情，才讓他失常沒能考上的。」

賀語瀟瞪大了眼睛。「這是什麼強盜邏輯？」

「說得就是啊。」婆子都替柳家的臊得慌。「她這次來，是想向夫人要銀子，說柳公子沒考中，賀家有責任，必須得給他們留在京中繼續學習的錢，讓柳公子明年繼續考。」

賀語瀟簡直無語，且不說明年有沒有秋闈還不確定，按這個邏輯，如果柳翀一直考不上，賀家就要一直負責嗎？

這樣的人，賀語瀟肯定是要選擇繞道走了。「多謝嬤嬤提醒，我這就從正門走了。」

出了賀府，稍微走遠了些，露兒才撇撇嘴，說：「沒想到柳夫人居然賴上咱們府了，真嚇人。幸好姑娘與那柳公子沒有後續了，否則感覺那柳夫人知道姑娘這樣會賺錢，肯定會扒在姑娘身上吸血！」

「妳說得沒錯，以後妳身邊若有了感覺合適的男子，也不要光看他這個人表面如何，他家裡也要瞭解過才行。」賀語瀟提醒她。

露兒認真點頭。「奴婢記下了！」

店裡照常開門，賀語瀟留露兒在前頭看店，自己去後面做面脂。對於已經駕輕就熟的賀語瀟來說，這種重複性的低強度工作真不算什麼，就是攪拌的時候需要一點耐心，得把東西攪勻了。

旁邊和小爐子上煮著一壺茶，天氣乾燥，要多喝水才行。賀語瀟沒有特別的煮茶技巧，就是想到什麼就放一點。最近她比較喜歡用枸杞煮水喝，再放點菊花，味道說不上好，但退火效果還是不錯的，可以說是秋季佳品。

茶湯入杯，賀語瀟輕輕吹著，並不著急喝。院子裡的花草已經呈現敗相，用不了一個月就會枯黃。賀語瀟琢磨著是時候買幾盆菊花放在店裡了，現在正是菊花開得好的時節，放在店裡，弱化一下後院的敗景，也應了這個季節的景色，還能顯得她有品味。

賀語瀟正琢磨著買什麼顏色的菊花比較好，露兒就快步來到後院，笑道：「姑娘，崔少夫人來了。」

「華姊姊來了？」算算兩個人也有一段時間沒見面了，賀語瀟便道：「快請華姊姊到後院來坐坐吧。」

「好。」露兒應著就去了。

賀語瀟將混合好的面脂拿東西蓋上，這東西要稍微靜置一會兒再裝盒，蓋上東西也是防止有灰塵落葉掉進去髒了面脂。

「在忙呢？」一聲音隨著華心蕊的身影一同出現，華心蕊依舊是那副活潑的模樣，只不過衣服穿了很沈穩的寶藍色，一看就是大家出來的少夫人，十分有氣質

「剛忙完，我這茶剛剛煮好，華姊姊快來嚐嚐。」賀語瀟招呼她。

華心蕊不跟她客氣，也不嫌棄她院子小，隨意地坐到了賀語瀟旁邊。「妳這一桌子瓶瓶罐罐，是不是得弄張大一點的桌子啊？」

「暫時是夠用的。」換桌子還不是得花錢？賀語瀟是能省就省。給她倒了杯枸杞菊花茶，賀語瀟道：「華姊姊嚐嚐，雖都是尋常之物，但時辰煮足了，喝著還是甜絲絲的。」

華心蕊拿起杯子吹了吹，因為燙，所以只先淺淺地嚐了一口。「妳整日倒是真自在，知道的知妳是開店賺錢，不知道的還以為妳就是借開店之名出來躲清閒。」

賀語瀟樂道：「姊姊這話也沒錯，的確是能躲不少清閒。不過，想賺錢也是真的。」

「哈哈，我這不就讓妳賺錢來了嗎？」華心蕊眨了眨眼睛。「我家相公聽說傅公子得了一瓶上好的搽臉油，每天用來抹臉，這秋風吹到臉上都不覺得乾了。之前妳給我的面脂我給他用了些，他很喜歡，但入秋後還是想再滋潤一些。知道妳這兒有搽臉油，我就趕緊過來了。我可是誠心想買，妳也不必算我便宜，畢竟妳做這些也是要花心思的。」

第四十一章

傅聽闌把面油的事跟崔恒說了，賀語瀟半點也不意外，好友之間有什麼不能說的呢？而她給華心蕊的面脂是最初版本的，滋潤度不差，但對天生皮膚乾的人來說，到了這個時節恐怕真的不夠用。

賀語瀟笑道：「那面油我也只是試做了一小瓶，只給了傅公子試用。既然崔公子不嫌棄，那我再調一瓶就是了，華姊姊稍等我一會兒。」

「好，不急。」華心蕊不趕著回去，可以等賀語瀟慢慢弄。

賀語瀟去地窖把要用到的原料拿出來，又挑了個大小合適的窄口小瓶子，才回到院中，坐回位置上慢慢弄。

華心蕊對她用什麼東西調配，什麼比例，絲毫沒有興趣，這會兒正捧著枸杞菊花茶，閒適地靠在椅子上，一會兒看看天，一會兒看看小院裡算不上風景的枝葉。

「沒想到妳和傅公子居然做起生意來了。」這些她都是聽自家相公說的，初聽之下除了意外，還有些佩服賀語瀟的頭腦。

賀語瀟笑說：「其實也是偶然，我一開始找的合作人不是他。還是他看崔公子用了面脂，皮膚細膩許多，前來找我買，才說起可以銷往北邊的事。說來，這還是託了姊姊妳的福。」

華心蕊連忙擺手。「這功勞我可不敢領，只能說妳和傅公子都有經營上的天分，正好有這麼個機會，就合作上了。不過我不得不提醒妳幾句，那是傅公子，妳別忘了之前賈玉情的作為，低調為妙。」

賀語瀟連連點頭。「我知道，所以這事我連家裡父母都沒說，只有我姨娘知道。」

如果不是傅聽闌告訴了崔恒，華心蕊肯定也不會知道。

華心蕊認真點頭。「妳放心，我肯定不會說出去的。」

「嗯，我信得過華姊姊。」賀語瀟笑說。

「話說，我一直覺得傅公子是個看起來很好相處，但實際非常難以接近的人，你們兩個居然能聊得來，我真挺意外的。」華心蕊看著賀語瀟在那兒兌面油，倒點這個，再倒點那個，一舉一動都井井有條，一點也不忙亂，動作很是好看。

賀語瀟動作不停，道：「恐怕並算不上聊得來，我與他男女有別，聊到生意上的合作更多的是跟銀錢與成本有關，這種事肯定理性居多，就顯得聊得來而已。如果拋開生意上的事，我與傅公子還真沒什麼好說的了。」

華心蕊輕輕嘆了口氣。「其實說來，傅公子也是個可憐人。」

賀語瀟詫異地抬頭，差點笑出聲來。「華姊姊，妳這話說的，他哪裡可憐了？要身分有身分，要銀錢也不缺，有地位、有事業、有好友，這若是都算可憐了，那天下豈不是沒有不可憐的人了嗎？」

華心蕊笑出了聲。「妳這樣說倒也沒錯，可妳是不知道長公主府的愁啊。傅公子都這個年紀了，連親都沒議，以後還不知道能不能娶個自己喜歡的，怎麼不可憐？」

「怎麼就不能娶他喜歡的？」賀語瀟問。

「如果他能找到個喜歡的，盡快訂親還好說。如果這麼拖下去，皇上又疼他，看不下去要指婚，那對方的家世肯定沒話說，但是不是他喜歡的，可就難說了。」這些並不是她八卦探聽的，而是她相公跟她說的，其中大部分肯定都是她相公與傅聽闌閒聊時瞭解到的，畢竟她相公可不是個拿瞎猜當事實的人。

「那就勸他去找個喜歡的嘛，他堂堂長公主的兒子，還挑不到自己喜歡的？」

「他但凡能找到，會拖到現在？」

賀語瀟傻了下。很好，她竟無言以對。

將兌好的面油給華心蕊，並告訴她用法，賀語瀟說：「如果崔公子用著覺得好，華姊姊記得來和我說一聲。我準備做這個往外賣，但配方還在改良中，需要聽取意見。」

華心蕊爽快道：「沒問題，我一定讓相公好好用，到時候讓他好好給我說使用感受。」

送走華心蕊，賀語瀟將銀子放到盒子裡，然後帶著露兒在後院分裝面脂。現在天涼了，這面脂放在地窖裡很好儲存，多做些也不怕放壞了。

「請問，賀五姑娘在嗎？」前頭有人問道。

賀語瀟聽到動靜，便起身去了前面，來的是個小廝打扮的人，看著面生，賀語瀟便問：「你是？」

「您就是賀五姑娘吧？」小廝笑呵呵地向她行禮。「小的是盧四孫公子的僕從。」

原來是盧湃的人，賀語瀟點點頭，又問：「有什麼事嗎？」

那小廝道：「今日我們府購入了一批菊花，其中一部分是送親戚、友人的，我們公子讓小的給賀五姑娘送幾盆，說是應一應這賞菊的景。」

秋日送菊花不知從什麼時候開始成了京中習俗，菊花意寓品行高潔，在賞菊時節送友人菊花，是對友人品行的讚許。賀語瀟看了一眼門口的板車，上面放著數盆菊花，看起來只是順路給她送兩盆，並非專門為她而來，這樣的賀語瀟就敢收了。

「如此，代我謝過盧公子。」賀語瀟道。

「五姑娘客氣了，小的這就幫您把花搬進去。」

「有勞。」賀語瀟客氣道。

小廝搬了六盆進來，賀語瀟給了幾個銅板作賞後，小廝就開開心心地推著車離開了。

這些菊花都是常見的品種，以黃菊為主，其中夾了一盆紫紅的和一盆粉白的。此時花開得正好，每盆都有待開的花包，應該還能養很久。

賀語瀟琢磨著這些花要擺放在哪裡比較好，沒想到她與盧湃僅有兩面之緣，對方居然就想著給她送花了，她都不知道是因為盧湃覺得他們合脾氣、聊得來，還是僅僅是財大氣粗，多她一份不多，少她一份不少。

無論是那一種，賀語瀟都是高興的，有誰收到這種不會落人口實的禮物會不開心呢？

惠端長公主府正在往府裡搬菊花，那品種和顏色，多是京中不常見的，有綠色的、茶色的、淺紫色的，更有綠心白瓣的，美不勝收。

惠端長公主親自看著這些花送進院子，這些稀有的品種是從南方特地運過來的，每年她都會訂上一批，而大多數常見的品種她會選擇在京郊的花房買。

傅聽闌正要出門，看到這些花便停下了腳步。

長公主見兒子對著一盆淺茶色的菊花出神，不禁走過去拍了他一下。「發什麼呆呢？」

「母親。」傅聽闌回過神，向長公主行禮。

惠端長公主心情不錯，問：「看看這些花怎麼樣？若有喜歡的，就賞你兩盆搬到你的院子去。」

傅聽闌笑說：「兒子沒有特別喜歡的，母親留著觀賞吧。」

「那你盯著我的花發什麼呆？」長公主不信自己挑的花居然沒有一盆能入兒子眼的。

傅聽闌將目光轉向那盆淺茶色的菊花，道：「兒子只是看到這盆菊花，不知怎的，就想到了賀五姑娘。」

惠端長公主的眼睛瞬間就瞪圓了。她兒子這是……

她還不敢確定，壓下自己的各種想法，道：「我不是沒見過賀五姑娘，我怎麼沒覺得這盆花哪裡像她？」

「不是像她，只是覺得這顏色很適合她。看著淺淺的，卻讓人覺得心裡暖和。」傅聽闌跟母親關係親近，沒有在母親面前收斂對賀語瀟的欣賞。

惠端長公主更震驚了，語氣平靜道：「難得見你對一個姑娘家有這麼高的評價。」

傅聽闌露出謙謙君子般的笑容。「每次與她談生意上的事，她都能帶給我一點驚喜，就覺得還挺有意思。母親慢慢忙，兒子先出門了。」

惠端長公主點點頭，等傅聽闌走了，她又在原地呆了片刻，才問身邊的嬤嬤。「妳說……聽闌是不是開竅了？」

嬤嬤回得有些為難。「這個，老奴還真看不出來，似乎……似乎公子只是突然那樣想了，就那麼說了。」

惠端長公主有些失望，但想到賀語瀟是兒子難得會在她面前提起的女子，便道：「再挑一盆顏色嫩些的，連帶那盆淺茶色的一起給五姑娘送去吧。」

傅聽闌這邊上了馬車，跟著他的小廝就道：「公子怎麼好端端地提起五姑娘了？」

這小廝自小就跟著傅聽闌，什麼能問，什麼不能問，心裡清楚得很。

傅聽闌隨意一笑，說：「她肯定沒見過這麼好看的菊花，母親若願意賞她，讓她看個新鮮也不錯。再說，她開著店，店裡若有盆不常見的菊花，也是頗有面子的事。我去送怕她有負擔，母親賞她更順理成章些。」

看著桌子上兩盆不常見的菊花品種，賀語瀟一個頭、兩個大——這是惠端長公主的賞賜，就算是花也不能怠慢了，肯定得找個最舒適的地方養護著，而且還得儘量延長花期，讓花開得又大又好才行。最好傅聽闌下回來時，這花開得正嬌豔，這樣才能顯出她對長公主府的重視。

露兒倒沒想那麼多，繞著桌子轉圈欣賞這兩盆花。「姑娘，這可真好看呀！往年各府的賞菊會上，奴婢也沒見到這麼好看的。」

「能讓長公主府買回去的，必然是稀有品種。」賀語瀟打量著店裡，考慮把這兩盆小祖宗放哪兒比較好。

「沒想到長公主能惦記著姑娘，給您送花過來。」露兒湊上去嗅了嗅，菊花聞起來並沒有太多香氣，但實在開得太漂亮，就算沒香氣，也讓人禁不住想上前聞一聞。

「別說妳了，我也沒想到。」賀語瀟也喜歡這兩盆菊花，她本就愛花，這樣特別的花色，哪能不喜歡呢？「把窗邊那個長桌上的東西收拾一下，把這兩盆花擺那裡吧。」那是一扇南向的窗戶，採光也充足，適合養花。

「好。」露兒應著就去收拾了。

「妳先看著店，我去買些養護這些菊花需要的東西。」賀語瀟說。

她之前種花都是在院子裡，手上都是尋常可見的大鏟子、扒犁，這些用在花盆上肯定不成。另外，這樣好的花只開一季就扔，實在可惜，她是想著養護好了，能年年復花的話，就太好了。

「好，姑娘放心去吧。」露兒應道。

買這些東西的地方不算太遠，這個時節很多人家都會買菊花，小工具自然賣得又多又全。

賀語瀟挑了幾樣，又買了一些南方來的椰土和花肥，雖然短期內可能用不上，但先備著，用得上的時候也不至於得急急地出去買。

提著一堆東西剛出門，賀語瀟就看到一個熟悉的身影——那不是賀語芊嗎？

遇到賀語芊沒什麼，畢竟賀語芊最近常常出門，可讓賀語瀟驚訝的是賀語芊身邊跟了個男子！

不想被看到，賀語瀟趕緊躲進旁邊一條小巷子，悄悄往賀語芊那邊看。

這邊都是尋常百姓才會來的地方，一般有點身分的都不會往這邊走。所以賀語芊看上去並不緊張，只是用手帕稍稍擋住了嘴和下巴。

兩個人似在說著什麼，看神色還挺愉快。那男子身量一般，只比賀語芊高出一點。樣貌不算出眾，但一雙小眼睛很有特色。衣服穿得很是講究，料子光滑，刺繡繁複，一看就不是一般人家的公子。兩人一路有說有笑，賀語瀟離得遠，聽不到他們在說什麼，但看氣氛還是很愉快的。

賀語瀟此時滿腦袋問號，最大的問題當然是這男子是誰？再者就是賀語芊什麼時候認識此人，這兩個人到底什麼關係？

按理來說，賀語芊不常出門，應該認識不了什麼人才是，尤其還是男子，加上之前賀語彩的事，賀語芊難道不更應該避免此類的事嗎？就算兩個人真有正事要談，那身邊也應該跟著丫鬟、小廝才是，但現在就他們兩個人，怎麼看都很不正常。

一時想不明白，又不想與賀語芊遇上，賀語瀟便繞路回店裡。因為不清楚那男子是什麼身分，所以這事她暫時沒和任何人提。

她想著既然賀語芊之前能用這種事把賀語彩的名聲搞壞，那就必不可能去步賀語彩的後塵才是，或許就是她想多了吧。

隔天一早，賀語瀟照常去給賀夫人請安。

賀夫人提起信昌侯府送來帖子，請他們家參加侯府的賞菊會。

這沒什麼特別的，信昌侯府送帖子過來，大概也是因為之前伏日宴與賀夫人相處得還不錯，加上賀語彩和魏家三公子的事也算解決得圓滿，所以這次依舊邀了他們家。

「語瀟，上次伏日宴妳沒去，這次還是一同去吧，以免老侯夫人問起來，顯得失禮。」賀夫人說。

這次賀語瀟沒有不去的理由了，加上賀語彩不去，作為待嫁的姑娘，這種場合已經要開始減少出席了，她要是再缺席就不像話了，便乖乖應是。

賀夫人又瞟了賀語芊一眼，說：「這次是去賞菊，都管好自己的嘴，看不懂的花不要亂評價，以免鬧出笑話來。」

這話看似在提醒她們不懂賞花就不要多嘴，實際是在提醒賀語芊管好自己的嘴。

「是。」賀語芊和賀語瀟齊聲應著。

第四十二章

來到店裡，賀語瀟的第一件事就是看看那兩盆千萬不能養壞的菊花，看到它們生機勃勃的，她的心才能放回肚子裡。

露兒笑她。「姑娘這花養得都快當寶貝供著了。」

賀語瀟嘆氣。「沒辦法啊，妳以為公主府的賞賜好接嗎？」

露兒邊笑邊在心裡感嘆自家姑娘的不容易，明明是高興事，卻弄得緊張兮兮的，怪可憐的。

「五姑娘。」

賀語瀟聞聲轉頭，就看到了已經是婦人打扮的何丹。

「何姑娘，啊，現在應該叫妳陸少夫人了！」賀語瀟趕忙請她進來，靖國公家姓陸，稱一聲少夫人是應該的。

何丹嘴巴一嘟。「我真心想與妳相交，妳卻想與我疏遠，這我可不依！」

「那我叫妳何姊姊可好？」賀語瀟覺得自己的姊姊可真多，年紀小有的時候真不怎麼占優勢，但這些姊姊們性子不錯，又是貴客，轉念一想也不虧。

「成啊！」何丹高興了，又打量起她這個小店。「妳這兩盆菊花真好看，感覺不是京中常見的。」

「是別人送的，我還在研究怎麼養護最合適呢。」賀語瀟道。

不用她說，何丹也知道不可能是賀語瀟自己買的，既然是別人送的，何丹就沒有多打聽，只說：「聽說盧湃盧公子也給妳這兒送了菊花，應該是那幾盆黃色的吧？」

盧湃送的花賀語瀟也沒怠慢，都好生擺在屋內呢。

「何姊姊怎麼知道的？」賀語瀟意外地問。

何丹爽快道：「他與我相公關係很好，我成親前也見過他幾次，雖然學業是差了些，但人還不錯。這次他也給我相公送了幾盆，與妳這兒是一樣的，還和相公提起了妳。後來我才知道，他那天跟著我相公來接親，在隊伍裡看到過妳。」

「原來如此。」賀語瀟沒有太驚訝，京中就那麼大，關係盤根錯節，說不定誰就與誰有私交呢。或許是因為在迎親隊伍中見過她，所以在馬場見到時，盧湃才給了她自來熟的感覺。

「看何姊姊面色紅潤，可見婚後生活還是很不錯的。」賀語瀟燒水泡茶招待她。

何丹笑說：「我與相公自幼相識，成親後沒有任何不適感，算是很幸運了。只是畢竟是嫁過去的，規矩自是不能怠慢，就算長輩不要求，做小輩的也不能自我放縱，所以一直沒有出府，不然早應該過來看看妳了。」

賀語瀟點頭表示理解。「新婦第一個月的規矩都很要緊。」

「是啊。對了，我還沒和妳說，我相公特別喜歡我成親那日化的婚妝，那天他掀蓋頭的時候都呆住了，這事我能笑他一輩子。」何丹很是得意。「所以說還是我眼光好，找到了妳。等下次我要參加什麼宴席之類的，還得麻煩妳幫我化妝才行。倒不是要搶什麼風頭，只是想讓他高興高興。」

「沒問題，只要我那日沒事，何姊姊都可以來找我。」賀語瀟爽快地答應，這樣的夫妻之間的小樂趣還挺有意思的，也更有利於培養穩固長久的感情，是好事。

何丹開心地點點頭，又道：「妳一會兒可有時間？我想請妳陪我去逛逛首飾鋪子。我要挑些素淨的簪子，平日戴著低調穩重些。」

她的嫁妝自然不缺首飾衣衫，但因為是嫁妝，所以自然是怎麼值錢怎麼置辦。她作為新婦，新婚第一個月好好收拾打扮沒有任何問題，但之後就不好那麼高調了，畢竟她出入也是代表著靖國公府，不能讓人覺得靖國公府鋪張浪費，生活奢靡。

「可以啊。」正好她也挺長時間沒去首飾鋪子了，趁著和何丹一起去，給自己也挑兩個絹花，好去賞菊會。

京中首飾鋪子不少，姑娘們都有常去的。何丹帶賀語瀟去的地方也是賀語瀟常去的店鋪之一。

店裡的夥計對她們都不陌生，因為是一起來的，便一起招待了。

「兩位稍等，小的這就去拿貨來。」說著，夥計就上樓去取合她們要求的飾品。

兩個人喝著茶坐在小方桌前等，店裡的客人不少，很多都是來買絹花或者珠花，大概都是為了賞菊聚會準備的。

這時賀語瀟見一夥計正殷勤地送一位男子往外走——這男子正是之前和賀語芊一起逛街的那位！

還沒等賀語瀟打聽，就聽何丹「咦」了一聲，道：「那不是信昌侯府的三孫公子嗎？怎麼跑到首飾鋪子來了？」

信昌侯府三孫公子？那不是平妻之子嗎？這一瞬間，無數想法湧入賀語瀟的腦子，她似乎知道賀語芊打的什麼主意了，但又不敢完全確定。

「何姊姊和這位三孫公子可熟？」賀語瀟輕聲問。

何丹搖搖頭。「我與四孫公子認識是因為相公跟他相處得來。至於這三孫公子，相公與他似乎沒什麼交際，我也只是在別家的宴會上見過他，怎麼了？」

賀語瀟肯定不能說賀語芊的事，只能敷衍道：「沒什麼，只是之前聽人說起他母親好像是平妻，我還挺驚訝的。」

何丹點點頭，小聲說：「是啊，京中大戶都反感這個，尤其身為女人，誰能接受丈夫身邊還有另一位妻子呢？其實若說以信昌侯府當時的地位，如果這位平妻是個敦厚和善、敬重原配的，也不至於讓人如此反感。可惜啊……」

夥計端著首飾下來，兩個人便止了話題。

賀語瀟眼光好，給何丹挑的簪子不僅適合何丹，而且是無論素顏還是帶妝，都能起到提氣色效果的。這就免了何丹為了戴起來不突兀，還要特地花時間捯飭妝容了。如此早上她就能多睡一會兒，不用天不亮就起來收拾，好按時去給長輩請安。

見賀語瀟只挑了兩朵淺紫色的絹花，何丹覺得賀語瀟陪她跑這一趟，就這麼讓賀語瀟回去，她心裡實在過意不去，便道：「妳幫我挑到這麼多合適的簪子，我也給妳買一支作為謝禮吧。妳可不許拒絕，都是我的一點心意罷了。妳若不收，我下次就不好意思約妳出來了。」

賀語瀟連忙擺手。「何姊姊客氣了，今日就算妳不來找我陪妳逛鋪子，明後天我也是要自己來一趟買絹花的。今天說是陪妳，其實也是順便，何姊姊不必客氣。」

「既然要買，為什麼不挑個簪子呢？珠花也是好的啊！」何丹不解，她不信賀語瀟買不起。

賀語瀟笑道：「我一個未嫁的姑娘，又獨自在外開店，自然是越低調越好。這次來買新絹花，也是因為要與母親一起去賞菊宴，得稍微有點顏色，不能太過素淨了，不然這錢我都是想省了的。」

何丹覺得賀語瀟的考慮不無道理，去別人家賞菊不能太樸素，可也不能打扮得太過花枝招展，搶了主人家的風頭也是失禮。

「行，那我就不勉強了。」何丹笑道，想著改明兒私下挑一副適合賀語瀟的頭面給她送去就是了，不必非在這裡拉扯。

知道賀語芊之前是和誰走在一起後，這次賀語瀟沒再隻字不提，而是跟姜姨娘說了，同時也說了三孫公子的母親是平妻的事。

姜姨娘也不知道要說什麼好。「她這樣讓人發現了，不是步三姑娘的後塵嗎？」

賀語瀟今天想了一下午，多少理出了一點頭緒。「未必。魏三公子不愁娶親，所以魏家有底氣讓三姊姊做妾。可那盧三孫公子不同，他是難娶妻的那種，加上明眼人都看得出，如果老侯爺沒了，盧家恐怕連現在的地位都保不住，到時候三孫公子娶親就更難了。所以如果四姊姊有這個心思，未必當不了正妻。」

姜姨娘略一琢磨，覺得很有道理。「妳說她這個做法是跟三姑娘學的，還是早有此打算了？」

如果是前者，她不想說什麼，賀語芊為自己打算，就算看不上她這個人，也不能說她就是錯。可如果是早有此打算，那就證明賀語芊的心思比她們預想得還要重，這樣的人以現在的力度防她，恐怕還是太輕了。

賀語瀟搖搖頭。「女兒也不知道。」

姜姨娘嘆了口氣。「語瀟，這事妳可千萬不能出頭，這四姑娘咱們是越來越看不明白了，若沒弄好，她再使個陰毒的招，我怕妳的結局不會比三姑娘好到哪兒去。」

賀語瀟當然明白。「女兒知道。但這事與其讓別人發現傳開，不如傳開前在賀府內就解決了。這樣無論這樁姻緣成沒成，都能盡快拿出個結果。容女兒說句不中聽的，如果這事像三姊姊的事那樣傳出去，吃虧的只有我而已。三姊姊婚事已定，四姊姊這番就算成不了正妻，大不了就和三姊姊一樣做妾，那是信昌侯府，就算以後地位差些，日子依舊能過得不錯。可我還沒議親，屆時先不說能不能與心儀的男子在一起，前頭有兩個姊姊做出這番事，恐怕也難有人家願意讓我做正妻了。」

賀語瀟的顧慮並不多餘，這就是眼下女子的地位，家中但凡有一個姑娘行為不端，那其他姊妹或多或少都會受牽連。

姜姨娘面色嚴肅，點頭道：「這事要盡快想辦法安排，還得讓夫人發現才成，夫人才是最有立場處理這事的人。」

「姨娘說得是，我得好好想想。」她已經有了主意，但還得把每一步都算好了。

轉眼到了信昌侯府舉辦賞菊會這日，賀語瀟特地起了個大早，前去給賀夫人化妝。

「不用這麼麻煩，讓羅嬤嬤她們幫我上妝就行了。」賀夫人雖這麼說，但看賀語瀟主動過來了，嘴角還是帶上了笑。賀語瀟之前為她化過妝，看到的人都誇她。

「女兒也就這點手藝，今日又是賞菊會，既然早起，自然應該來為母親上妝。」賀語瀟為賀夫人梳頭。「不過今日母親也不好搶了侯府主人家的風頭，所以咱們求精緻，不求驚豔。」

賀夫人讚賞地點點頭。「妳看著化吧。說來，妳今天雖然絹花的顏色是別致些，可女孩子家，還是戴點銀飾珠釵更好看。」

賀夫人見賀語瀟頭上的兩朵淺紫色絹花是漂亮，應該是今年京中的新款，但還是素淨了些。

賀語瀟笑道：「女兒日常看店，實在沒必要戴那些好東西。平日也習慣了這樣，頭上多點重物，就覺得累脖子。」

賀夫人被她逗得笑出了聲。「妳這孩子是隨妳姨娘了，總是怎麼輕便怎麼來。」

眼妝賀語瀟選了一塊帶棕色調的橙色眼影，這個顏色沒有那麼明亮，也不會過暗顯得不適合這個季節，疊塗也能夠製造出不錯的光暗對比，免了再多用一個暗色來加深眼尾，妝容看上去也能更乾淨。眼頭賀語瀟用了嫩黃色，這個顏色離遠看幾乎看不出來，但近了就會讓人有種顏色用得出其不意的明亮感。

眼線部分賀語瀟只用紅棕色的眼影順著眼睛的形狀畫出一條合適的延伸線，同時起到加深眼尾的效果。而且這次賀語瀟著重為賀夫人畫了內眼線，因為眼影的顏色比較淺，所以需要通過扎實的內眼線讓眼神顯得明亮有神。

腮紅和口脂用了賀語瀟這一季主推的紅棕色，特地挑了飽和度低的，這樣既能讓妝容看上去不至於太活潑，又不會讓紅棕色在整個妝面上顯得融入不進去。

賀語瀟覺得這個妝容用來賞楓葉是最合適的，只可惜京中人更愛賞菊。

這次賀語瀟沒為賀夫人畫花鈿，現在這樣整體顏色已經呼應得非常和諧了，多一分都顯得過於刻意。賀夫人也沒有意見，這對她來說是特別又不顯眼的妝容，剛剛好。

羅嬤嬤笑道：「五姑娘手藝見長，這妝可真是太適合夫人了，讓老奴想起了做姑娘時的夫人。」

賀夫人雖然已經是兩個女兒的母親，但如今不過四十多歲，歲月還未在她臉上留下過於深刻的痕跡，所以這樣的顏色放在賀夫人臉上，並不會給人裝嫩的感覺，反而能聯想到黃色或者橙色的菊花，正應了今天的主題。

「是母親眉眼長得好，我這妝不過是錦上添花罷了。」賀語瀟還是挺謙虛的。賀夫人不是那種美豔的長相，可也是屬於好看且耐看的。

「妳這丫頭是越發會說話了。」賀夫人看著鏡中的自己，高興中似乎還有些許感慨。「今兒早飯就在我這兒用吧，妳父親不過來，我一個人吃飯沒什麼意思，正好妳陪陪我。」

「是。」賀語瀟沒拒絕，大夫人這兒的飯菜比她們院的豐盛，她多吃些，吃好些，這樣到了侯府用餐時，才能少吃點，顯得有儀態。沒辦法，裝矜持這種事去高門府邸總是要做的。

巳時剛過，賀府一行人就出發了。

賀語瀟和賀語芊坐了一輛車，賀語瀟沒帶露兒，讓露兒幫忙看店去了，順便還能再做些材料的準備工作。

「五妹妹今日的絹花顏色真好看。」賀語芊的語氣依舊柔柔弱弱的。

說真的，現在無論賀語芊說什麼，賀語瀟都覺得假。

「不值幾個錢的。」賀語瀟笑說，又看了看賀語芊。「四姊姊今天的硨磲髮飾倒是真好看，新買的嗎？」

被注意到髮飾，賀語芊不好意思地摸摸自己的髮髻，道：「是啊，想著去侯府不好怠慢，就戴上了。」

賀語瀟在心裡嘆氣，之前母親還說去侯府不要太張揚，也不知道賀語芊是忘了，還是覺得現在這樣已經算低調了。這硨磲看著素白不起眼，卻是實實在在的高價物。

「四姊姊用心了。」無論心裡怎麼想，賀語瀟的話還是得說漂亮點，現在她沒理由與賀語芊起衝突。

賀語芊的表情很滿足，還不忘謙虛兩句。「到了侯府，我這髮飾也就是尋常了。」

賀語瀟順著她的話玩笑道：「如果姊姊這都算尋常，那我這樣說不定要被別人當成侯府丫鬟了呢。」

賀語芊也笑起來。「別胡說，這不挺好的嗎？」

如果賀語彩在這兒，車裡的氣氛肯定不會這麼好，甚至可能劍拔弩張，這倒不利於賀語瀟的計劃了。她現在就是要讓賀語芊放鬆下來，越放鬆，越容易讓她找到機會。

到達信昌侯府，兩個人先後下車，在侯府下人的招待下，跟著賀夫人一起進門去給老侯夫人請安。

「哎喲，這五姑娘長得可真好啊，賀夫人有福氣呀！」老侯夫人看到賀語瀟就立刻讚道。可能是上了年紀的關係，看到漂亮且沒有攻擊性的姑娘，很容易懷念起自己年輕的時候。

「侯夫人過獎了，語瀟是長得明豔些，可京中漂亮姑娘眾多，她可排不上數呢。」賀夫人謙虛起來。她當然知道賀語瀟長得好，也知道放眼京中也是排得上數的，但今天來了這麼多人，各府姑娘都不差，哪能讓賀語瀟太過惹眼呢？

侯夫人笑道：「這妳可就謙虛了。」別的方面侯夫人肯定謹慎，但有個看著就讓她喜歡的姑娘，自然沒什麼不能誇的。

旁邊先來的夫人們也跟著誇起來，被贊同的侯夫人自然更高興了。

第四十三章

賀語瀟可不敢出這個風頭，連忙向諸位長輩行禮道：「各位夫人實在過獎了，這要是傳出去，讓人以為小女子有絕世容顏，等人來看，等見到本人發現根本就不是那麼回事，那回頭恐怕要被叫成京中第一容貌女騙子了。」

她這樣直白又風趣，不僅不惹人討厭，反而讓人覺得謙遜又實誠。

站在賀語瀟旁邊的賀語芊明顯笑容已經僵住了，她知道自己這個五妹妹長得好看，但當所有人都在誇賀語瀟，而她只能站在一邊如同一個無人在意的擺設，這種感覺真的是糟透了！可她只能這麼站著，連偷偷退下的機會都找不到。她也沒辦法像賀語瀟那樣遊刃有餘地說些什麼話來緩和自己的尷尬，這就讓她顯得醜陋又無能。

雖然賀語瀟說完那番打趣的話，大家就沒有再繼續誇讚她的樣貌了，但還是會不自覺地往她臉上看。

侯夫人笑道：「各家姑娘都在後院玩呢，妳們也過去吧。我們大人聊大人的，妳們姑娘聽著恐怕也悶得慌。」

「是，那語瀟就先告退了。」賀語瀟禮節周全，行完禮後便跟著丫鬟往後院去了。

賀語芊這會兒竟說不出一句像樣的話來，匆匆行禮後，便跟著賀語瀟一同離開了。

兒。

「語瀟，這邊。」

一進姑娘們在的院子，賀語瀟就聽見有人叫她，聞聲看去，是華心蕊，旁邊站著崔乘兒。

「華姊姊，乘兒。」賀語瀟歡快地走過去。「剛才給侯夫人請安時，見到了崔夫人，還想著妳們會不會來。」

華心蕊笑道：「肯定要來啊，聽說侯府今年得了不少稀有的菊花品種，必然要來一飽眼福。」

乘兒也挺期待，笑道：「嫂子今天可積極了，說若真有稀有的，回去跟大哥學學，讓他也長長見識。」

今天賞菊會請了不少賓客，照理來說如果崔恒想來，也不是不可以，既然沒跟來，應該就是有事在忙。這就不是賀語瀟應該問的了。

「華夫人應該也會來吧？」對於熟識的長輩，一會兒人到了，她肯定得去問個好。

「是呀，母親還沒到，不過應該快了。」華心蕊笑咪咪地說。從她嫁進崔府，信昌侯府的宴會活動就沒少過他們華家。

「各位姑娘。」一個頗有些年紀的嬤嬤走進院子，對大家道：「花園已經安排妥當，姑娘們可以前去賞花了，等開席時，會有丫鬟去請各位姑娘入席。」

華心蕊一手挽著賀語瀟，一手拉著崔乘兒，道：「走，咱們賞花去。」

賀語瀟轉頭去找賀語芊，想確認她在哪兒，但看了一圈也沒見著人，沒等她多找，就被華心蕊拉走了。

這是賀語瀟第一次來信昌侯府，府裡的路不複雜，就是假山多了些，難怪賀語彩之前敢和魏三公子在這裡私會，如果不是尋聲去找，的確很難找到人。

賞花是不需要男女分開的，所以這會兒園子裡除了姑娘們，還有和家裡人一起前來的公子。不過男子赴宴通常是陪家中母親一起，人數不多，共入一園也無妨。

「五姑娘。」盧泙看到賀語瀟，立刻繞過幾人快步走了過來。

「四孫公子。」賀語瀟規規矩矩行禮。

原本沒把禮數做周全的盧泙見狀，也立刻回了禮，又規規矩矩地叫了聲「五姑娘」。他今天的任務是和兩位兄長一起招待男賓，往常這事是落不到他頭上的，但祖父說他年紀不小了，再這麼散漫下去，找媳婦別人都看不上他，所以他才應下了這個差事。又聽說賀家會來，他猜賀語瀟說不定會跟著一起，所以就更積極了。

賀語瀟又向他與華心蕊、崔乘兒做了介紹。

盧泙向兩人問了好，又道：「今日賓客多，若有招待不周的地方盡可與我說，回頭我一定好好罰她們。」

他這話一出，就知道是個不常出來招待的。

華心蕊笑道：「四孫公子客氣了，我們已來貴府多次，貴府向來周到，從未怠慢。」

這會兒，華心蕊在崔家學到的得體就體現出來了。她這話既不會讓盧湃覺得自己的話說錯了而尷尬，又等於是誇獎了信昌侯府治下有方。

「那就好。」盧湃笑起來。「我左右沒什麼事，如果三位姑娘不介意，我帶三位姑娘去賞花可好？」

盧湃主動提了，他又是主人家，華心蕊和崔乘兒自然不好拒絕。而且她們都看得出，盧湃看賀語瀟的眼神有點不一樣，這種眼神崔乘兒還懵懵懂懂，但華心蕊很懂。無論賀語瀟對盧湃是什麼想法，這個情況下，她們跟著一起，顯然是最妥當的。

「那就麻煩四孫公子了。」華心蕊說。

「崔少夫人客氣了，這邊請。」盧湃說著，就在前面帶路。

各家到齊後，侯夫人又與各家夫人們閒聊了一陣，就讓她們自便了。一會兒侯府的花會擺到宴席上，各家夫人就算不去花園看花也無妨。

華夫人被崔夫人叫去，賀夫人沒跟著過去，而是坐在位置上喝茶。

「賀夫人。」盧夫人坐到了她身邊，這位正是信昌侯府獨子的原配夫人，雖然被婆家娶平妻這事弄得沒臉，但她本人和善端莊、識大體，很多人家的夫人都樂意與她聊上幾句，在京中人緣還是很不錯的。

「盧夫人。」賀夫人立刻起身，論地位，盧夫人的身分比她要高。

盧夫人不屬於漂亮的婦人，可氣質非常好，雖然丈夫無能又娶了平妻，但她的幾個兒子還算爭氣，盧湃是差了些，卻也是個孝順的，沒讓她操太多心。

盧夫人拉住賀夫人的手，表現出了親近之意，拉她一同坐下。「上次妳過來參加伏日宴，因為待客事多，沒能和妳聊上幾句，心裡頗有幾分遺憾，今日見到，可不能再錯過了。」

賀夫人跟著笑道：「盧夫人客氣了，每次來貴府，都能盡興而歸，可見夫人安排妥當又周到。夫人若想見我，隨時叫我來便是了，反正我在家也沒別的事。」

盧夫人見她沒有疏遠之意，笑得更開心了。「妳今日的妝容很是別致呢，剛才好幾家夫人都問我知不知道妳是怎麼養出這麼個手巧的丫鬟，我還和她們打賭說恐怕是賀五姑娘的手筆。」

賀夫人點頭，坐在這兒這麼長時間，她自然感覺到了別人的打量以及羨慕的目光，只不過賓客中她熟悉的人不多，別人看她，她也只是禮貌地笑笑，並未上前搭話。「夫人說得沒錯，是語瀟幫我化的。這丫頭好研究這些，如果夫人喜歡，以後有機會叫她來給妳化妝，也算照顧她的生意了，她應該會很開心。」

她並不是有心要幫賀語瀟介紹生意，只是話說到這兒了，她必須得這樣接，才顯得她這個嫡母是個會為庶女著想的。

「好，有機會我一定試試五姑娘的手藝。」盧夫人繼續拉著賀夫人的手。「我今日見到五姑娘，覺得真是個好看的丫頭，說話也不卑不亢的，是妳教女有方啊。」

「盧夫人過獎了，是語瀟本身品行好，否則也是難以管教。」賀夫人想到賀語芊，就覺得本身的品行真的很要緊，賀語芊是她教大的，可結果又怎麼樣呢？

「說得也是。」盧夫人想到的是那平妻之子，不過很快又把思緒拉了回來。「不知五姑娘可議親了？」

賀夫人頓時意識到，這才是盧夫人找她交談的目的。

「還沒有，她上頭還有一個未議親的姊姊，所以還沒輪到她呢。」賀夫人如實說，其實就算她不如實說，只要稍微打聽一下，也能瞭解一二。

「這樣啊。不瞞妳說，我看著五姑娘的面相很是喜歡，想著她也差不多到年紀了，我的小兒子與她年紀相當。這不，過來問問。」盧夫人的意思已經很明顯了。

「承蒙盧夫人不嫌棄，我也不怕與盧夫人說實話，語瀟的婚事別說我了，家中誰都還沒開始考慮呢。我也沒問過她喜歡什麼樣的，雖說姑娘家的婚事應由父母做主，但我多少還是會問一問，也是怕她們嫁得不合心意，日子過不好。」賀夫人這話讓外人一聽就得讚上她幾句，這樣通情達理的嫡母可不好找。

「妳說得沒錯。其實我來問一句，是因為我兒之前與五姑娘有過一些接觸，覺得五姑娘人不錯，兩個人也聊得來。」若非兒子主動跟她提了，她可能根本不會往與賀家結親這件事上想。她兒子是嫡出，她首選肯定是嫡出姑娘。可現在兒子喜歡，她就不在意那麼多了。

「哦？這個我還真沒聽語瀟提過。」賀夫人著實意外。

盧夫人不好多說，只簡單道：「他去五姑娘店裡買過東西，大概是那會兒聊過幾句。」

這倒是說得通，賀夫人點頭。「原來如此。盧夫人的話我記下了，回頭我會與語瀟聊聊，問問她的意思。」

意思傳到了，盧夫人滿意地起身道：「我去看看飯菜準備得怎麼樣了，賀夫人自便。」

「好，盧夫人去忙吧。」

待盧夫人走遠了，周圍又沒旁人，賀夫人才徹底斂了笑意。聽盧夫人這意思，兩個人是已經認識了，既然盧夫人來找她提這事，說不定這兩個人已經相互有意了——賀複的女兒想找一段兩情相悅且門戶不差的感情，還是正妻？門都沒有！

園子裡，盧湃一直在給賀語瀟她們介紹這些菊花的品種和來歷，他記這些還真是一把好手，講得又有趣，很容易引起人的興致。

大抵都介紹了一遍，盧湃才道：「上次在五姑娘那兒買的面脂很不錯，我大哥和二哥也覺得好。以後五姑娘若有什麼適合我用的，可定要來與我說一聲才好。」

「盧公子覺得好用便好，近日我鋪子裡並沒有上新品，等下次有新品，定告知盧公子。」多一個回頭客對賀語瀟來說也是好的。

盧湃頗有些失望，沒有新品他就沒有理由去賀語瀟店裡了，面脂也沒那麼快用完，很是鬱悶。

賀語瀟主動開口道：「我見貴府假山很是別致，與在其他地方看到的不同。」

說到這個，盧湃又有了話題。「是啊，我們府的假山是找了南疆的一位先生造的景，南疆樹木雨林多，奇石異景更多，設計出來的造景別具風格。別看這些山石錯落，像是小路很複雜的樣子，其實主路就一條，很好走的。五姑娘可要過去看看？」

賀語瀟猶豫了一下，便點頭道：「好啊。華姊姊，乘兒，陪我一起去見識一下吧。」

有這兩個人在，往假山那邊去才不容易引人閒話。

華心蕊和崔乘兒當然明白，都沒拒絕，跟著一起去了。

賀語瀟沒把假山都看完，只看了一小部分，瞭解了裡面的構造就差不多了。

「對了，我四姊姊和我一起過來的，但到了園子我就沒看到她了，能不能請盧公子幫我問問？不用叫她來找我，她大概也跟朋友一起說話呢，只是想知道她在哪兒，我一會兒去找她也方便。」賀語瀟道。

「沒問題，我找個小丫鬟幫妳問問就是了。」盧湃應道，他家院子這麼大，走散了很正常。

不一會兒，小丫鬟就來回話了，說是有人看到賀四姑娘往假山西面去了。賀語瀟彷彿只是知道便罷了，並沒有要去找人。

等侯府準備開宴了，賀語瀟才裝出一副急急忙忙找不到賀語芊的樣子，找上了羅嬤嬤。

「羅嬤嬤，宴席要開始了，我沒找到四姊姊，怕她迷路了，羅嬤嬤幫我一起找找吧。」賀語瀟道。

羅嬤嬤想都沒想地問道：「園子裡都找過了？」

羅嬤嬤也怕賀語芊瞎逛，再衝撞到信昌侯府的人。再說，就要開席了，賀語芊若姍姍來遲，也不像話。

「園子裡找過了，沒看到，我問了府裡的丫鬟，說好像往假山那邊去了。」賀語瀟道：「我們分開找吧，我去東邊看看，羅嬤嬤去西邊找。聽說假山內只有一條主路，應該不難找。」

「行。」羅嬤嬤比賀語瀟急，在她心裡，賀語芊早已經變成不省油的燈了。

見羅嬤嬤走遠，賀語瀟才往東邊去。如果賀語芊今天是個安分的，自己沒算計好，那就當她失策；如果賀語芊耐不住了，那其與三孫公子的事這回就應該能被羅嬤嬤發現了。

她今天在眾夫人面前露了臉，顯得賀語芊毫無存在感，這對特地戴上硨磲髮飾，想引人注目的賀語芊來說，無疑是如意算盤打空了。這個時候賀語芊會怎麼做？當然是去找盧三孫公子裝柔弱、刷存在感了。

賀語芊不在園子裡，又是往假山去，能去做什麼，看風景嗎？她之所以只逛了一小部分假山，也是怕真遇上賀語芊和盧三孫公子說不清楚，她想做的不過是瞭解一下地形而已。

現在她能做的就是等結果，看是她想得對，還是賀語芊魔高一丈。

羅嬤嬤走了挺長一段距離，正想著五姑娘會不會已經找到四姑娘了，就聽到了賀語芊的聲音。

「三孫公子不嫌棄，語芊就很知足了。」

羅嬤嬤頓時冷汗就下來了——這是什麼情況？三孫公子怎麼會和她們四姑娘在一起？

「語芊在家中不受重視，雖養在嫡母名下，但嫡母待我並不親厚。語芊是直到遇到三孫公子，才真正感覺到被人關心的溫暖。」

「苦了妳了。」這是盧三孫公子的聲音。

羅嬤嬤眉頭皺在一起，臉色一片冰冷。

賀語芊語氣溫婉。「沒什麼苦的，能遇到三孫公子，三孫公子又待我這樣好，之前的日子再苦也是值得的。語芊的心意，你應該明白的，就算……就算不能成為正室，只要能與三孫公子在一起，語芊也是願意的。」

她這番話似乎把盧三孫公子說心疼了，三孫公子立刻道：「妳放心，我絕不會讓妳做妾室的！我已經和母親說過了，等宴席上見到妳，她必然會喜歡。只要母親點頭，父親那邊妳就不用擔心了。」

「嗯。」賀語芊柔柔弱弱地應了一聲，似乎對未來充滿了期待。

羅嬤嬤沒有出聲，轉身輕聲離開了。

賀語瀟算著時間差不多了，裝出一副剛找完的樣子，與羅嬤嬤來了一場「正好遇上」。

「嬤嬤看到四姊姊了嗎？我沒找到。」只看羅嬤嬤那臉色，賀語瀟就知道成了。

羅嬤嬤勉強讓自己的表情看起來自然些，說：「沒看到，可能是去了別的地方。五姑娘也別找了，早點入席吧，四姑娘聽到動靜自己會過去的。」

賀語瀟左右看了看，裝出一副發現周圍已經沒有什麼人了的樣子，道：「好，羅嬤嬤也快回母親那邊伺候吧，別讓母親找急了。」

「好。」羅嬤嬤往回走著，不自覺地又往假山的方向看了一眼，然後狠狠地翻了白眼，就差啐上一口了。

第四十四章

賀語芊姍姍來遲，丫鬟們都開始上菜了，侯夫人正在說客套話，她悄悄跟著送菜的丫鬟們進來，找到了賀語瀟所在的位置，坐到她旁邊的空位上。

大家的目光都在侯夫人身上，沒有太多人留意到她。當然，這裡面肯定不包括跟著一眾丫鬟、婆子站在牆邊等吩咐的羅嬤嬤。

賀語瀟沒往羅嬤嬤那邊看，裝作啥事都不知道，還好心地幫賀語芊整理了一下髮飾。

等侯夫人說完話，正式開席了，賀語瀟才問：「四姊姊這是去哪兒了？丫鬟來說開席時，我還去找妳。」

賀語芊不好意思地笑了笑。「園子裡人太多我不太適應，原本想找個地方躲清淨，結果迷路了。好不容易遇見個下人，打聽後才趕過來的。」

賀語瀟一副信了的樣子，說：「侯府地方大，假山又多，看著就覺得路挺複雜，我都不敢亂走。」

賀語芊微笑著點頭。「五妹妹是對的，我下次也不亂走了。」

賀語瀟規規矩矩地吃著飯，禮節上一點也不敢差，只是無意間一抬頭，卻對上了前面桌的一位夫人的目光。那位夫人一直往賀語瀟這邊看，賀語瀟想著自己給侯夫人請安時，並沒有見過這位夫人，可能是後來到的。

那夫人看了看她身邊的賀語芊，又看了看賀語瀟，然後朝賀語瀟笑了笑。賀語瀟微微點頭，表示還禮，待那夫人收回目光，賀語瀟才小聲問了坐在旁邊的崔乘兒，那位夫人是誰？

崔乘兒往那邊看了一眼，便用只有兩個人能聽到的聲音道：「那位就是侯府的平妻，妳看到她可千萬繞著走，她現在滿腦子都是給自己的兒子挑媳婦，大家都不想跟她沾上邊。」

賀語瀟恍然，原來那位就是盧家平妻，難怪總往這邊看，應該是看賀語芊的吧？如果那位平妻真如乘兒所說，著急找兒媳婦，那三孫公子應該會跟她提賀語芊的事，她想藉機看看賀語芊，也說得過去。

「我知道了，放心吧，我也繞路走。」賀語瀟笑說。

宴席間，侯府準備的菊花也擺了上來，其中一些是賀語瀟從未見過的品種，的確新奇，但和長公主府賞的那兩盆比，侯府的這些就新鮮有餘，精緻不足了。

在侯府待了一天，回到賀家大家都乏了，賀夫人讓她倆回去休息，明早免了請安，而羅嬤嬤憋了半天的話，總算能告訴賀夫人了。

「竟有這事？」賀夫人坐在妝檯前卸妝，聽羅嬤嬤把今日所見所聽一說，賀夫人臉立刻冷下來。

她當然不會懷疑羅嬤嬤說謊，也清楚自己這些年並沒有對賀語芊有什麼特殊照顧，只是記在自己名下罷了。可對外人說她這個做嫡母的不親厚，這不等於告訴別人她這個嫡母不是個盡責的嗎？

「是啊，嫡母對庶女再如何，也不可能比對嫡女親，這不是很正常嗎？四姑娘這一訴苦，彷彿是在說夫人待下不公，老奴聽著都寒心。」羅嬤嬤忿忿不平。

「果然是個養不熟的。」賀夫人原本的睏意都沒了，只剩下惱火。

丫鬟送來安神湯，羅嬤嬤接過來，讓丫鬟繼續在外面候著。「四姑娘如此，屬實不孝。再加上她與盧三孫公子說的那什麼當妻當妾的話，實在是不成體統。這若傳出去，和三姑娘有什麼區別？」

賀夫人沈默了一會兒，冷笑道：「一個平妻之子，京中避之不及，就她這種沒見識、心又野的，才會覺得那是個良配。」

羅嬤嬤試試安神湯的溫度，覺得可以了才端到賀夫人手邊。「夫人不反對這樁婚事？」

賀夫人用湯匙攪著安神湯，悠悠說：「沒什麼好反對的，以信昌侯府的情況，到了孫輩，承襲的不是長孫也是次孫，輪不到那個三孫公子。加上有那麼一個母親，能教出什麼有用的兒子？她樂意去讓人拿捏當笑話，我有什麼好攔的？」

「也是，老奴聽說那三孫公子是個不堪大用的，無論是學問還是人際往來，都沒有出挑的，還不如四孫公子呢。」這種事只要有心打聽，便不難知道。「不過老奴是擔心，萬一這事傳出去，怕和三姑娘的事一樣，會影響到夫人您的聲譽。」

「之前的確會擔心這個，但今時不同往日了。現在二姑爺考上了舉人，還是在語穗嫁過去沒幾個月就考上了，別人只會讚我教女有方，養得賢女扶持了胡姑爺，才使得胡姑爺能順利中舉。若這事被捅出去，被影響的就只有語瀟了。」

羅嬤嬤恍然。「還是夫人想得全面。」

賀夫人笑了，慢慢將碗裡的安神湯喝完，才道：「不過語芊在背後說我不是，我沒理由讓她嫁得太舒服。想辦法把這事捅給風嬌院的知道，若不鬧一場，怎麼對得起賀複處心積慮地把我娶進門呢？」

羅嬤嬤立刻道：「夫人放心，老奴知道怎麼做了。」

「對了，還有一事。」賀夫人道：「妳讓人留意一下語瀟近來是不是和盧家四孫公子走得比較近，看看兩人是否常來常往。」

羅嬤嬤詫異道：「夫人是聽到什麼風聲了？」

賀夫人搖搖頭。「沒有，只是盧夫人今天向我問起語瀟是否議親，說是四孫公子去語瀟店裡買過東西，應該是聊過幾句。」

羅嬤嬤點頭道：「老奴知道。」

百花院裡，賀語瀟在心中回想了今天的情況，如今賀語芊的事已經擺到了賀夫人手上，接下來要怎麼做，就看賀夫人的了。反正她覺得賀夫人應該不會把事情鬧大，盡快把賀語芊的事定了，對她來說才是最好的。

店鋪照常經營，送往迎來，賀語瀟每天為面脂忙碌，日子過得挺充實。

「五姑娘。」多日未見的陳娘子提著籃子來到店裡，一看就是出門買菜，順便過來的。

「陳娘子，幾日未見，氣色不錯啊。」賀語瀟招呼她坐。

「可能是天氣涼下來，人也有了胃口，吃得多、氣色自然好些。」陳娘子笑說：「昨天我相公回來了。」

賀語瀟一下子就樂了。「所以什麼天涼了胃口好都是假的，主要是谷郎君回來了。」

陳娘子臉一紅，嬌嗔地瞪了賀語瀟一眼。「五姑娘居然拿我打趣起來了！」

「陳娘子莫生氣，我這不是羨慕妳和谷郎君感情好嗎？」賀語瀟給她倒茶。

陳娘子臉上更紅了，喝了口茶才道：「我今天過來是代我相公給五姑娘送訂金的，下次他希望能帶去至少二百盒面脂。不知道五姑娘可能準備出來？」

這訂金都送來了，說明面脂是真的好賣，而且她已經按谷大來信的提議，提前準備了許多存貨，滿足這個訂單量是沒問題的。

「可以啊，谷郎君怎麼不親自過來？這樣我好與他簽份合同，你們付了訂金也能放心些。」反正賀語瀟沒什麼不放心的，就算谷大反悔了，她還可以往北方買，她和傅聽闌現在是合作關係，傅聽闌不可能不為這門生意打算。

「他怕自己一個郎君過來不方便，我正好出門，就順便幫他把這訂金送來。」陳娘子說得很實在。

賀語瀟想了想，說：「我與妳簽一個收取了訂金的字據，這樣你們心裡能踏實些。」

陳娘子忙道：「不必不必，之前與妳有過合作，是信得過的。」

賀語瀟堅持。「我希望能和谷郎君有長期的合作，所以咱們公事公辦，以後才有更多合作。我想著若我做出其他可往西邊賣的東西，還得麻煩谷郎君呢。」

聽她這麼說，陳娘子覺得這是好事，加上她與谷大成親這些年，對訂貨這方面的事也不是完全不瞭解，給雙方一個保障，其實更利於長久合作。

「好，我就不與五姑娘多客氣了。」陳娘子沒再糾結，同意了她的提議。

「如此甚好。」賀語瀟拿出紙筆，寫好了訂金字據、大概的交付時間，和後續尾款金額，以及簽訂人。

兩個人確認無誤後，簽了名字，按了手印。

「這份陳娘子收好，如果有什麼問題，再來找我便是。我雖未成親，但生意歸生意，谷郎君也不必不好意思，咱們做生意的不講究那麼多。」賀語瀟說。

「行，我回去跟他說。」因為這次去西邊的來回吃住，僅賀語瀟的面脂賣的錢就夠用了，所以這回拿到手的錢比之前多，她自然願意相公多和賀語瀟做生意。

送走陳娘子，賀語瀟把銀子和字據收好，便繼續和露兒一起做面脂。

「姑娘，傅公子挺長時間沒來了。」露兒突然冒出這麼一句。

「還好吧，也沒有很長時間。」賀語瀟算了算，的確是有些日子了，露兒若不說，她都沒注意這些。「傅公子貴人事忙，哪能總往咱們這小店裡跑？」

「話是這麼說，但姑娘現在與傅公子有合作，傅公子就算自己沒空過來，也應該派個人來和姑娘說說進展吧。」

露兒沒有別的心思，只是看陳娘子今天過來商議下一批貨的事，才想到同樣是買賣，傅公子與她家姑娘的合作還更緊密一些，居然這麼些天都沒來。

賀語瀟笑道：「說不定明後天就來了呢，人不能念叨，唸著唸著就來了。」

賀語瀟並不著急，種花不是一時半刻能種出來的，北邊的商隊又還沒回來，這會兒不會找她要貨，她正好趁這段時間多做些面脂，以備後用。

兩天後，賀語瀟沒等來傅聽闌，倒是何丹又上門了。

「何姊姊看起來日子過得悠閒，這樣頻繁出門行嗎？」賀語瀟沏了新買的茶招待她。

何丹笑道：「國公府倒是不拘著我，畢竟我們兩家一直很熟，我是什麼樣，公婆都知道，相公心裡也有數，所以不會額外要求我，只要我別幹出什麼出格的事就成了。」

「這倒是很不錯呢。」何丹這樣的婚姻可以算是比較理想的了，兩家算是門當戶對，又是兩情相悅，青梅竹馬。比那些由父母包辦，婚後才能真正開始相互瞭解的婚姻好太多了。

「其實我今天過來是受人所託。這事我也糾結是不是合適我來與妳說，但他又託不到其他可以信任的人，我再三考慮，還是過來了。」何丹的表情依舊有些猶豫。

賀語瀟不明所以。「何姊姊直說便是了。如果確實是不好聊的話題，那咱們就說到哪兒就到哪兒，不再提就是了。」

她的豁達讓何丹安心不少，便開口道：「其實是盧四孫公子請我來的。」

「盧湃？」賀語瀟驚訝，她與盧湃確實有交際，但並不算多，之前在侯府見著倒是聊得多些，可也都是一些尋常對話。

「正是。他……他覺得妳很不錯，與妳相處了幾次，覺得很是聊得來，也向他母親提了。前幾日妳不是去了信昌侯府的賞菊會嗎？盧夫人見到妳，也覺得是個不錯的。不知道妳府上與妳提過沒有，所以他想託我來問問妳是什麼想法。」何丹是第一次做這種事，生疏之餘，話也不是那麼流暢。

賀語瀟很意外。「這……這事家裡並沒有與我提，我也不知道盧四孫公子的心思，實在是我粗心了。」

她是真不清楚，只覺得盧湃是個熱情且自來熟的人，長得還不錯，性格也可以，但這些都是表面的東西，並沒有深入瞭解。

「妳不知道很正常。未婚的男子與女子之間的確不好直白地表明心意，只能通過長輩或者親友旁敲側擊。」見賀語瀟並沒有不高興，何丹就知道至少賀語瀟是不反感盧湃的。「他這個人我雖說瞭解得不夠全面，卻也認真向相公打聽了一番才敢接這事。他的學業是不怎麼樣，不過人品沒太大問題，這點妳可以放心。」

賀語瀟微笑著點點頭。「我當然知道何姊姊能來開口幫他問上幾句，肯定不是什麼壞人。但我與盧公子相處有限，很多地方不瞭解。我也不怕和何姊姊說實話，可能和大部分女子不同，我不想聽家裡的安排盲婚啞嫁，等成親了再去瞭解對方是什麼樣的人。所以我出來開店，希望自己能夠通過雙手讓自己衣食無憂，同時為自己爭取一點選擇的權力。」

何丹挺意外，卻很認同賀語瀟的觀點。「妳做得沒錯。因為我不算是盲婚啞嫁，所以我很明白嫁一個自己瞭解且信任的人，這日子能過得多舒心。」

她吃到了彼此先瞭解、後成親的甜頭，自己有傘，肯定不會希望身邊的人淋雨。只不過有些人並沒有這樣的勇氣，而賀語瀟有，她就更為佩服了。

賀語瀟笑了，說：「有何姊姊為他的人品作保，我也樂意與他相互瞭解。若各方面都很一致，那自然是最好的。若想法有衝突且難以調和，那還是當斷則斷為好，勉強在一起，最後也會成為冤家。」

「沒錯，我會把這話帶給盧湃。如果他覺得行，那我來作東，請兩位小聚。」既然她來說了這事，賀語瀟也不反感，那讓兩人見面的安排還是她來做最妥當。

「那就有勞何姊姊費心了。」賀語瀟不與她多客氣。

「應該的，反正我左右無事，找點事做這日子過得更開心。」何丹不怕麻煩，如果這事成了，自然最好，她的朋友與相公的朋友成親，也是一樁美事。如果沒成，也沒什麼好遺憾的，賀語瀟心裡拎得清，她喜歡與這樣的姑娘做朋友。

「那等我安排好再告訴妳，妳放心，我一定安排得妥妥當當，不會有閒話傳出去。」

賀語瀟笑道：「好，我信得過何姊姊。」

傍晚時，原本晴朗無雲的天空突然烏雲密布，像要下雨，卻又沒有半個雨點落下來。

「姑娘，這天氣看著不太好，咱們要不要提早回去？」露兒望著天問。

這會兒路上的行人已經開始變少了，大部分人都在匆匆往回趕。

「沒事，估計只是陣雨。今天得把面脂都裝進盒裡才行。亞麻籽又剛炒好，今天得壓上，不然受了潮，出油率就差了。」賀語瀟說。

她兩天前已經和賀夫人說過了，店裡生意有點忙，最近可能回府會比較晚。正常情況下，賀夫人應該不會同意，但這回賀夫人竟然連問都沒多問一句，就爽快地同意了，甚至還說如果太晚，記得提前跟府裡說，好讓馬車去接。

賀語瀟琢磨著，估計現在賀夫人的注意力都放在賀語芊身上，根本沒空搭理她。

這樣也好，她的時間就更自由了。

露兒沒有意見，只道：「那奴婢把東西搬到店裡弄吧，萬一一會兒雨落下來，弄濕了面脂和亞麻籽，就沒法用了。」

賀語瀟點頭，和露兒一起把東西搬了進來。

見這個時間應該不會再有客人了，賀語瀟便關了店門。

第四十五章

天色越來越暗，明明沒到天黑的時候，可烏雲幾乎把光都擋住了。路上一個行人也沒有了，一切靜悄悄的，就像暴風雨前的寧靜。

賀語瀟點了蠟燭照明，店外突然狂風大作，把賀語瀟嚇了一跳，感覺自己應該是判斷失誤，這雨勢恐怕比她預想得要大。還沒等她再想其他，豆大的雨點就噼哩啪啦地砸下來，聲勢之浩大，彷彿要把屋頂砸穿了。

露兒緊張地趕緊去看窗戶，生怕沒關緊讓風把窗戶吹開，到時候店裡要遭殃了。

「這是什麼天氣啊，又不是夏天，未免太過陰晴不定了。」賀語瀟吐槽著，也起身去確認通往後院的門是否關緊了。

「是呀。」確定窗子沒問題，露兒放了心，這樣的天氣能待在室內，還是讓人很有安全感的。「照這個雨勢，低處會不會積水啊？」

「不好說，如果很快停下，問題不大。如果不停，京郊的莊家恐怕都得受災。」賀語瀟說，這倒是個大問題。

露兒嘆了口氣，又看了看天色。「看來這雨一時半刻停不了呢。」

這樣的天氣，家裡也不會這個時候讓馬車來接她們，她們只能等一等了，倒是沒什麼好著急的，只是怕回去的路上看到一片狼藉，再有積水，馬車不好走。

雨越下越大，絲毫沒有停下來的意思，天色也越來越暗，已經如同深夜一般了。

賀語瀟見這雨勢太猛，有點不放心地說：「我去後院看看地窖，別淹水了才好。」裡面可是放了不少面脂和材料，雖然地窖做了防水，也蓋了茅草，入口又在屋簷下，但這種雨勢實在難講。稍微滲點不怕，裡面都是架子，有一定的高度，只怕水直接灌進去了，那水位就很難說了。

「姑娘，還是我去吧。」外面又是風、又是雨，露兒哪能讓賀語瀟去，哪怕是店裡的後院，露兒也怕賀語瀟淋雨生病了。

賀語瀟趕忙阻止她。「妳小小一個，別被風吹跑了，在店裡幫我拉著門就行了。」說完，賀語瀟沒再給露兒說話的機會，披了件半身的蓑衣，就去了後院。

院裡的架子已經被風吹倒了，這不是什麼大事，回頭再支起來就是了。賀語瀟頂著風來到地窖入口，好在是秋天，風看似吹得凶，但不至於把人吹倒。

看到被茅草覆蓋的入口，石頭穩穩地壓在茅草上，周圍也沒有積水，她才放下心來，走過去又搬了兩塊石頭壓在茅草墊子的邊緣，確保風不會把墊子吹開。

就這一會兒工夫，賀語瀟的裙襬就濕了大半。

「姑娘，這雨太大了，快進來吧。」露兒叫她。

「來了。」賀語瀟應了一聲，剛走到門口，突然有個人從院牆翻了進來，嚇了賀語瀟一跳。

露兒也嚇到了，正想尖叫，就被賀語瀟一把捂住了嘴巴。看翻牆進來的人踉蹌的樣子，只要她們不出聲，直接進店關門，對方是來不及闖進來的。

就在賀語瀟把露兒推進店裡，自己也要進去時，來人抬起頭，賀語瀟頓時停住了腳步——居然是傅聽闌！

賀語瀟想都沒想，立刻跑了過去。「你、你這是……」

傅聽闌對賀語瀟比了一個「噓」的手勢，然後從懷裡掏出一個包了油紙的東西，低聲道：「幫我藏好。」

說完，他就要翻牆再出去。

賀語瀟聞到了血腥味，天色雖然暗了些，可她還是看清了傅聽闌難看的臉色，明顯他是受傷了。

賀語瀟一把拉住他，壓低聲音道：「別走，躲在這裡，沒事的。」

「可能會連累妳。」傅聽闌的聲音又低又啞。

賀語瀟知道，如果傅聽闌不是實在扛不住了，也不可能往她這兒跑，京中那麼多他能去的地方，必然是躲到此處實在走不動了。

「不會。」賀語瀟不確定會不會，但她的語氣很篤定，就是為了讓傅聽闌打消疑慮。如果她見死不救，傅聽闌恐怕不會有好下場。

傅聽闌還要說什麼，賀語瀟可不想跟他囉嗦，把人推進店裡，隨手從小桌上拿了個巴掌大小的瓶子，就從平時根本不開的後門出去了。

這條街看著不複雜，但街後的小巷子如果不是常走的人，很容易走岔。

賀語瀟跑出去一段距離後，打開瓶塞把裡面的東西倒出來，從旁邊的巷子入口一直往裡倒了一小段距離。

地上的雨水瞬間帶上了數縷紅色，看著就像血，方向往她店鋪相反的方向，引向巷子更深處。

一刻也不敢停留，她猜追傅聽闌的人應該離他有一段距離，所以傅聽闌才有時間進來把東西給她再跑。她的速度不可能比傅聽闌快，所以把糊弄的障眼法做好，她就得趕緊回去。

往回跑時，看到牆角堆了些破罐子，也不知道是誰家的。賀語瀟隨手拿了一個，在原地砸碎，如果對方就在附近，應該會引起他們的注意。

好在是下了大雨，對方看到地上被雨水稀釋的紅色，應該不會花時間確認是不是血，大多會本能的認定是，再根據血的方向去追。

後門長年不用，堆了不少雜物，賀語瀟雖出去了一趟，但下雨黑天的，別人肯定看不出來有人走動過，自然不會往她的店鋪這邊懷疑。

等賀語瀟回到店裡，已經完全是隻落湯雞了。

露兒趕緊接過她脫下的蓑衣，拿巾子給她圍上。

賀語瀟現在顧不上這個，對露兒道：「把蠟燭都點上，要亮亮堂堂的。」這個時間其他店都沒有關門，雖然路上沒行人，但店鋪沒到關門的時間，都點著蠟燭或者油燈。如果她們店裡沒點，或者不夠明亮，反而容易惹人懷疑。

傅聽闌圍著條毯子在通往後院的門邊站了好一會兒，確定沒有人進到院子裡，甚至人都沒往這邊來，才真正鬆了口氣，來到桌子這邊，低聲道：「多謝五姑娘了。」

「你要謝我的地方還多著呢。」賀語瀟沒客氣，讓露兒去把藥箱拿來，好在她這兒有準備，傷藥肯定不如公主府的好，但救急是可以的。

傅聽闌不知道說什麼好，只是看著淋得狼狽不堪的賀語瀟。

賀語瀟胡亂地擦了擦頭髮，把大巾子往身上一披，道：「把衣服脫了上藥，傷口沾著雨水不清理乾淨容易生膿。」

原本傅聽闌有挺多想說的，比如男女有別，他自己來之類的。但話到嘴邊，考慮到自己的情況，還是老實地解開衣服——賀語瀟都不介意，他有什麼好介意的呢？

傅聽闌身上大大小小的傷口不少，也不知道是被什麼武器弄傷的，有些看著十分可怖。可好在傷口都不算深，也沒傷到要害，不至於傷及性命。

店裡有煮沸後放涼的清水，賀語瀟簡單把自己收拾妥當後，便淨了手，開始用清水先為傅聽闌沖洗傷口。

露兒沒有靠近，只是幫兩人拉上屏風，這樣也能起到一定的保暖作用。原本她身為丫鬟，去為傅聽闌包紮才是最恰當的，但礙於她身分低微，又不擅長這個，實在不敢動手，只能由自家姑娘來做。

賀語瀟動作很輕，也很俐落。以前跟劇組拍戲時，遇上打戲或者場景比較複雜的戲分，群演容易受傷。他們這些化妝師偶爾還要擔負起醫護人員的工作，為受了輕傷的演員們簡單處理傷口，所以這事對賀語瀟來說並不難。

沖洗好傷口，敷上藥，賀語瀟為傅聽闌包紮好，才開口道：「現在只能這樣將就一下，等你回公主府再請個大夫來好好看一看。」

「多謝。」傅聽闌鄭重道。

「不客氣。你能來我這兒，說明是信得過我的，我自然不能讓你在我這兒出事。」賀語瀟收拾著桌上的東西，將帶血的收到一起，打算燒掉或者找個偏遠的地方丟了，才不易被人察覺。

「我以為妳已經回賀府了，到妳這兒來是想把東西藏在妳這兒，應該不會被發現，沒想到妳還沒回去。」

「近來事多，和家裡說了會晚些回去。不過原本這個時間也差不多應該回去了，只是趕上這麼大的雨，實在走不了，家裡的馬車也過不來，算是巧了吧。」賀語瀟讓露兒燒上小爐子煮些薑湯，才又對傅聽闌說：「我這兒沒有適合你的衣服，只有幾條毯子能用，你先將就一下吧。一會兒喝點薑湯，別染了風寒。」

「能有毯子已經很好了。」傅聽闌並不挑剔，現在也不是挑剔的時候。

「你準備怎麼回去？」賀語瀟問。她不可能讓傅聽闌在這兒睡一夜，不是說不可以，只是怕傷口得不到更好的治療，一夜過去再嚴重起來。「或者你可以乘我的馬車回去，一會兒雨小一些，家裡的馬車就該來接我了。」

傅聽闌搖搖頭。「妳家馬車最好不要出現在公主府門口，容易被牽扯進來。」

賀語瀟沒問他究竟發生了什麼事，即便她很好奇，也知道好奇心越小越能保命的道理，於是問道：「那你要怎麼辦？」

傅聽闌考慮了一會兒，說：「妳回去的時候幫我傳個信給懷遠將軍府，懷遠將軍自然知道怎麼做。」

這不是難事，賀語瀟與馮惜常有往來，她去府上送點東西根本不會惹人懷疑。

賀語瀟點頭。「好，我知道了。」

傅聽闌解釋。「原本傳話給崔府也可以，但想來想去，那些人知道我與崔恒關係密切，恐怕已經讓人盯上了崔府。如果崔府的人來這裡接我，十有八九會被發現，肯定會連累妳，所以還是去懷遠將軍府保險些。」

賀語瀟並沒有任何疑問，只說：「傅公子不需要向我解釋，我只是個傳話的。」

傅聽闌笑了，不小心扯到了傷處，輕輕「嘶」了一聲，才道：「妳不怕我是謀反才被追殺的嗎？如果是，妳這樣幫我，恐怕小命不保。」

賀語瀟起身把扇子遞給露兒，讓她把爐內的火搧得旺些。「不是不怕，而是我想不到你謀反的理由。就算伴君如伴虎，你在皇上身邊這麼多年都很好，沒理由突然無法應對了。再說，要謀反也輪不到你吧，你若是皇子還有這個可能，只是外甥，又沒有官職，實在犯不著。而且你若謀反，抓你的應該是禁軍，禁軍根本沒必要隱藏自己追殺你，大張旗鼓挨門挨戶搜查就是了。」

「妳倒是聰明。」可能是屋裡暖和，傅聽闌的臉色比之前好了不少。

「與聰明與否無關，大部分人應該都能想到。」賀語瀟怕他餓，又找出些糕點給他吃，只是些尋常的糕點，平日裡恐怕都不會出現在傅聽闌面前的那種，可此時此刻，哪有什麼挑的餘地？能吃飽就好。

兩個人都沒再說話，屋裡子都是薑湯的味道。傅聽闌圍著乾淨乾爽的毛毯，懶洋洋地靠在椅子上吃著東西。賀語瀟則不緊不慢地往盒子裡填裝面脂。

外面雨聲未停，風聲未歇，這一隅的溫暖與安寧，讓人覺得十分安心。

傅聽闌不時看一眼賀語瀟，在燭光的映襯下，賀語瀟的面龐少了幾分豔麗，多了幾分柔和。可即便如此，賀語瀟仍是他見過最美的姑娘。而且這姑娘不僅漂亮，還有膽識、有智謀，更會有一些讓人意想不到的想法，著實難得。

這讓他心裡生出一種從未有過的念頭——這樣的姑娘，只有他才能護得好。

賀語瀟沒發現傅聽闌的目光，只是偶爾看他一眼，見他沒有發冷或者面色發紅的症狀，就放心了。

薑湯熬好，露兒小心翼翼地盛了兩碗，送到傅聽闌和自家姑娘手邊。

賀語瀟這會兒也沒衣服可換，只多圍了個巾子，比傅聽闌看上去好不了多少，好在現在天氣不冷，否則非生病不可。

傅聽闌端著碗邊吹邊喝，很快一碗就喝完了，身上也徹底暖起來。賀語瀟有些嫌棄薑湯的味道，一直等溫度可以入口了，才捏著鼻子一口氣喝完。

這如同孩子般的幼稚舉動逗笑了傅聽闌。

賀語瀟一個眼刀甩過去，傅聽闌立刻向她擺擺手，表示自己沒有笑她。

爐子沒有熄，往傅聽闌那邊挪了挪，方便他取暖。

外面雨勢減小，街上也開始有人走動了，賀語瀟拉開一條門縫往外看，並未發現異常，才鬆了口氣。

不一會兒，賀府的馬車就來了。賀語瀟找了個小籃子，隨便裝了些妝品進去，又將寫好的字條放進妝品堆中。這才假裝無事地和露兒一起吹熄蠟燭，鎖上門，上了家裡的馬車。

車伕聽了賀語瀟的吩咐，先去了趟馮府。露兒去叫門，只將籃子給了看門的婆子，並未多說什麼，也沒有多留。

因為是賀語瀟送來的東西，婆子不敢怠慢，立刻拿給了馮惜。

馮惜看著籃子裡的東西，詫異地問：「怎麼不請她進來？在這兒吃了晚飯再回去也好啊。」

婆子忙道：「是賀五姑娘的丫鬟將東西給了奴婢，讓奴婢務必交到姑娘手上，就匆匆回車上了。奴婢沒來得及留，車子就走了。」

馮惜眉頭一皺，略想了一下，就立刻翻起了籃子，果然找到賀語瀟留的字條和一把鑰匙。看完字條，她二話沒說就去了父親那裡，這事還得父親來安排才最為妥當。

於是不到一個時辰，馮府最大的馬車就從側門出發了，一路駛到賀語瀟店門口。

僕人拿鑰匙開門，看著像是受人所託，將屋裡大大小小的花盆搬上了車，最後還不忘把門邊的地湧金蓮搬走，傅聽闌也神不知、鬼不覺地上了馮家的馬車。

誰都不確定他們這一路過來有沒有人跟蹤，所以做戲必須做全，完全一副來幫賀語瀟收拾店裡不知如何處理的花卉的模樣。門口的地湧金蓮本就是馮惜送的，開了一個夏天了，這會兒已經有了敗落的跡象，由馮府拿走也說得過去。

第四十六章

回到賀府，賀語瀟像沒事人一樣，給賀夫人請過安後，就回了百花院用晚飯。雖然回來得遲了些，但家中還是給她留了飯。

姜姨娘見她身上濕淋淋，不禁問了幾句。賀語瀟只說是關後院地窖時淋的。

直到該睡覺時，露兒依舊心有餘悸，待在賀語瀟的房間不願意回去。今天的事對她來說就像作夢，現在才真正回過神來。

「姑娘，您雖是好心，但今天的事真的太危險了。若被壞人盯上，您一個手無縛雞之力的姑娘，可怎麼好呢？」露兒憂心忡忡地說。

已經沐浴過的賀語瀟這會兒頭髮晾得差不多了，她不像露兒那麼緊張，反而勸她道：「總不能見死不救。且不說別的，傅公子能在那樣的時候跑到咱們店裡來，必然是經過深思熟慮的。他那樣的人不可能沒想過，如果我沒讓他走應該怎麼辦，要怎麼才能不連累我，所以我沒什麼好擔心的。」

「您就這麼信得過傅公子？」

賀語瀟笑了。「我與他接觸得並不算多，但他其實已經幫過我許多了，且不求任何回報，可見是個君子。」

露兒嘆了口氣。「奴婢沒有姑娘想得這麼多，只是怕姑娘一時迷了眼，見傅公子長得好，您就不顧自己的安危了。」

賀語瀟哭笑不得地戳了戳露兒的額頭。「在妳心裡，我就是那樣不靠譜的人嗎？」

「不是不是。」露兒連忙否認，接著又道：「可誰沒有鬼迷心竅的時候呢？奴婢也是擔心姑娘。」

賀語瀟掐了掐露兒的臉蛋，說：「有句俗話說，人有多大膽，地有多大產。只要他不是謀反，我救他就只有好處，沒有壞處。危險總是有的，但如果能通過共同抵禦危險，增加信任，那以後的合作也會更加順利。而且妳想想，認識傅公子到現在，他有做過任何讓我陷入危險的事嗎？所以這次也一樣，不必擔心。」

露兒想了想，點頭道：「奴婢知道了。」

賀語瀟催露兒去睡覺。

露兒離開後，賀語瀟靠在枕頭上，並沒有多少睡意。今天她的所為全是憑藉本能，並沒有考慮那麼多。如今她也不準備後知後覺地去考慮，既然做了，就沒有什麼好顧慮和後悔的。她只是意外像傅聽闌這樣的人也會身處危險，在京中都能被追殺，可見他活得並沒有別人看到的那麼輕鬆。

這讓賀語瀟不禁對他生出了幾分同情，地位越高，責任越大，這不是一句空話。可只有地位高的人能擔起責任，不怕危險，百姓們才能過上安穩的日子。所以她對傅聽闌還是有些佩服的，這樣的人品行上應該不會有太大問題，是個能夠信賴的男人。

迷迷糊糊要睡著時，賀語瀟突然想到今天好像有什麼事是需要她認真想一想的。可到底是什麼事呢？實在記不起來了，罷了，想到再說吧。

之後幾天，賀語瀟沒再見到傅聽闌，也沒有得到傅聽闌的任何消息。她沒有刻意去關注這件事，只專心做她的小生意。

這天剛吃完午飯，賀語瀟正琢磨著煮什麼茶喝，就見姜姨娘身邊的符嬤嬤匆匆趕來。一見到賀語瀟就急急地道：「姑娘快回家吧，家裡又出事了！」

賀語瀟心裡一驚，忙問道：「是姨娘出事了，還是父親出事了？」她現在想到的除了這兩位能讓符嬤嬤來跑一趟，實在想不出別的人。

「都不是。」符嬤嬤眉心都快皺到一起了，一邊往外瞄，怕有人對店內指指點點，一邊對賀語瀟道：「是四姑娘。」

賀語瀟眼皮一跳，有種非常不妙的預感。「四姊姊？」

「是啊！」符嬤嬤壓低了聲音。「上午鄧姨娘出門，無意中撞見四姑娘和信昌侯府的盧三孫公子走在一起，兩個人舉止親近，三孫公子還給四姑娘買了塊玉珮。這事原本鄧姨娘回府後悄悄跟夫人說便是了，結果可能是之前三姑娘的事，鄧姨娘心裡還憋著火，所以見狀當街就鬧起來了。這下不僅四姑娘鬧了個沒臉，咱們賀府都跟著丟了臉了。姜姨娘讓老奴趕緊叫姑娘回去，先避避風頭才是。」

賀語瀟已經驚訝得不能再驚訝了，她萬萬沒想到，賀語芊的事賀夫人沒有處理，結果還讓鄧姨娘給遇上了。

現在不是多問的時候，賀語瀟趕緊叫露兒關了店門，和符嬤嬤一起回去了。

意料之中，家裡又是雞飛狗跳。鄧姨娘的大嗓門真是名不虛傳，指著賀語芊的鼻子罵她心思歹毒，前腳壞了賀語彩的名聲，後腳自己又幹出這種沒臉的事，這是又要連累一次家中姊妹們的名聲。就算現在賀語彩的婚事已定，可接連出這種事，婆家能有什麼好臉色給賀語彩？

賀語芊大概也是萬萬沒想到會被鄧姨娘遇上，這會兒還傻在大廳，不知道如何辯駁。

賀語瀟實在不好說什麼，只能老老實實回自己院子。

「怎的就讓鄧姨娘遇上了？」賀語瀟向姜姨娘拋出自己的疑問。

姜姨娘從事發到賀語瀟回來這其間想了許多。「我懷疑這就是夫人走的一步棋。她不想自己拆穿四姑娘，所以把事暗中推給了鄧姨娘。從那日賞菊會回來，夫人就和鄧姨娘說她應該多出去走走，好為三姑娘添置一些嫁妝。她雖是嫡母，但整日忙著府裡大大小小的事，實在是顧不上三姑娘。鄧姨娘應該更知道三姑娘的喜好，能挑到合三姑娘心意的東西添進嫁妝裡，到時候帶去婆家也好看。所以最近鄧姨娘經常出門，京中能逛的地方就那麼大，只要四姑娘不是去特別偏僻的地方，還真不難遇上鄧姨娘。」

賀語瀟嘆氣。「這事也怪我，想得太簡單了。原本以為母親會在家中悄悄把四姊姊的事解決了，這樣對我的影響最小。沒想到母親根本沒有顧及我，母親只想著自己不想沾上這事而已。」

姜姨娘也無奈地嘆了口氣。「我也沒想到夫人居然這麼狠。妳接下來有什麼打算？」

事到如今，是賀語瀟自己失算了，只能道：「走一步、看一步吧，還得等父親回來，看看父親要怎麼處置再說。好在我的婚事沒有那麼急，先把四姊姊的事解決了再說吧。」

姜姨娘點頭。「也好，家中估計還有得鬧呢，妳就別往前面去了，咱們從長計議吧。」

說到從長計議，賀語瀟突然想到了盧湃，又和姜姨娘說起何丹給她帶話的事。

姜姨娘皺眉。「既然夫人沒和妳說盧夫人的意思，恐怕是不同意此事。妳怎麼想的？」

賀語瀟道：「女兒暫時沒什麼想法，與盧公子的相處不算多，沒什麼可遺憾的。只是母親隻字不提的做法的確出乎我的意料，看來是我把事情想得太簡單了。」

姜姨娘拍了拍賀語瀟的手，說：「為娘也有責任，沒想到夫人會走到這一步。有些事，我一直念著妳年紀小，沒和妳說，如今也該提醒妳幾句了。夫人並非自願嫁給老爺的，聽說當時因為這樁婚事，夫人與娘家鬧得很不愉快，所以這些年也少有往來了。可夫人之前並沒有對妳做出什麼過分的事，所以我也無太多防心。只是沒想到，她蟄伏了這麼多年，還是對妳露出獠牙了。」

賀語瀟吃驚道：「不是自願嫁給父親？可我看母親與父親的相處很是和睦啊。」

「具體情況我也不是很清楚，原以為這些年過去了，就算沒有愛情，也有親情在。看來是我想得太簡單了，以後妳要格外留心才行。」

賀語瀟大受震撼，這樣想來，大姊姊與二姊姊都未挑個好人家，恐怕不是沒有原因的……一個女人居然見不得自己的女兒過好日子，是有多大的仇恨？

過往種種，賀語瀟現在無法得知，至於自己的婚事，她雖感到一些壓力，但沒碰上合拍的人也沒辦法。如今，她只能低調行事，能拖就拖，先保全自己再說。

下值回來的賀複得知這件事，上去就甩了賀語芊一巴掌，氣得眼睛瞪得溜圓，恨不能現在就把她趕出家門。

賀語芊完全被賀複一巴掌打傻了，從小到大，賀複並不怎麼管她，除了之前賀語彩那次，也幾乎沒跟她發過火，更別說打她了。

「妳！明明有語彩的事在前，妳為何還敢做出這樣的事？」賀複氣得來回踱步。

賀語芊一下子哭了出來。「女兒只是想與心愛之人在一起，父親向來不過問女兒的事，母親也沒有開始為女兒議親，女兒自己遇上了良人，父親為何不允？再說，女兒只是學了三姊姊，父親對三姊姊都沒那麼大火氣，為何偏偏對我如此？」

賀複完全沒給她面子，直接道：「妳若看上的是其他人家的公子郎君也罷，那盧家三孫公子是什麼人？那是平妻的兒子！妳與那樣的人在一起，知道我多丟臉嗎？」

賀夫人連忙給賀複遞茶。「老爺，先喝口茶緩緩，別急壞了身體。」

賀複接過茶，喝了一大口，轉頭看到還在那兒哭哭啼啼的賀語芊，氣不打一處來，直接把茶盞給摔了。

賀夫人和賀語芊都嚇了一跳，羅嬤嬤趕緊護著賀夫人往後站，別被波及了。

賀複指著賀語芊繼續道：「還說什麼心愛之人，妳和盧三孫公子才見了幾次，就敢說什麼心愛之人，妳當我傻？」

賀語芊剛想反駁，但話到嘴邊就頓住了，最後什麼都沒說出來。她這樣子被賀夫人結結實實地看在眼裡，心中有了疑惑——難道這兩個人接觸的時間比她預計的還要早？

賀複又道：「還說語彩也那樣，我怎麼沒發那麼大火，這能一樣嗎？光盧三孫公子是平妻之子這一項，京中多少人唯恐避之不及？妳倒好，上趕著往前貼！這讓別人怎麼想？只會覺得我賀某人想攀附信昌侯府這根高枝，連平妻之子都不介意了！

「近幾日有不少官員落馬，其中結黨營私的拉出蘿蔔帶出泥，朝中人人自危，人心惶惶，妳在這個時候給我來這一齣，是嫌妳爹我不夠惹眼是嗎？」賀複咬牙切齒，比之前賀語彩那一次還要惱火百倍。

現在正是多事之秋，誰敢亂攀關係？就連下朝路上，大家也是各走各的，怕引來皇上的注意。

賀語芊並不知道朝中事，只覺得賀複這是偏心，這會兒也不哭了，抹了把眼淚道：「盧三孫公子已經向他母親提過我了，說賞菊宴那日也遠遠看過我了，盧家平夫人只是還沒與母親提罷了，並不算我倒貼。」

不等賀複說什麼，賀夫人就開口道：「信昌侯府若真有心，從賞菊宴到現在都多少天了，要來早該來了。事到如今，我也不怕與老爺說，在賞菊宴上，盧夫人倒是來找過我，旁敲側擊地問了語瀟議親與否。因為家裡還有其他姑娘，還輪不到語瀟，所以這事我沒提。但由此可見，盧家是個懂規矩的，知道要先問問。所以那平夫人到現在都沒來，到底是不懂規矩還是不認可，還看不出來嗎？」

按規矩趕來要給賀複請安的賀語瀟聽到這話，立刻停下了腳步沒有進門。

守在門口的丫鬟、小廝也沒為她通傳，誰都知道裡面現在亂得很，誰也不想這個時候進去，萬一哪裡沒做好，挨罵都算小的。

「還有這事？」賀複驚訝道，不過想到信昌侯府的情況，覺得賀夫人不回話也是好的，同時更感覺賀語芊是個拎不清的了。「妳現在還看不明白嗎？人家不是不懂規矩，只是根本沒把心放妳身上！那樣的人對妳能有幾分真心？」

賀語芊臉色已經白了，她根本不知道盧夫人問過賀語瀟的婚事，這樣一比，高下立判。不過既然到了這一步，賀語芊更不可能放棄了，又道：「或許侯府只是有什麼事耽擱了，相信過不了幾日一定會來提親的。父親，這事也不能全怪女兒，如果不是鄧姨娘公報私仇，在大街上就鬧起來，女兒和三孫公子的事別人根本不會知道！」

這回賀複可沒有被她牽著走。「妳還有臉怪別人？妳若沒單獨和三孫公子出去，鄧氏又怎麼會發現？」

賀語芊見這計不通，也不再轉移視線了，挺直了上身道：「父親，就算您再不願意也得承認，如果我嫁進了信昌侯府，那我將是家裡嫁得最好的姑娘！以後對您的官路也會有幫助，畢竟信昌侯府肯定比姊姊們的婆家更能在皇上面前說得上話。」

賀複一時無法反駁，賀語芊說得沒錯，信昌侯府雖說必定走向敗落，但現在老侯爺還活得好好的，的確說得上話。可是，讓女兒嫁給平妻之子一事，同僚們背後說不定怎麼笑話他呢！

賀語瀟在門外站了一會兒，知道此時實在不是進門的好時機，便帶著露兒離開了。通過剛才賀語芊說的話，賀語瀟差不多能明白賀語芊的目的了，她就是想要成為家裡嫁得最好的那個，如果是這樣，那她對賀語彩的算計就說得通了。

如果不是傳出賀語彩和魏三公子私會的事，賀語彩就算與魏三公子沒成，只要名聲沒壞，就還有機會挑個與魏三公子差不多的，到時候，賀語芊未必能嫁得高過賀語彩。如今，賀語彩要為人妾室，賀語芊只要是正室，肯定比賀語彩風光。而賀語芊想嫁入高門，又要為人正室，那這個別人都不要的平妻之子自然就成了不二的人選。

至於她，或許賀語芊從頭到尾都沒把她放在眼裡。從心理上來說，她倒是無所謂，只是經過今天這事，她恐怕不得不為自己的婚事再多想一些了。

最後按賀夫人的意思，事情既然已經鬧出去了，現在就只能等信昌侯府來提親了。如果七天後信昌侯府還是沒有動靜，那賀家就準備把賀語芊送回賀複老家，找個老實人嫁了就算了，這也是大多名聲有損、難找人家的京中姑娘會走的路。

第四十七章

賀語瀟再次因為姊姊的事暫時沒辦法出門了。但和上次不同，她還有面脂要做，根本耽誤不起那麼久的時間，所以還得想辦法早點去店裡，哪怕不開門也行。

還沒等她想到理由，何丹就送了請帖過來，說是請她到莊子上玩一天。

別人不知道其中緣由，賀語瀟心裡很清楚，盧湃肯定也會到，只是沒想到何丹動作這麼快，還是在現在這種情況下叫她出去，恐怕也會給她帶來一些信昌侯府內部的消息。

何丹在這個時候還肯找賀語瀟出行，最開心的當然是賀複，他現在迫切需要別人向他證明他家沒有因為賀語芊的事被排擠，雖然他依舊覺得沒有臉去上值。

「妳家裡還好嗎？」上了馬車，何丹立刻關心地問。

賀府接連發生兩次這樣的事，京中的風言風語真的不少。

「雖然對外影響挺大的，但有我家三姊姊的事在前，這次家中反而沒鬧得太難看。」賀語瀟說。賀語芊這幾天挺安靜的，似乎篤定信昌侯府會來提親。

何丹嘆氣。「倒是難為妳了。」

賀語瀟笑道：「我也想開了，有的事不是我想避就能避的，我過好自己的日子就好。」

「妳能這樣想很好。」何丹是越發喜歡賀語瀟的性格了，不矯情，也不怨天尤人。

等到了地方，賀語瀟才發現這處小莊子離傅聽闌的那個溫泉莊子不遠，估計京中身分高些的人買的莊子都相近，畢竟好地方就那麼幾處。

原本按何丹的計劃，是想多請幾家的姑娘過來一起熱鬧一下，但考慮到恐怕不是所有姑娘都不介意賀家的事，也是怕賀語瀟尷尬，所以她只帶了賀語瀟過來。盧湃則會跟她相公一起過來。

「五姑娘，又見面了！」盧湃看到賀語瀟，立刻笑起來，並快步來到賀語瀟身邊。

「盧公子。」賀語瀟給他行禮，全了禮數。

因為都是熟人，盧湃沒像之前那樣還禮，而是直接問了自己最關心的問題。「妳最近還好嗎？」

賀語瀟微笑著點頭。「都好。」

見她不似作假的樣子，盧湃這才放心，笑容也更真摯了。

皇宮裡，護衛向傅聽闌彙報了賀語瀟的動向。

「你說盧四孫公子也去了？」傅聽闌表情有些嚴肅。

「是。」護衛如實回道。

傅聽闌望著屋頂，輕輕嘆了口氣。「讓護她安全的人別靠太近，確定沒人對她有威脅即可。」

午飯準備的是烤肉，何丹的相公是位武將，一表人才，氣宇軒昂。只是入伍時間尚短，大祁近兩年又無戰事，所以並沒有卓越的軍功，目前只是六品校尉。但官員子弟，能憑自己的本事獲得一官半職，已經相當不錯了。

陸校尉對烤肉很是在行，自己一個人就能搞定。盧湃想在旁打個下手，還被他嫌棄礙事，只能蹲在一旁看著烤得滋滋冒油的肉，動動鼻翼，暫解饞意。

賀語瀟和何丹坐在離炭爐不遠的小桌前，既不會被煙熏到，說話還方便。

最先烤好的肉被片下來，送到何丹和賀語瀟面前。

何丹餵了一片給陸校尉作為獎勵，然後招待賀語瀟快吃，別客氣。

盧湃厚臉皮地蹭過來要一起吃，何丹也沒趕他，主要是讓他和賀語瀟說話。

「陸兄這肉烤得真是絕了，外焦裡嫩。」盧湃讚道。

陸校尉斜眼看他。「你倒是學學啊，說不定以後用得上。」

「那我要給你打下手，你還嫌棄我！」盧湃毫不給面子地抱怨。

陸校尉嫌棄地嗤笑一聲。「你那是想學嗎？明明是想找準時機搶肉吧。」

盧湃也有自己的道理。「肉熟了不就是為了吃的嗎？」

「那也得讓我娘子先吃。」陸校尉顯然是個護媳婦的。

何丹不好意思地紅了臉，假裝什麼都沒聽見。

盧湃有些洩氣。「我又不會全吃了，我也是會謙讓的好嗎？」

「行行行，是我小看你了。」陸校尉不與他爭。

何丹見酒溫得差不多了，便給幾人都倒上了。「這是去年我親手釀的桂花酒，只剩下這麼一小罈了，快嚐嚐，這可是我的得意之作。」

賀語瀟先說道：「我實在不勝酒力，就淺抿一口，何姊姊不要介意才好。」

何丹笑道：「無妨，我也喝不多，剩下的就給他們喝了。」

桂花酒的味道的確不錯，口感十分柔和，賀語瀟想著今年她泡了石榴酒，明年可以試試這桂花酒。

酒過三巡，陸校尉見時機差不多，主動開了話頭，問盧湃。「你三哥的婚事怎麼說？」他一個武將，說話沒那麼多彎彎繞繞的。

盧湃放慢了吃東西的速度，說：「我聽我娘的意思，平夫人似乎不太滿意賀家四姑娘。」

說著，他看了賀語瀟一眼，見她臉上沒有任何異樣，才繼續道：「祖父和祖母的意思是，能有一個願意的已經不錯了。雖是庶女，生母過世得又早，但這些年賀家一直平平穩穩的，二姑爺又才中了舉人，日後想必不會差了。」

他沒說的是，平夫人沒看上四姑娘，倒是看上了賀語瀟，也與祖父母提了，結果被罵了回去。說三哥與四姑娘私下往來，四姑娘也還未議親，她卻惦記上人家五姑娘了，侯府這臉還要不要了？

「那這事就算成了？」何丹問。

盧湃點頭。「應該是，這幾天家裡應該就會去賀府議親了。」

賀語瀟在心裡嘆氣——賀語芊居然得償所願了，想來倒是有些諷刺。

陸校尉一拍盧湃的肩膀，說：「這樣也好，你三哥的婚事定了，才能輪到你不是？」

「是啊。」說著，盧湃看向賀語瀟。「妳三姊姊與四姊姊的事，對妳的名聲多少會有拖累，就算順利解決了，也難免別人私下議論。我的心思五姑娘應該知道，我並不在意這些，同時也不希望妳被這些議論困擾。所以如果……」

盧湃把後面的話省略了一部分，接著道：「我一定會護好五姑娘，五姑娘只管待在家中侍奉長輩，不必為那些流言蜚語煩心。」

何丹的眉頭幾不可見地皺了一下，默默看向賀語瀟。她知道賀語瀟很看重自己現在正在做的生意，讓她待在家中，且不說這份手藝丟下可不可惜，與賀語瀟的意願也不相符合。

賀語瀟的表情並沒有任何變化。「不瞞盧公子，我非常喜歡自己現在在做的事，即便成親，我仍然希望能繼續經營我的小店，成為京中最好的妝娘。」

何丹並不意外，同時也有些佩服賀語瀟。面對盧湃的心意，能繼續堅持自己的想法，可見是真的很有想法。

盧湃露出為難的表情，他沒想到賀語瀟還想繼續往外跑。三哥的事鬧出來後，他和母親商量過，三哥多半是要娶賀家四姑娘回來的。他若娶賀家五姑娘也不是不行，只是不免讓人覺得是三哥和賀四姑娘連累了五姑娘的名聲，信昌侯府不得不把人娶回來，否則那五姑娘怕是不好嫁人。

而兩姑娘嫁兩兄弟原是樁美談，結果因為三哥和四姑娘的行為，恐怕是美不起來了。婚後五姑娘肯定不可避免地會被人笑話，就算他對五姑娘是真心的，在別人眼裡也不是那麼回事，時間久了，夫妻之間難免會有嫌隙。

所以最好的辦法當然是五姑娘好好在家侍奉長輩，相夫教子，遠離外界是非，這樣大家都省心，夫妻關係也會更和睦。

盧湃沈默良久，才道：「妳若覺得用府裡的錢不自由，我可以去賺錢，做生意之類的我也可以，絕對讓妳過得比現在好，妳就好好待在家裡不好嗎？」

何丹在心裡嘆了口氣，更加明白賀語瀟要見到盧湃好好聊聊是為什麼了。

賀語瀟笑了。「盧公子的好意我心領了，也明白或許我的選擇在大多數人看來是難以理解的，但我不想為任何人放棄我想過的生活。富足與安逸的生活是所有人都在追求的，我也不例外，但比起這個，我更看重的不是我的另一半能不能給我這樣的生活，而是那人是否能支持我憑自己的雙手去創造這樣的生活。」

盧湃臉上依舊帶著迷茫，還是不能理解賀語瀟的選擇——有現成的為什麼還要自己去拚？

賀語瀟笑了笑，沒有遺憾，只有輕鬆。幸好她與盧公子的事沒有拖很久，否則相處久了才發現觀念不合，到時候肯定會很痛苦。

陸校尉一摟盧湃的肩膀，道：「走，我還準備了一頭鹿，這會兒應該醃製入味了，跟我去抬過來。」

盧湃就這麼被拉走了。

賀語瀟知道這是陸校尉為防止兩個人尷尬，便朝何丹笑了笑。

何丹把水果拿到賀語瀟面前。「肉吃多了難免膩味，吃點水果，味道還不錯。」

「好。」兩個人默契地轉移了話題，就像剛才什麼事都沒發生。

盧湃那邊就沒有這麼默契了，他迷茫了一會兒，突然問陸校尉。「五姑娘怎麼就想不明白呢？我也是為了保護她啊！再說，她一個姑娘家，成親後還想開店，這合理嗎？」

陸校尉倒是很淡定。「沒什麼不合理的，賀五姑娘想做什麼，只要無礙於名聲，她都可以做。你們只是想不到一起去，所以你不能理解她。」

盧湃皺眉。「可哪有她那樣的？我們家也不是窮得揭不開鍋了，哪需要她拋頭露面地做妝娘呢？」

「你接受不了，自然有你能接受的姑娘可以做你的娘子，而她也會有支持她的男子做相公，這就是緣分。」陸校尉笑道：「什麼鍋配什麼蓋，你這鍋配不上五姑娘那蓋啊。」

盧湃有些不甘心，但剛才賀語瀟說得那樣堅決，不像是個會改變主意的。而他實在不希望未來的娘子拋頭露面，他本就沒多大本事，以後仰仗家裡也能過得不錯，如果自己做點小生意也不是不成。可如果讓娘子出門做生意，讓人知道還以為他賺不到錢，得靠娘子養活。他愛玩歸愛玩，有些東西也不是特別在意，但在這點上，他丟不起這個面子。

剩下的時間裡四個人雖然還坐在一起吃飯，但盧湃的話明顯少了。賀語瀟倒是一切如常，只要她樂意，也是個能說會道的，所以席間氣氛一點也不冷清，似乎受到影響的只有盧湃一個人。

賀語瀟回家的時間並不晚，賀複將她叫去問了情況。賀語瀟隨便說了兩句，主要是為了讓父親覺得這件事對家中的影響沒有那麼大，這樣她才能早點回店裡去。

「何姑娘跟我說，盧家對四姊姊是有意的，估計不日就會到家裡來提親了。」

「當真？」賀複既高興、又煩躁，高興這次沒像賀語彩那次那麼麻煩，煩躁在女兒嫁與平妻之子，這個「攀附」之名，怕是洗不掉了。

「何姑娘沒有必要騙我，父親等著就是了。女兒想明天就重新開店，女兒知道父親有顧慮，怕別人覺得咱們家有意攀附。這種事日久見人心，父親您身正不怕影子斜，自是沒什麼好怕的。女兒照常開門，也是對外表示咱們賀家心裡沒鬼，不怕議論。」賀語瀟覺得自己為了照常去店裡也是拚了，她哪知道父親身子到底正不正？張嘴就把彩虹屁先吹上了。

賀複明顯很受用，嘆道：「這個時候，也就只有妳最讓為父舒心了。也好，那妳便照常開店吧。妳姊姊們的事的確連累到妳了，妳還能如此冷靜，可見是個有主心骨兒的，這樣很好。」

「父親謬讚了，只是向父親學習罷了。」賀語瀟又吹了一波。

賀複哈哈大笑，脊背都挺直了。「不愧是我的女兒。」

第二天，賀語瀟就照常去店裡了。同一天上午，信昌侯府提親的媒婆也上門了。一切似乎都在預料之中有序地進行著。

皇宮裡，惠端長公主前來探望自己的兒子。

傅聽闌的傷已經好得差不多了，早就可以回府，但皇上不放心，非要他讓太醫調養，必須養好了才能回去，於是傅聽闌只能無奈地繼續住在皇宮裡。

「我看你怎麼沒什麼精神？是有心事？」惠端長公主坐到床邊問。

「沒事，只是待得有些悶而已。」傅聽闌應付地說。

惠端長公主並沒懷疑，笑道：「那給你說說外面的事解解悶？」

「有什麼特別的事？」傅聽闌問。

「賀家四姑娘和盧三孫的事，你可知道？」惠端長公主問。

這事傅聽闌早就知道了，畢竟他安排了人暗中保護賀語瀟，就算不特地打聽，賀府的事也能知道不少。不過這事他沒和母親說過，所以只能裝不知道，再聽母親講一遍。

惠端長公主把事情又跟他說了一遍，隨即嘆道：「這五姑娘也是可憐，明明沒她什麼事，卻被家中姊姊連累。聽說信昌侯府今天已經去賀家提親了，另外，盧夫人也放出信來，說準備給盧四孫挑媳婦了。」

最後這句話，讓長公主前面說的話在傅聽闌這兒都不重要了。「盧湃要議親？可定下哪家姑娘了？」

長公主沒想到自己兒子會關心盧湃議親的事，又一想，可能是姑娘家的事他不好議論，趕上個小子的事，無聊地多問一句罷了。

「還沒定呢，要是定了還挑什麼？」長公主笑他。

傅聽闌心中一跳。這是不是說明……賀語瀟和盧湃沒戲了？

「怎麼發起呆來了。」惠端長公主戳了戳他。

傅聽闌回過神，笑說：「沒事，只是您剛才提到賀五姑娘，兒子在想要怎麼謝她才好。」

長公主覺得自家兒子想得夠跳的，剛才還在說盧湃，這會兒就跳到賀五姑娘身上了。賀語瀟幫了傅聽闌，長公主是知道的，但現在朝中局勢還未塵埃落定，不好大張旗鼓地去謝賀語瀟，只能再等等。至於謝禮，她可沒少準備，畢竟如果不是賀語瀟，自己兒子能不能活下來還不好說呢。

第四十八章

朝中的動盪在幾日後終於告一段落，賀複這才鬆了口氣，終於有心思問一句賀語芊的婚事了。

賀夫人道：「一切都按著規矩辦，信昌侯府也算爽利，談聘禮時，雖不算豐厚，卻也沒有任何毛病。」

賀複點頭。「那就好。」

「有一事我還是要與老爺商量一下。」賀夫人喝著茶，神態自若。

「什麼事？」賀複問。

「是關於語芊的嫁妝。她雖然是高嫁，但按禮數，她身為庶出，嫁妝是不能越過嫡姊的。可也因為是高嫁，如果家中給少了，怕她心裡不舒服。」賀夫人依舊是那副賢良嫡母的樣子。

賀複沒想那麼多，只理所當然地說：「她雖記在妳名下，但說到底還是個庶女。她姨娘也沒給她留下什麼，嫁妝就照庶女的例，備個半抬就成了。」

全抬為六十四抬，家中兩個嫡女都是如此。像賀語芊這樣的，給半抬別人也挑不出毛病。

賀夫人笑了，說：「好。老爺本來就沒想攀附侯府，如今咱們不給語芊加抬，只按規矩來辦，也能顯示出老爺不是結黨攀附之人，想必閒話也會隨之散去。」

原本賀複說完那番話，多少還是有些猶豫，他是不想攀附，卻也不想讓侯府覺得他不重視這門婚事。可讓賀夫人這麼一說，賀複又覺得半抬剛剛好，他拿出態度來，以後別人就不會藉此說事了。

莊子那邊差人來給賀語瀟帶話，說第一批花苗已經種下了，全部成活，且長勢良好。冬季開花是很難了，可明年春天一定能開得很好。

賀語瀟很是高興，先不說長得怎麼樣，至少這種效率是她樂意見到的，也說明傅聽闌很認真對待他們之間的合作。

「傅公子近日去莊子上看過了嗎？」賀語瀟問管事。

管事答。「沒有，公子已經有段日子沒到莊子上來了，有什麼事都是讓身邊的小厮或者侍衛來傳話。」

賀語瀟並不意外，如果傅聽闌現在沒什麼事，能隨意走動了，不可能不過來看一眼面脂的備貨情況。算算日子，去北邊的商隊這幾日差不多也該返程了。

「知道了，種花的事還煩勞莊子的各位多用些心了。等有空，我會去莊子上看看。」

「好的，隨時恭候姑娘前來。」管事沒有任何為難，看起來很樂意招待賀語瀟。

秋風夾雜著一場秋雨，滿地的落葉顯得到處都濕漉漉、髒兮兮的。天氣也隨著這場雨涼下來，與立秋的涼爽不同，這次是真的能感覺到冷意了。

各府都開始趕製秋冬穿的衣服，像賀府這種後院姨娘眾多的，每到這個時節各院都要自己趕製幾件，靠府中的繡娘和外頭的裁縫鋪子，肯定是來不及的。

賀語瀟這兩年也學成了製衣的本事，雖不如專業的裁縫和繡娘做得好，但針腳上也是不差。

她這還算輕鬆的，像賀語彩和賀語芊因為婚事，還要趕製幾件像樣的，待成親後孝敬給長輩，所以兩個院子這段日子都忙碌得很，也安靜得很，就連鄧姨娘都沒空去賀語芊那兒找碴了。

賀語瀟坐在店裡縫著一副手籠，露兒則坐在她旁邊縫製衣裳。

「今年咱們店裡得多準備些炭才是。」賀語瀟想到這筆冬天省不得的開銷，肉疼歸肉疼，可店裡若冷颼颼的，難受的還是她。

「姑娘可要跟著府裡一起買？那樣應該會便宜些。」露兒提議。

賀語瀟搖搖頭。「我若跟著府裡一起買，夫人恐怕就能算出我大概有多少餘錢了。財不外露才是硬道理，咱們自己買。」

露兒甚以為是地點點頭。「那過些日子空閒了，奴婢陪姑娘去。」

兩人正說著，惠端長公主身邊的嬤嬤便進來了。

「給五姑娘問安了。」嬤嬤笑咪咪地說道。

賀語瀟趕緊起身。「嬤嬤好，您今兒怎麼有空過來？」

這可是長公主身邊的人，賀語瀟肯定不能怠慢。

嬤嬤笑道：「長公主明兒要赴宴，想問問五姑娘有沒有空，上午到公主府為長公主上妝。」

惠端長公主有心思打扮，說明傅聽闌應該是沒啥事了。

「有空的，您看我明天什麼時間過去比較方便？」賀語瀟問，她不敢勞長公主大駕過來。

「明早巳時，公主府的馬車到賀府接五姑娘，可行？」

「當然可以。」這也沒有她挑挑揀揀的餘地啊。

「那好，老奴就不打擾五姑娘了，這就回府回話去了。」

「嬤嬤稍等。」賀語瀟叫住她。「不知道長公主是要赴什麼宴？我好根據宴會主題為長公主化妝。」

嬤嬤笑說：「五姑娘不必緊張，只是家宴罷了。」

賀語瀟點頭。「好，我記下了。」

說是家宴，但特地叫她去化妝，要麼是因為傅聽闌的事想照顧她的生意，要麼是這個「家」並不是公主府，而是皇宮。無論哪一種，賀語瀟都不敢怠慢。

得知賀語瀟又要去幫長公主化妝，賀複別提多高興了。長公主府他肯定是攀不上的，但能通過女兒，在長公主那裡刷個臉熟也是好的。

「家裡光忙著妳兩個姊姊成親的事了，今年都沒給妳挑個好料子做身像樣的衣裳。」賀複道。他向來是不管這些事的，但看賀語瀟身上穿的還是前年做的，不免覺得不妥當，但也怪不得誰，實在是顧不上。

賀語瀟笑說：「女兒只是去給長公主化妝，無須打扮得太好，若太惹眼，反倒容易惹人閒話。」

賀複略一想，覺得很有道理，畢竟長公主府上可是還有一個傅聽闌呢。那絕對是個惹不起的主兒，女兒千萬別跟他沾上邊，賈玉情的事還歷歷在目，實在不能冒險。

「也好，妳向來是個有規矩的，為父就不多說什麼了。」對賀語瀟，賀複是一百個放心。

第二天，賀語瀟坐上惠端長公主府的馬車，前往公主府。

「小女子拜見長公主。」賀語瀟給長公主行大禮。

惠端長公主趕緊道：「快起來，不必多禮。」

長公主身邊的嬤嬤趕緊把賀語瀟扶起來。

「謝長公主。」賀語瀟是半點規矩都不肯錯的。

惠端長公主覺得賀語瀟太過懂事，嘆道：「妳就是不向我行禮，我都不會說什麼的。」

「長公主萬萬別這樣說，可折煞小女子了。」賀語瀟非常謹慎，倒不是怕惠端長公主挑錯，而是越在這個時候，越不能亂了規矩，給人目中無人的感覺，她也不用在這京中混了。

「怎麼使不得，如果不是妳，聽闌還不知道能不能躲過追殺呢。」惠端長公主道。

她知道，如果不是兒子身體著實扛不住了，斷然不會去賀語瀟那裡。讓她沒想到的是，賀語瀟居然是個有膽識、有謀略的，知道怎麼引開人，也知道怎麼才能不引人注意。

別人不知道，她是知道的，兒子被懷遠將軍接出來，在馬車上就昏迷了。太醫說幸好傷口處理得及時，還喝了薑湯祛寒，也吃了點東西，不然疲累加傷寒，又失血過多，很可能落下病根。所以在聽兒子說了賀語瀟的作為後，她怎麼可能不感激？

賀語瀟忙道：「長公主這話就高抬了，小女子實在沒做什麼，只是去傳了個信罷了，實在算不了什麼。換作旁人，也是能做到的。」

賀語瀟並不知道傅聽闌後續如何，只是推測這人現在應該問題不大。

長公主沒向她解釋傅聽闌的情況，既然賀語瀟不居功，那她也不必多說，嘴上說再多，也沒有行動更能表達謝意。也因賀語瀟不居功，讓長公主越看越覺得這是個好姑娘，腦子都用在了正地方，是個極為難得的。

「妳一直是個謙遜的。」長公主笑道：「來給本宮上妝吧，今天本宮不好遲到。」

「是。」賀語瀟這才走近妝檯，展開自己的妝箱，將要用到的東西一一拿出來。

嬤嬤給賀語瀟送來茶，惠端長公主邊讓她化、邊與她閒聊起來。

「妳四姊姊的事解決了？」通常長公主是不可能跟一個小官家的姑娘聊這個的，但在長公主心裡，賀語瀟已經是自己人了，聊什麼都可以。

「是，日子雖還未定，但親事定了。要等我三姊姊出閣了，才能輪到四姊姊選日子。」賀語瀟說。這也是老講究，不能前頭的沒嫁，後頭的就開始挑日子。

「等妳四姊姊嫁了，也該輪到妳了。」長公主笑說：「可有心儀的人了？或者家中可有什麼想法？」

長公主是長輩，又是女子，問這些並無不妥。

「還沒有。」賀語瀟沒有不好意思。「等姊姊們的事忙完，都要明年了。家裡說我年歲還小，不用著急。」

長公主點頭。「的確，要好好挑挑才成。」

這可是她兒子的恩人，就算叫她作媒也是使得的。

說到作媒，長公主又問：「妳喜歡什麼樣的？要讀書人嗎？還是更喜歡習武的？」

賀語瀟毫不扭捏，說：「沒有在挑這個，只是希望是個聊得來，能想到一起去的，人上進些就好。」

「的確，聊得來日子才過得有趣，話不投機只會惹一肚子氣。」長公主同意。「門第呢？希望對方家裡是做官的嗎？」

賀語瀟搖搖頭。「這個也沒有挑，俗話說要門當戶對才是良配。我家門戶不高，我又是庶出，只要與我身分差不多就成。」

高門大戶規矩多，她可沒那麼大志向，也不想受那約束。

「妳這要求倒是真簡單。」長公主說。雖說挑個聊得來的不是那麼容易，但其他方面賀語瀟的要求很實際。「妳若有喜歡的，且人是個好的，家裡若不同意，妳大可以來找本宮，本宮給妳做主。」

賀語瀟一聽大喜。如果長公主真能為她做主，那她自己挑個如意郎君的想法可以說是不費吹灰之力就可以達成！

「多謝長公主！」賀語瀟連忙給長公主行禮，這下估計她嫡母也不能插手她的婚事了，簡直完美！

長公主拉她起來，笑說：「前提是妳得挑個好的，如果我看著不好，那也是不成的，知道嗎？」

「知道。」賀語瀟笑咪咪地應了。

這個季節與清冷感的妝容很相配，賀語瀟為惠端長公主化了一個以灰棕色調為主的小煙燻，重色多放在雙眼皮皺褶內，只向外帶了一點做柔和的過渡。眼尾除了用到眼線，還加了一條可充當眼線的灰色眼影，面積不大，主要起到增加深邃感的作用。

為了體現清冷感，除了勾畫出內眼角外，眉毛也畫得略顯英氣，突出了眉峰，但並未增加毛流感，以免顯得咄咄逼人。

胭紅和口脂選的都是飽和度低且帶些冷色調的梅紅色，讓整體妝容的表達在同一個層面。連花鈿都省了，因為花鈿的效用是突出豔麗，放在這個妝面就不那麼合適了。

「妳這手藝，只開個小店太可惜了。」惠端長公主由衷讚道。

賀語瀟每次給她化妝，都很懂得審時度勢，不常見，不會落俗套，但也不會過分搶風頭。就算她是長公主，就算她兒子有功，到了宮裡低調永遠是不會錯的。賀語瀟顯然很懂這一點，既讓她有面子，又不會搶了皇后的風頭。

惠端長公主當然不會怕皇后，只是皇家與尋常百姓家一樣，姑嫂之間得相互給足面子，才能保持和諧的關係，有事也才好商量，這樣皇上不為難，皇家親情才更為穩固。

「殿下過譽了，不過是些尋常妝容。小女子在京中開店時間尚短，到現在也沒幾個人來化過婚妝。京中有經驗、手藝好的妝娘肯定不缺，只是殿下願意照顧小女子生意罷了。」賀語瀟一邊收拾自己的東西、一邊說。

「這可不是我刻意誇妳，我可聽說了，何家姑娘的婚妝是妳化的，何夫人每次提起這個都讚不絕口，直說自己當初目光短淺，差點就錯過了。」惠端長公主雖然沒親眼見著，可聽何夫人的描述能明白定讓人驚豔。

賀語瀟笑道：「是小女子得謝何姑娘才是，如果不是何姑娘，小女子化婚妝的經驗也無法積累。」

惠端長公主真是越看她越喜歡，賀語瀟太有想法了，這樣的姑娘根本不需要人操心，且不說事能做得如何，至少說話是一點都挑不出錯。

惠端長公主又道：「何姑娘的婚妝讓何夫人這麼一宣傳，想必以後找妳的人不會少。只不過現在不是成婚的季節，找妳的人自然少。如果是我嫁女兒，妝娘的名單裡必然是要有妳的。」

「那就借長公主吉言了。」賀語瀟也不糾結這個，婚妝找她的少，但趕上節日，她可不缺顧客。

見時間差不多了，嬤嬤前來提醒長公主該出門了。

惠端長公主吩咐。「好好送五姑娘回去。」

「公主放心，馬車已經等著了。」

賀語瀟向長公主行禮。「小女子告退。」

「去吧。」長公主點頭道。

皇家的宴席從碗碟到菜品，無一不精緻。這次除了兩位長公主和傅聽闌，在這次行動中有功的臣子也都參加了宴席。

酒過三巡，皇上感慨地說：「這些孩子裡，朕最喜歡的就是聽闌。如今聽闌立了功，又不求賞賜，朕這心裡實在難安。別的倒是罷了，就是聽闌的婚事實在不好一直拖下去了，姊姊若沒有合適的，不如朕來為聽闌挑個好的。」

榮淑長公主也在旁道：「是啊，聽闌再這麼拖下去，我這心裡也過意不去。他當初是好意，娶了他表姊的牌位回去，但我打心底不願意耽誤了他的婚事。」

該來的總會來，傅聽闌剛想起身回話，惠端長公主就先他一步開口了。「皇上，皇姊，我已經在給聽闌看婚事了，已經挑了幾個我比較喜歡的姑娘，只是還得問問聽闌的想法。」

「哦？」皇上來了興致。「是哪幾家的姑娘？」

傅聽闌一臉迷糊。他怎麼沒聽母親提過呢？

惠端長公主用帕子拭了拭嘴角，神態自若地說：「沒定下來的事現在跟皇上和皇姊說了，萬一最後沒挑人家，傳出去對人家姑娘名聲不好。」

「也是。」榮淑長公主贊同。

皇上也點頭問：「那什麼時候能定下來？聽闌都這麼大了，最好明年開春就能成親，季節剛好。」

惠端長公主毫不心虛地說：「我也這樣想。」

有她這句話，皇上和榮淑長公主就都放心了。

發愁的只有傅聽闌，他是真怕母親給他亂點鴛鴦譜，到時候不好收場。

「妹妹今天的妝容可真好看，看著不顯山、不露水的，卻格外好看呢。」榮淑長公主讚道。從見到妹妹她就注意到了，只是沒來得及問。

「是呀，我也覺得好看呢。」皇后附和。「正想問二皇姊是給哪位丫鬟化的。」

惠端長公主笑說：「不是府裡丫鬟，是上次給我化日出祥雲妝的那位妝娘……」

由此，三個女人就把話題聊到了賀語瀟身上。皇上對女子妝面知道甚少，自然插不上話。而傅聽闌倒是聽得仔細，也是想通過長輩們的談論瞭解母親對賀語瀟的態度。

第四十九章

幫長公主化完妝，收了豐厚的妝費，賀語瀟這幾天都挺開心，每天換著花樣地給自己買吃的，美其名曰貼秋膘。

「姑娘，面脂都收好了。」將今天做好的面脂全部放進地窖裡，露兒洗了手前來彙報。

賀語瀟點點頭，招呼她來吃東西。

「可以進去嗎？」

久違的熟悉嗓音讓賀語瀟立刻轉過頭，正是多日未見的傅聽闌。

「傅公子。」賀語瀟起身。「請進。」

見他面色如常，風度翩翩，與先前無異，賀語瀟徹底放心了。

傅聽闌徐步進門，打量了一下店內，笑道：「一盆花都沒有了，看著光禿禿的。」

賀語瀟笑了。「天冷了，鮮花本就養不住，等開春了再添上就是。」

露兒給傅聽闌上了茶，然後非常有眼色地去了後院，不打擾兩個人聊天。

「前些日子莊子的管事過來說了種植情況，我想著過些日子去莊子上看看。」

「好，過些日子我帶妳去。」有了些心思，傅聽闌現在並不想避嫌，只要安排妥當，便不會被人看到。

賀語瀟並沒覺得傅聽闌的話有什麼不妥。「你的商隊大概什麼時候回來?」

「已經啟程往回走了，不出一個月應該就能到京中。」傅聽闌說：「大概要休息一個半月再出發，趕在年前再走一趟小的，大家就能好好過個年了。下次再去就得等開春了。」等開始下雪，北邊就不好走了，沒必要冒這個險。

「好，我知道了。」大概瞭解了商隊的行程，也方便賀語瀟做準備。

說完這個，兩個人一時似乎不知道要聊什麼了，明明有很多可以說的，卻都不知道怎麼開口。

最後還是傅聽闌先開的口。「我聽說了妳和盧湃的事。」

賀語瀟滿臉驚訝。「你怎麼會知道?」

當時在場的就四個人，她自己肯定不會亂說，另外三個也不像是會傳閒話的啊。

傅聽闌斟酌著道：「因為怕妳有危險，前些日子我一直派人暗中跟著妳。沒提前和妳說很抱歉，但我並沒有惡意，只是身在宮中養傷，實在不方便給妳傳信，也是怕妳知道了有負擔。妳和盧湃的事是暗衛向我彙報的，放心，我沒和任何人說。」

其實傅聽闌並沒說實話，何丹作東，叫了賀語瀟和盧湃去莊子上，的確是暗衛向他彙報的。他當時還以為這兩個人要成了，畢竟如果不是有點苗頭，何丹不可能出這個面。而他在皇宮中，什麼都做不了。後來是母親和他說盧夫人要給盧湃挑媳婦，他才知道兩個人居然沒成。這可把他高興壞了，趕緊讓護衛去打聽，也是用了些手段才打聽出那天兩個人到底聊了什麼。正是因此，他更加確定自己才是那個最適合賀語瀟的人。

所以今天一出宮他就過來了，不是要表示什麼，只是想看看賀語瀟。然而看賀語瀟對他的態度，好像並沒有什麼特別，這就讓他有點鬱悶了。

「原來如此。」賀語瀟沒有怪罪的意思，還是傅聽闌想得周到，那日她幫傅聽闌的確是冒險，傅聽闌能讓人暗中保護她也是有心了。

傅聽闌玩笑道：「妳這運氣真不怎麼樣，無論是之前的柳翀，還是現在的盧湃，都是看著挺不錯，但與妳想不到一起去的。」

賀語瀟笑說：「的確。不過如果隨便遇上一個就能跟我想到一處去，那緣分這東西就顯得沒那麼珍貴了，不是嗎？」

「沒錯。」傅聽闌笑著點頭，喝了口茶，才道：「妳不問那日我為什麼那麼狼狽地被追殺嗎？」

「可以問嗎？」賀語瀟不是不想問，只是怕這事不該她知道。

「之前肯定不能讓妳問，但現在事情解決了，妳可以問。」

「那就煩勞傅公子說說吧。」賀語瀟挺願意和傅聽闌聊天的，雖然兩人是生意上的關係，但平時說起話來很舒服，又都開得起玩笑，已經算得上是好朋友了吧？所以只要傅聽闌願意說，她也是樂意聽的。

「之前的秋闈，有學子告發新州存在舞弊。我奉旨去查，果然有了發現。往回趕時，我本想讓他們以為我當晚要歇腳，次日再趕往京中，然後神不知、鬼不覺地回京。結果沒騙過去，那日又正好趕上急雨，天色昏暗，無人外出，他們便更肆無忌憚地要殺我拿回證據了。」傅聽闌說得簡單，但那日的驚險只有他自己最清楚。

賀語瀟原以為朝中的事落不到傅聽闌頭上，傅聽闌沒有官職，去查這些多少有些名不正、言不順。「沒想到沒有官職也還是要為朝廷辦事啊。」

傅聽闌笑了笑。「正是因為沒有官職，我前去新州別人才不會起疑，否則我也不可能那麼順利拿到證據。」

這倒也是，賀語瀟一邊感嘆傅聽闌不容易、一邊道：「如今沒事就是最好的，以後再出門辦事，可要格外當心才行。」

傅聽闌笑應著。「好。」在他看來，這就是賀語瀟的叮囑，他肯定要應下的。

「那場秋雨之後，京中明顯冷下來了，五姑娘要適當添置衣裳才是。」傅聽闌見她穿得不夠厚實，不免出聲提醒。

賀語瀟點點頭。「秋衣已經在趕製了，不過人手不夠，還需要些時間。」

傅聽闌疑惑。「是要自己做？」

「當然啊。」賀語瀟和傅聽闌說了家中忙碌的情況。

傅聽闌沈默了一會兒。「那要做到什麼時候？」

京中有點身分的姑娘到了這個時節，新秋衣早就上身了，賀語瀟這遲了可不是一星半點兒。這麼好看的姑娘，當然應該應時節換衣才是。

「用不了多久，再說，去年的衣服也還能穿。」賀語瀟並不意外傅聽闌對此一竅不通，他一個男子，又不用管製衣的事，能知道啥？

傅聽闌還是不滿意。「如果五姑娘不介意，我可以為姑娘介紹幾位裁縫。」

「別了別了。」賀語瀟連忙拒絕。「我才賺多少錢呀！找個好裁縫製衣我這半年算白幹了。」

傅聽闌想說錢不需要賀語瀟操心，但又怕這樣嚇到賀語瀟，或者讓賀語瀟覺得不舒服，會與他疏遠。來日方長，先忍忍吧。

賀語瀟怕傅聽闌覺得自己不領他的情，又解釋道：「我也不是不想做，一套衣服的話我還是負擔得起的。只是我若做完先穿上了，家裡姊姊們的衣服還在趕，嫡母問起來，我不太好解釋。而且我從未跟家裡提過我賺了多少錢，所以這種事還是儘量隨著家裡來吧。」

傅聽闌明白賀語瀟的顧慮，他也不希望賀語瀟為難。「也好。秋衣晚幾天無妨，但冬衣可別晚了，萬一今年下雪早，容易生病。」

賀語瀟認真點頭，笑道：「知道了。有傅公子提醒，我趕明兒就去挑料子製冬衣。」

傅聽闌滿意了，又道：「應該讓莊子種點棉花，這樣冬天也不用趕著去買了。」

賀語瀟樂道：「還是算了吧，你這是明擺著難為管事啊，為了一件衣服，種一塊棉花地，未免太奢侈了，還是給種棉的人留條生意路吧。」

京中種棉花？就沒有過這樣的事！

傅聽闌也只是想想罷了，不可能頭腦一熱就去做了。

說完這些瑣事，傅聽闌又問：「五姑娘可去順山寺賞秋景了？」

賀語瀟搖搖頭。「哪有那時間呀？最近都在忙著做面脂呢。」

「那委實是可惜了，京中秋景也就順山寺的還算漂亮。」傅聽闌說。

京中的人不大愛賞秋景，畢竟一片枯黃敗落的景象，著實讓人傷感。可也有人偏愛這個，覺得敗落就意味著下一次的復甦，有新舊更替的期待在裡面，所以順山寺就成了這些人為數不多可以去賞景的地方。

「我對大部分秋景無感，只有秋季的銀杏是真的漂亮。只不過京中沒多少銀杏樹，無處可賞。」賀語瀟笑說。

傅聽闌突然笑了。「我院中就有一棵碩大的銀杏，聽說已經活了上百年了，每到秋季，那景色的確比順山寺要美上數十倍。」

賀語瀟驚訝。「我還沒見過這麼大年歲的銀杏呢！」

她去長公主府的時候自然不敢亂看，所以府上有什麼她是真不清楚。

傅聽闌想邀請賀語瀟去看，卻也知道不能，至少現在是不能的。

送走了傅聽闌，賀語瀟對露兒道：「幫我記著，咱們今年得早點訂棉花，免得到冷了，棉花再漲價。」

「欸，奴婢記下了。」露兒應道，隨後又道：「對了，三姑娘和四姑娘成親，姑娘準備添點什麼呢？」

她沒聽姑娘提這事，想起來就得提醒一句。

「還沒想好。」她作為庶妹，不需要準備太貴重的東西，主要是心意。而賀語芊的事，對她的名聲不能說一點影響都沒有，所以她並不想送太好的東西，她可沒有那麼聖母，挑不出錯就得了。

想到剛才傅聽闌提到的順山寺，賀語瀟突然有了點想法，又說：「改天我們去一趟順山寺吧。」

露兒沒有多問，只點頭應「是」，姑娘家常去拜拜是很正常的，何況她們家姑娘是做生意的，越是做生意的，越應該請神明保佑。

隨著天氣降溫，賀語瀟小店的生意反而比之前還好，大賣的正是她做的面脂。面脂她並沒有做宣傳，可也禁不住一傳十，十傳百的在普通百姓之間傳開。

賀語瀟的面脂比其他店裡便宜一些，雖然沒什麼香味，但大家捨得用，效果自然就顯現出來了。

不過在京中賣，賀語瀟並沒有賣得太便宜，以免有人想拿她的貨再高價賣出去，加上她與谷大及傅聽闌的合作都是不對外說的，所以她給這兩個人什麼價，別人並不知道。

如此她在京中就比較好訂價了，於是一罐面脂她賣到了七百文，這個價在京中不算高，卻也不能保證所有人都買得起。

畢竟她並不想搶京中其他店鋪的生意，都是做生意的，沒理由為自己樹敵，尤其是在她根基不穩的情況下。她的主要客戶還是西邊和北邊那些不甚富足的百姓，就算少賺些，她也沒什麼好遺憾。

「聽說最近妳鋪子的面脂賣得不錯？」賀複摸著鬍子，臉上盡是笑意，看起來心情挺不錯。

賀語瀟不知道父親是怎麼知道的，只能應「是」。

「怎麼不見妳給為父送一盒呢？」賀複問。

賀語瀟沒想到父親也會想要，或者說她跟這個父親是真不親近，自然想不起他。「女兒以為父親會用更好的面脂。女兒店裡這款小打小鬧的，不比其他店裡的好，所以賣得也便宜。」

「我有同僚用了妳店裡的面脂，說非常不錯，用起來也不心疼。為父總不能說自己沒用過，只能應付過去。」賀複語氣依舊溫和，並沒有怪罪的意思。

賀語瀟哪能聽不明白，只能道：「若父親不嫌棄，明日女兒帶一盒給父親用用看。」說著話，賀語瀟悄悄看了一眼坐在旁邊的賀夫人，她給過賀夫人，賀夫人居然沒給父親用過，想來這夫妻感情是真不怎麼樣。

羅嬤嬤快步走進來了，臉上帶著幾分緊張，道：「老爺，夫人，惠端長公主府來人了。」

「哦？」賀複聞言趕緊起身。

賀夫人也站了起來，不動聲色地看了賀語瀟一眼，見賀語瀟表情也挺驚訝，才確定賀語瀟應該也是不知道。那日長公主的馬車來接賀語瀟去化妝，之後並沒有賞賜，她還以為長公主不是很滿意。

「快請進來。」賀複道。

不一會兒，惠端長公主府的嬤嬤就帶著丫鬟進來了，絲毫沒有怠慢地給賀複和賀夫人行了禮，才道：「入秋了，天氣轉涼，長公主得了塊顏色鮮嫩的料子，就想到了五姑娘，特地命人製了兩套冬衣給五姑娘送來。」

這位嬤嬤不是長公主最貼身的那位，但賀語瀟也在長公主的院子裡見過，算是眼熟。

「哎呀，她一個小姑娘，怎麼好煩勞長公主惦記啊！」話是這麼說，但賀複臉上都要笑開花了。

嬤嬤笑道：「賀大人客氣了，五姑娘與長公主投緣，長公主能想到五姑娘，也是正常。」

賀複頓時覺得面上有光，忙催促賀語瀟。「還不謝賞？」

賀語瀟立刻規規矩矩地謝了長公主的賞賜。

嬤嬤親自將她扶起來，說：「以後長公主要參加宴席，少不得要找姑娘化妝呢。」

賀語瀟捧著衣裳道：「隨時聽候長公主吩咐。」

送走了嬤嬤，賀複看著賀語瀟的眼神都更柔和了，催促道：「行了，快回百花院用飯吧，在外忙活了一天，也應該餓了。」

賀語瀟順勢告退，帶著露兒離開了棠梨院。

「姑娘，長公主送來的衣服可真好看，妳看這海棠花繡的，多精緻呀！這嫩黃的顏色也好，冬天穿鮮亮。」露兒小心翼翼地摸著賀語瀟得的新衣，面料光滑，棉花厚實，一看就暖和。

賀語瀟笑了笑。「收起來吧，這幾天還穿不上。」

傅聽闌剛跟她聊完做冬衣的事，沒幾天公主府就送冬衣來了，她不知道是不是和傅聽闌有關，她不信世上有那麼多巧合。如果只是巧合她不會覺得失望，如果不是巧合，她會覺得挺開心的，拋開那些男女不能私相授受的觀念，誰收到禮物能不開心呢？又不是木頭疙瘩。

入夜，棠梨院裡——

「老爺已經安置下了？」賀夫人喝著安神湯，問剛進來的羅嬤嬤。

「是，在姜姨娘那兒歇下了。」羅嬤嬤道。

「妳說語瀟那丫頭這樣得長公主青眼，以後婚事不會不受控吧？」賀夫人皺著眉，她不想讓家裡任何一個姑娘的婚事不受她的控制。

羅嬤嬤安撫道：「應該不會。長公主喜歡五姑娘又能怎麼樣？難道讓她嫁給傅公子嗎？那可是皇上最寵愛的外甥，咱們五姑娘配不上的。許給別家，哪個有點身分地位的不想娶個嫡女，長公主沒理由為一個庶女壞了與別人的關係。」

賀夫人想了想，道：「也是，是我想淺了。」

羅嬤嬤笑道：「左右不過是五姑娘的本事讓長公主喜歡罷了，退一萬步說，就算長公主給五姑娘作了媒，那又怎麼樣？對方未必是個好的，又未必喜歡五姑娘，五姑娘也未必喜歡對方，所以這日子不一定過得好。」

賀夫人笑了，語氣也變得輕鬆起來。「妳說得沒錯。不說這個了，過兩天陪我去趟順山寺吧，他該想我了。」

羅嬤嬤笑容裡多了絲傷感。「好，到時候老奴親手做些吃的帶過去。」

賀夫人點點頭，將安神湯的碗交給羅嬤嬤，就去休息了。

第五十章

第二天一早，賀語瀟剛開門，傅聽闌的小廝就來了。

「五姑娘。」小廝給賀語瀟行了禮。

「怎麼突然過來了？傅公子這次又有什麼吩咐啊？」賀語瀟笑問。

小廝也笑了，拿出一個小布袋，說：「公子讓小的把這個交給您，沒說其他的。」

賀語瀟實在看不出這袋子裡裝的什麼，接過來也是輕飄飄的，卻有些厚度。

小廝沒多說，只道：「東西送到了，小的告辭了。」

賀語瀟點點頭。

坐回桌前，賀語瀟打開布袋，裡面居然裝了滿滿一袋子金黃的銀杏樹葉，還有一張字條。

賀語瀟取出字條，上面是傅聽闌筆鋒凌厲的字——不能邀請妳到府看銀杏，只能送上落葉，且當邀妳同賞過了。

賀語瀟揚起嘴角，將銀杏樹葉倒到桌上，每片葉子都乾乾淨淨的，沒有一點瑕疵，一看就是挑選過並擦乾淨的。賀語瀟摸著這些新鮮的樹葉，笑得很開心。

「怎麼都是樹葉呀？」露兒滿腦袋問號，不明白傅公子送她家姑娘這麼多樹葉幹麼？

賀語瀟沒答她的話，只說：「拿幾本厚實的書給我。」

露兒以為賀語瀟想看書，應著就去找了。

賀語瀟把字條丟進燒水的小泥爐裡，樹葉她可以收，但字條不能留，萬一讓人發現，她不好圓這件事。

露兒把書拿來，賀語瀟就將這些葉子夾到書中。露兒沒忍住，又問：「姑娘這是做什麼？」

賀語瀟笑道：「到時候妳就知道了。明天咱們就去順山寺。」

露兒點頭。「奴婢這就去買些香燭。」

這次賀語瀟沒跟家裡提要去順山寺的事，所以一早她先到了店裡，見沒人上門找她，才叫了輛馬車前往順山寺。

這個季節到順山寺拜佛的百姓不多，正是農忙的時候，又趕著家家戶戶都要開始製冬衣，自然沒那麼多時間。

賀語瀟先去大殿上香，然後去請了兩條手串，放在寺中供奉至足日再來取，到時候送給兩位姊姊，這樣的禮物怎麼看都是沒錯的。

隨後賀語瀟帶著露兒去了後山，那邊是賞秋景的人會去的地方，賀語瀟過去當然不是賞景，而是撿落葉的。

「姑娘今年怎麼想撿落葉了？」露兒不明所以，只能跟著撿。

賀語瀟笑說：「自有妙用，挑些乾淨且樣子好的，別太大了，不然用著不方便。」

「是。」露兒嘛了嘛嘴，啥都沒問出來，只能老老實實低頭幹活唄。「姑娘，咱們在這兒用齋飯嗎？」

賀語瀟考慮了一下，說：「嗯，用完再回去吧。」

她們來得不算早，用完再回去時間正好，不然回到店裡已經過午飯時間了，再買飯回來，估計都餓得難受了。她才不想餓著，到了佛祖的地盤也沒理由讓她餓著呀。

落葉撿得差不多了，賀語瀟帶著露兒往前面走。這一路上都沒什麼人，主僕兩個步伐不快，倒有種閒庭信步之感。

「咦？」露兒發出一聲疑惑。「姑娘，那好像是夫人吧？」

賀語瀟往下一看，的確是賀夫人和羅嬤嬤，不過兩人今天穿得都很素淨，是尋常百姓家婦人的打扮。兩個人從供奉牌位的殿中出來，賀夫人還在拭淚，整個人顯得很虛弱，得羅嬤嬤扶著才行。

賀語瀟拉著露兒往松樹後邊躲了躲，她們所處的小路並不顯眼，賀夫人和羅嬤嬤不會往這邊看，加上一路都有小樹遮掩，十分不顯眼。

露兒不明所以地問：「夫人在供奉牌位嗎？」

那邊的幾處偏殿都是用來供奉牌位的，無論富貴貧賤，只要有心供奉，順山寺都是收的。

「應該是。可母親娘家已經多年沒有喪事，咱們家中也都好好的，母親這是祭奠誰呢？」這是賀語瀟不明白的地方，而且她也從未聽過夫人在這邊有供奉，所以總覺得哪裡怪怪的。

露兒搖搖頭，她也不清楚，只能猜說：「是不是夫人以前有哪門的兄弟姊妹不在了？」

「就算如此，母親和羅嬤嬤為何要特地換了裝束再過來？」

再怎麼猜都是沒用的，賀語瀟乾脆等賀夫人走遠後，帶著露兒去了供奉牌位的偏殿。

今天人很少，這一處殿中只有一個牌位前點了香燭，公用的供桌上擺放了許多精緻的飯菜，對於吃過數次羅嬤嬤手藝的賀語瀟來說，一眼就能認出這些都是出自羅嬤嬤之手。

火盆裡的黃紙和元寶已經燒盡，半點火星都沒剩，只有餘溫尚在。

賀語瀟走近了些，看清了祭奠的牌位，上面寫著——亡夫鄭思理之位。立牌人那裡寫著——妻曹氏雲湘立。

曹雲湘正是賀夫人閨名！

露兒驚得捂住了嘴巴，一臉難以置信地看著賀語瀟。

賀語瀟眉頭緊鎖，她沒聽說過母親有個亡夫啊！而且，如果是妻為夫立牌位，立位人那裡應該寫鄭曹氏才對，不會把閨名寫上去。一般寫名字也是直接寫全名，不會姓與名分開，多為給好友立牌才會用全名，且前面要注明「友」。

所以這個牌位怎麼看怎麼奇怪，完全不合常理。

不敢在此久留，賀語瀟拉著露兒離開了。她突然想到姨娘跟她說過，夫人不是自願嫁給父親的，那是不是與這個叫鄭思理的人有關？

帶著這些疑惑，賀語瀟這一天都心不在焉的。好在今天沒多少客人，不然招待不周就很容易砸生意了。

露兒年紀小，賀語瀟怕她在賀夫人面前露餡，所以晚上回去就自己去向賀夫人問安，沒帶露兒一起。

賀夫人今天精神似乎不太好，沒跟她聊什麼，就讓她回去了。

賀語瀟再三考慮，還是沒有把今天的所見告訴姜姨娘，她怕姜姨娘驚著，再被夫人覺察，以後有機會她再慢慢和姜姨娘說吧。

轉眼立冬將至，賀語瀟用紅紙糊了燈籠來裝飾店裡，順便送給來客。燈籠上貼了已經在書中壓平壓乾的各種枯葉作裝飾，其中也有傅聽闌送來的銀杏葉。

這其間谷大的商隊再次出發了，也是因為要到冬季了，這次商隊也是小規模地走一趟，與傅聽闌的商隊一樣，是今年的最後一趟了。

惠端長公主府裡，傅聽闌的屋裡掛著賀語瀟做的手提枯葉小紅燈籠，在這個萬物俱寂的季節，倒顯得頗有生機。

這是他今日去問面脂存量，為下一批貨物出貨做準備時，賀語瀟給他的。不是什麼貴重的東西，也不見得有多精巧，但在這個季節裡顯得很特別，也能看出賀語瀟的用心。

長公主來給傅聽闌送自己親手熬的湯，就看到掛在桌邊高燭臺上的燈籠。

「這個有趣，你從哪裡弄的？」長公主放下湯，拿起小燈籠把玩。這燈籠不抗風，但平日裡拿來照個路還是可以的。

傅聽闌笑道：「五姑娘做的。」

長公主很驚訝，沒想到兒子居然肯收賀語瀟的東西，還掛在這麼顯眼的地方。再一細琢磨，長公主收起笑意，認真問道：「你對五姑娘怎麼看？」

「什麼怎麼看？」傅聽闌裝起了傻，他不知道母親什麼態度，所以不想現在就把賀語瀟扯進來。

惠端長公主見兒子這樣，氣不打一處來，直接朝著他的後腦勺打了一巴掌。「我是你娘，你在這兒跟我裝什麼？」

知子莫若母，惠端長公主覺得自己就算不完全瞭解兒子，但兒子有反常的地方，她肯定能覺察。

傅聽闌捂著後腦勺，母親打他沒用什麼力，他自然不疼，只是這會兒腦子裡想法比較多，不知道從哪兒開始說起，最後反問道：「母親怎麼看？」

惠端長公主坐到他身邊，並不繞彎子。「她是個聰明的，但又不是聰明過頭的那種，說話做事都很有規矩，人也穩重，這非常好。你雖得皇上多年寵愛，我又是長公主的身分，敬我們、怕我們的人都多，可越是這樣，你未來的媳婦就越不能是個拎不清的。不然那不是娶媳婦，而是找了個攪家星。」

傅聽闌忙點頭。「母親說得是。」

從他認識賀語瀟到現在，賀語瀟就沒變過，依舊是謹慎謙恭，就算認識了許多人，賀語瀟還是那個賀語瀟，不會借力生事，也沒有自抬身價，更沒有因為相熟而失了禮數。

「她雖然是個庶女，你舅舅可能會覺得配不上你，但咱們家不挑這個，重點還是看人品。我看你與她合得來，能讓你主動去接近的姑娘，她算頭一個。你若喜歡，我自然沒意見。」長公主說。

她之前不是沒有考慮過賀語瀟，身邊的嬤嬤也提醒過她賀語瀟庶出的事實，加上兒子沒什麼表示，她尊重兒子的意願，就沒提過。現在兒子自己喜歡上了，那她還有什麼好反對的呢？

傅聽闌笑容裡有些無奈。「兒子的確覺得五姑娘很特別，與別的姑娘都不一樣，心裡喜歡。但五姑娘對兒子好像沒什麼想法，您別看她送了我一個燈籠，那是因為我先送了銀杏葉去，她這至多算是回禮，根本不是表明心意，想必這幾日上門的客人都能得一個。」

惠端長公主樂了。「京中心儀你的姑娘太多，你就以為所有姑娘都能看上你嗎？」

「兒子沒這麼想。」只是別人看不看得上他對他來說不重要，賀語瀟能不能看上他才是重點。

「你喜歡人家，只要是不越禮數，你主動些，多表示一下是應該的。再說，由此也可見五姑娘是個心思正的。若遇到個心思不正的，現在恐怕早纏上你了。」長公主並不介意對方沒看上自己的兒子，這本就是要憑緣分。「再說了，你喜歡人家，多表示一下，讓人家知道你的心意，人家才能開始考慮你不是？」

傅聽闌也樂了。「母親說得是，是兒子太不主動了。」

「知道就好。」長公主把湯碗往傅聽闌那邊推了推，示意他趁熱喝。「怎麼表示心意我就不教你了，你若連這個都不會，以後也不可能對媳婦好。我就只管去瞭解一下賀家的情況，如果她家中沒有什麼大問題，那回頭我去賀家提一提。」

一般男方家裡有意，會直接去女方家裡談，或者請媒人上門亦可，就算不成，兩家也不會多言，不會妨礙姑娘家的名聲。斷然沒有先去找姑娘家說的，那樣不僅是對姑娘娘家的怠慢，也是對姑娘本人的不尊重。所以就算是長公主，也得按規矩來辦。

「多謝母親。」傅聽闌喝著長公主送來的湯，誇道：「母親的手藝越發好了，這湯熬得真香。」

惠端長公主白了他一眼。「少拿好聽的話哄我，我今兒要是不同意這件事，你還能說我做的湯好喝？」

「兒子是那種會為這事就刻意恭維您的人嗎？」

惠端長公主非常乾脆地點頭。「你是。」

有了母親的首肯，傅聽闌到賀語瀟這兒來就沒什麼顧慮了，他得要抓緊時間表現，不然像賀語瀟這麼好的姑娘，萬一被別人看上了怎麼辦？

「傅公子，您又來了。」露兒最近招待他都招待得麻木了，已經五天了，傅聽闌每天都來，雖說待的時間都不長，聊的也都是生意上的事，但未免太頻繁了吧！

「嗯，今日家中做了些點心，母親想著五姑娘可能會喜歡，讓我送些過來。」傅聽闌打著母親的名義，一點問題都沒有。

一聽是公主府的點心，賀語瀟頓時就來了興致，誰會跟吃過不去呢？

「多謝長公主記掛。傅公子請坐吧，我這兒有些不錯的祁門紅茶，配點心剛剛好。」賀語瀟親自去打了一壺水，等水開就能沏茶了。

傅聽闌坐到賀語瀟對面，能用品茶吃點心這個理由多留一會兒也不錯。「明天不知道五姑娘有沒有空，我帶五姑娘去莊子上看看？」

賀語瀟早就計劃要去，現在傅聽闌主動開口要帶她去，自然是最好的。「好，那就煩勞傅公子了。」

「沒什麼煩勞的，我本也是想去一趟。」傅聽闌自認表現得非常自然。

燒開的水發出咕嚕咕嚕的輕響，賀語瀟取來茶葉泡上，片刻之後倒出來兩杯。「傅公子請。」

茶香四溢，茶湯濃而不渾，的確是好茶。

「多謝五姑娘。」

兩個人吃著點心，賀語瀟給露兒塞了一塊，讓她也跟著嚐嚐，見傅聽闌的表情沒有任何異常，這讓賀語瀟非常滿意。

「商隊後天出發？」賀語瀟問。

「對，這次估計一個多月就能回來。」隊伍小，行進的速度肯定就快些。

「希望這一路上別有雪，不然路肯定難走。」賀語瀟想到大雪封山的場景，就算商隊不走山路，雪後路滑，也是極難走的。

「這個季節還好，就算下雪，第二天一出太陽就化了。等到下個月氣溫更低了，趕上雪三兩天就下一回，才是真沒法走了。」傅聽闌說。

「你知道得還挺詳細。」賀語瀟很喜歡公主府做的糕點，之前她覺得華家做的點心已經是她吃過最好吃的了，沒想到公主府的更好吃。

「我跟商隊跑過。」傅聽闌笑說。

賀語瀟完全沒料到傅聽闌居然跑過商，驚訝地說：「沒想到你會親自跑商。」

傅聽闌笑了。「既然是我養的商隊，肯定要負責。我親自去一趟，也能瞭解氣候地形，做到心裡有數。如果路上遇上什麼問題，我這邊也好有應對的方案。」

「你商隊的人跟著你，應該很安心吧。」上頭有這樣負責的東家，下面的人才能更全心全意做事。

「他們安不安心我不知道，反正這些年沒人離開倒是真的。」這也讓他的商隊實力越來越強了。

「良禽擇佳木而棲，這恰恰說明傅公子是個賢主。」

「五姑娘再這麼誇我，我可要飄了。」

賀語瀟樂道：「傅公子定力非凡，哪能被我誇一誇就飄了呢？」

傅聽闌想說「或許別人不行，但妳行」，但想想又覺得太魯莽，便作罷了。

傅聽闌坐了約半個時辰，兩個人約好明天出發的時間，傅聽闌就離開了。

晚上回到家，賀語瀟去給賀夫人問安時，賀語彩也在，而且難得的是賀語彩居然神采飛揚的，似乎是有什麼好事。

當著賀語彩的面，賀語瀟沒有多問，回了百花院才問了姜姨娘。

「是魏家來人了。」姜姨娘表情輕鬆，明顯是因為事不關己，她只是個旁觀者罷了。

「說是怕耽擱四姑娘的婚期，想盡快把三姑娘接過去。」

「咦？怎麼突然這麼積極了？」賀語瀟詫異，明明之前還一副不急不慢的樣子。再說，曾氏進門也沒多久，怎麼就同意讓三姊姊提前入門了呢？

姜姨娘答。「符嬤嬤打聽了一下，說是信昌侯府去找魏家說的，意思是想在正月前讓盧三孫公子完婚，這樣顯得重視。曾氏已經入門，婚前婚後肯定不同，在魏府勢必還是要聽婆母的安排，她再不願意，只要魏家長輩發話，她還是得聽。」

「也是。」賀語瀟點點頭，曾氏肯定不能因為這事跟婆家鬧翻，傳出去別人只會說她不孝不賢。「那三姊姊什麼時候過門？」

姜姨娘道：「魏府說十天後是個好日子，倒時候就抬了三姑娘回去。」

「這麼趕？」賀語瀟以為至少還得半個月左右。

「是啊，魏家大概也不想得罪信昌侯府，給個面子。再說，三姑娘是去做妾的，沒有大宴要辦，一頂轎子解決的事，實在沒什麼好拖的。」

賀語瀟在心裡嘆氣，到現在她依舊覺得賀語彩挺想不開的，只為那一點所謂的尊重和羨慕，就要去給人當妾。的確是高嫁，可又能驕傲幾時呢？

第五十一章

兩個人去莊子這日，天氣非常好，一點風都沒有。入冬若沒有風，真不會覺得冷。為了不引人注意，傅聽闌先一步到莊子上，賀語瀟坐著傅聽闌準備的馬車晚一步出發，她到的時候，熱茶已經沏好了。

「先來喝一杯暖暖身子。」傅聽闌招呼賀語瀟。

賀語瀟接過杯子道謝。「今日天氣不錯，適合出行。」

到了這個地界，賀語瀟才知道什麼叫地氣暖和，別看這裡離京中沒多遠，但在這裡，斗篷都可以省了，真的不冷，一件薄棉衣足矣。

「的確，不過怎麼說都是入冬了，天氣不可能一直這麼好。」傅聽闌打量著賀語瀟，問：「母親賞妳的衣服怎麼不穿？」

賀語瀟樂道：「你也說是長公主賞的，哪能隨隨便便就穿？再說，長公主賞的衣裳厚實，現在穿還早，我想留到過年的時候。」

這樣她就省了做年衣的錢了，能用省下的錢給姨娘買個好料子，過年做身好的。

「那還早呢。」傅聽闌沒想到賀語瀟這麼能等。

「好飯不怕晚，好衣服也不怕等。」賀語瀟很有自己的一套理論。

傅聽闌樂了，不糾結這事，見賀語瀟把茶喝完了，才道：「走，去看看他們花苗種得怎麼樣。」

兩個人去了後院，原本空置的地方此時已經種滿了花苗。因為地氣暖，花草已經竄出一些個頭了，可以預見明年開春的盛景，肯定比不上城外的桃樹林，但必然比百花院美上數倍。

「晚上莊子裡的人會把這些花苗罩上，以免被雪打了。白天暖和，再掀開讓它們曬太陽。」傅聽闌說。這些都是管家向種植經驗豐富的老師傅請教的，他也付了不少請教費。

賀語瀟贊同的點頭。「那我就期待成果了。商隊這次回來帶了不少種子，我還沒來得及一一察看，反正想必是錯不了。等到明年面脂就可以大批做了，還可以做些效用不同的面脂。西方、北方肯定還是以保濕為主，京中就可以做一些抗老、祛痘的，到時候肯定會很受歡迎。」

做什麼樣的面脂傅聽闌不插嘴，那是賀語瀟擅長的，他一個外行人就不跟著亂出主意了。

管家笑咪咪地跑過來，問：「公子，姑娘，中午可留在莊子用飯？下人們打了些板栗，看著燉雞剛剛好。」

傅聽闌沒問賀語瀟意見，直接回道：「好，在莊子用。」

他怕賀語瀟覺得不好意思，乾脆自己先定下。

不過賀語瀟還真沒覺得不好意思，能蹭一頓飯就省她一頓飯錢，又不是沒在莊子上吃過，沒什麼好擔心的。

離午飯時間還早，傅聽闌帶著賀語瀟去山下轉轉，之前已經看過後山了，山下這段路還沒去過。

「之前何姊姊帶我來過這邊，只是沒想到山上的地氣比山下還好。」賀語瀟還挺喜歡這兒的，如今京中的綠色難得，這片山林卻依舊藏著不少綠色。

「這兒的溫泉是從山上下來的，山上肯定比下面暖和。而我買下的除了莊子，還有這片山林，所以別人不會上來。妳跟著何姑娘來，也只是在山下轉轉，沒什麼意思。不過這附近有不少小莊子、小院子，都被京中官員買下了，明明是來放鬆的，結果可能不時就會遇到同僚，想想怪沒趣的。」傅聽闌邊走邊給她介紹這邊的情況，遠遠地能看到幾處院子房舍，他也會指給賀語瀟看說是誰家的。

而賀語瀟只覺得風景很好，若能來這裡過冬，肯定是件非常愜意的事。至於下面哪家是哪家，她根本沒記住，反正這兒的莊子她買不起，記住了也沒用，當不了鄰居。

「住這邊唯一的不好是一定要自己帶個好廚子，否則想像在京中吃得那麼豐富是很難了，去京中買回來也冷了，根本不是原來那個味兒。」傅聽闌這屬於經驗之談。

剛走到山腳下，賀語瀟就聽人叫她。「五姑娘？」

轉頭看去，居然是逝去孫姑娘的母親孫夫人。

賀語瀟趕緊給孫夫人行禮問好。

孫夫人比賀語瀟之前見時消瘦許多，孫姑娘的過世顯然給她非常大的打擊，不過這會兒看著臉色還成，估計正在慢慢走出傷痛。

「沒想到在這兒遇上妳。」孫夫人快步走過來，身後的婆子、丫鬟可能是怕她體力不支摔倒，跟得很緊。

「是，我來這邊找些做妝品的東西，夫人這是？」賀語瀟肯定不能提在莊子種花的事，就算孫夫人認出了傅聽闌，她是做妝店的，找關係弄些與妝品有關的東西屬實正常。

「我就說呢。」孫夫人看了一眼傅聽闌，傅聽闌向她作揖。

孫老爺是國子監助教，就算品階不高，作為在國子監唸過書的學生，對這些老師都不可怠慢，對其家眷也應有禮。

孫夫人並沒有表現得很意外，只是點點頭，目光又轉回賀語瀟身上。「我與家裡的老頭子一直走不出閨女離開的傷感，府裡感覺處處都有閨女的影子，所以他向國子監告了長假，我倆一起來這邊住些時日。」

賀語瀟扶著孫夫人的胳膊，道：「父母與子女必是連心，您與孫助教傷心必是難免。雖說多了像是廢話，但還請您和孫助教多多保重，兩位順遂常安，才是孫姑娘最想要的。」

孫夫人眼睛一紅，點頭道：「妳說得是啊。」現在為了不讓她太過傷心，身邊的丫鬟、婆子都不太提女兒了，只是她們越是不提，她越是放不下。今天賀語瀟與她提起，反而讓她覺得有人還記得女兒，她很欣慰。

孫夫人勾起笑問：「妳二姊姊之前時常來看我們，後來我們到這邊來小住，她往來不方便，就沒過來了。」

「二姊姊看望您二位是應該的，這邊的確往來不便，不過知道您二位無恙，想必二姊姊也就放心了。」賀語瀟說。

「是呀，語穗與妳都是好的。聽說她相公中舉了？」孫夫人住在這邊，消息不太靈通。

「是呢。」

「也好，如此語穗的日子也能過得鬆快些。」

「夫人說得沒錯。」其實賀語瀟也不確定二姊姊的日子有沒有比之前鬆快些，她也好長時間沒見到二姊姊了。

孫夫人到了喝藥的時間，經婆子提醒，便先回去了，離開前還對賀語瀟道：「妳若哪日無事，便來我這兒坐坐吧，我就住在前面那個綠頂的院子裡。」

「好。」賀語瀟應了，她並不是敷衍，而是會把自己答應過的都記到日程安排中。

等孫夫人走遠了，傅聽闌才道：「妳不怕她亂說嗎？」

「說什麼？」賀語瀟不解。

傅聽闌指了指自己，又指了指賀語瀟。

賀語瀟笑了。「孫夫人不會的。她那樣愛女兒，自然不捨得傷害別人家的姑娘。再說，你我坦然，沒什麼好怕的。」

傅聽闌不知該如何回應，還莫名有些鬱悶。

賀語瀟是很坦然，他自己坦不坦然只有自己心裡清楚。

午飯後，管家又裝了一布袋糖炒栗子給賀語瀟，讓她帶回去慢慢吃。

賀語瀟聞著剛出鍋的糖炒栗子的香氣，剝了一個，果然甜糯香軟，讓人心情愉悅。

「能否幫我再找個布袋，我想分出一些送人。」賀語瀟對管家道。

管家見她喜歡，別提多高興了。「哪需要姑娘分出去啊？咱們多得是，再給姑娘裝一袋就是了。」

「那就多謝您了。」賀語瀟笑說。

「姑娘實在客氣了。」

傅聽闌沒問她要送誰，這是賀語瀟的自由。

賀語瀟離開時，依舊是坐傅聽闌準備的馬車，不過她讓馬車先去了孫家的住處，將糖炒栗子交給看門的人，說明了身分，請他轉交孫夫人。

看門的人不傻，能送來這麼一包熱呼呼的糖炒栗子，一看就是住在這附近做好就送來的，能在這邊住的，非富即貴，必須得第一時間送到夫人手上。

賀語瀟倒沒想那麼多，只覺得吃點甜的，人的心情比較容易愉快起來。

而傅聽闌晚一步離開，到家時天色已經不早了。

「公子，長公主說等您回來了，讓您過去一趟。」小廝對傅聽闌道。

傅聽闌點點頭，衣裳也沒換，就去了長公主那邊。

長公主房裡焚著宮中新製的香，香味寧靜悠遠，很適合這個季節。

「母親。」傅聽闌興沖沖地進門。「您找我？」

一般母親找他都沒壞事，如果是他做了什麼不對的事惹母親不高興了，那母親會直接殺進他的院子，而不是叫他來。

「嗯，把門關上。」

「是。」傅聽闌關上門，院子裡的下人也非常有眼色地站到了十尺外的地方。

「賀家我瞭解了一下。那個賀複是個愛官位且愛官聲的，平時還算謹慎踏實，不是溜鬚拍馬上位的那種。賀夫人是曹家姑娘，但婚後與家中往來不多，這多少有些奇怪。賀複憑藉曹家混了個京城官做，一直沒有外放過。但後期與曹家往來也少了，不知是為何，也可能是避嫌吧。」長公主把自己查到的和傅聽闌說了。

「曹家？是吏部侍郎曹家？」傅聽闌問。

長公主點頭。「說來吏部侍郎已經好幾年沒升了，倒有被賀複後來居上之勢。」

「舅舅不喜結黨營私，賀複愛惜官位，說不定還真是為此與親家少往來了。」這種事不是沒有，倒不用太驚訝。

「嗯。另外，有一點我是比較不解的，賀家這幾個女兒，算上馬上要出嫁的老三、老四，是怎麼做到沒有一個嫁得好的？」這點是長公主最不能理解的。「前頭兩個嫡出都是下嫁，日子過得都算不上如意。老三、老四雖說是高嫁，但一個當妾，一個嫁沒人要的平妻之子，還不如低嫁的能挺直腰板。賀夫人看著不像個傻的，怎麼就挑了這樣的婚事呢？」

傅聽闌也想不明白。

長公主皺眉。「庶出也就罷了，可自己嫡出的女兒，哪個母親能忍心讓自己的女兒受苦？以賀家的地位，也不是挑不到個門當戶對的，至於如此嗎？所以我總覺得這裡面恐怕還有一些原因，得再深入瞭解。」

「兒子有一個不當的猜想，或許是有什麼原因，賀夫人就是不想讓賀家姑娘嫁得好，所以才會如此。」傅聽闌皺起眉。「若真是這樣，恐怕您去問五姑娘的婚事，賀夫人也是不會同意的。」

「如果真如你所說，那你與五姑娘的事還真得從長計議了。」長公主覺得兒子說的不無道理。「賀夫人這邊我還要多查查，不過我相信五姑娘是個好的。只不過如果真是你想的那樣，咱們想把五姑娘娶進門，就得用點小心思了。」

傅聽闌點頭。「有勞母親費心了。賀家最近忙著三姑娘和四姑娘的婚事，大概短時間內顧不上五姑娘。」

「這倒是，可還是得多看著些，以免有人對五姑娘有意，先咱們一步，到時候不好辦。」長公主說。她看上的兒媳婦自然不能讓別人搶了去。如果是賀語瀟自己喜歡，那她沒什麼辦法，但如果大家都一樣，不是五姑娘非君不嫁，那她必然要爭一爭。

「好。不過兒子覺得現在賀五姑娘的名聲因為四姑娘的事，恐怕也好不到哪兒去。咱們府不介意，自然沒關注這個，可能其他府早就避之不及了。」如果這個人不是賀語瀟，他們都不瞭解，肯定還是會衡量名聲上的問題。就因為是賀語瀟，大概知道她是個什麼樣的姑娘，所以這種非賀語瀟本人帶來的名聲受損，實在不應該算到她頭上。

「這樣更好，咱們就不用著急了，慢慢打聽就是了。」長公主說。

轉眼到了賀語彩出門的日子，家中雖未處處張燈結綵，但風嬌院還是掛了貼著喜字的紅燈籠。

賀語瀟在添妝那日的前一天，去順山寺把焚香祈福的菩提手串取了回來。添妝時連同一罈釀好的石榴酒一併送了去，都不是貴重的東西，可寓意都是好的。

說到添妝那日，賀語彩的臉色不怎麼好看。在她的預想裡，她嫁給了禮部尚書的兒子，之前那些與她玩得好的各家姑娘，理應都來為她添妝，像之前她恭維那些姑娘一樣，來恭維她一番，或者至少得表示出想繼續深交的意思。

結果但凡有些身分的姑娘都沒來，好一點的讓丫鬟、婆子來送了些不算貴重的禮物，有的甚至連禮物都沒送。

另外，賀語彩到魏府並不是貴妾，原本是沒有聘禮一說，但因為賀家好歹是官員之家，所以即便只是普通妾室，魏家依舊送了些聘禮過來，算是重視了。可那聘禮還沒有當初賀夫人抬姜姨娘進門時給得貴重，實在是沒臉。

這些與賀語彩想的都不一樣，且落差非常大，所以這些日子賀語彩的臉色都不怎麼好。只是事成定局，她沒辦法反悔了，後悔也是沒用的，只能按照流程把婚事走完。

拜別了父母，賀語彩被送上停在側門的小轎，帶了兩個貼身伺候的丫鬟和八個箱子的嫁妝，沒有姊妹相送，沒有酒席鞭炮，就這麼離開了賀家。

第五十二章

這幾天天氣都很陰沈，一副要下雪卻下不下來的樣子，天也一日冷過一日，不過離外面待不住人的氣溫還遠著。

店裡已經加上厚實的門簾，窗縫、門縫都用紙糊上了，只留一扇能隨意開闔的窗戶用來換氣。

「明年說什麼都得在小院裡搭個小廚房，冬天煮湯熱飯都方便。」賀語瀟覺得自己失策了，當時手頭沒錢，還匀出了些地方種花，加上又挖了個地窖，就把這事忽略了。夏天還好，冬天頂著寒氣在外面熱飯煮湯，實在遭罪。屋內倒是可以做，但萬一有客人來，一屋子食物味也不妥。

露兒勤快地擦著架子。「姑娘明年不準備在院子裡種東西了？」

「有莊子種著，咱們就不費那個事了。對了，回頭清點一下純露，把明年要用的留下來，剩下的做成濕敷水賣吧。這東西放久了效果沒有新鮮時好，還是得盡快用完。」賀語瀟說。她現在已經完全不擔心材料不夠用，所以該做起來的東西也應該安排上了。

「好咧。」露兒應著，最近她家姑娘把管庫存的事交給了她，還教了她如何記錄，東西補上或者賣出去，看著自己的小本子一筆一筆地記著，別提多有成就感了！

「五姑娘在嗎？」

是傅聽闌的聲音。

賀語瀟笑了，應道：「在，傅公子請進吧。」

傅聽闌聞言掀開厚門簾進門，屋內的暖意襲來，傅聽闌露出同樣溫暖的笑容。「我路過，就過來看看五姑娘這兒有沒有什麼新鮮玩意兒。」

賀語瀟做的枯葉小燈籠在店裡掛了好幾個，裡面沒點蠟燭，但也足夠好看了。

「新鮮玩意兒沒有，不過傅公子來得正好。之前在莊子拿的石榴釀的石榴酒已經好了，傅公子正好可以帶回去嚐嚐。」賀語瀟笑說：「這次泡石榴的酒不烈，喝著不醉人。」

「那我今天算是沒白來，不過我也不白收妳東西。」說著，傅聽闌拿出一個油紙包。「我聽聞近日京中新開了一家賣油炸糕的，今日去給母親買了些，讓小廝趁熱送回去了，想著五姑娘可能也會喜歡，就給妳也送幾個。」

賀語瀟有種被戳中喜好的驚喜。「是祥安街那家新開的嗎？聽說每天大排長龍，我實在沒空去，一直惦記著呢！」

如果是春秋，她可以讓露兒去排，但現在天氣冷，要是把露兒凍壞了可怎麼辦？

「正是。」一見她眼睛發光，傅聽闌覺得很可愛。「還熱著呢，快嚐嚐。」

「那我就不客氣了！」賀語瀟打開油紙包，油炸糕的香氣撲面而來。「露兒，給傅公子熱壺石榴酒，咱們謝過傅公子的款待。」

傅聽闌樂了。「這就算款待了？」

「當然呀，東西貴賤不是問題，送到人心裡就是款待。」賀語瀟樂道：「你應該還沒嚐過吧？咱們一起嚐嚐。」

露兒動作很快，酒沒一會兒就溫好了，要給傅聽闌帶回去的酒也放到了門口，以免一會兒忘記了。除此之外她還給傅聽闌拿了其他點心，這樣配酒就足夠了。

賀語瀟給了露兒一個油炸糕，露兒開開心心道謝，跑到一邊吃了。

賀語瀟讓傅聽闌自便，自己拿了一個，一口咬下去，酥脆香糯，難怪那麼多人排隊。

「真好吃。」賀語瀟讚道：「傅公子快嚐嚐。」

傅聽闌並不是非吃不可，他回去母親肯定會給他留，而且他若想吃，剛買的時候就會吃了。但賀語瀟讓他吃，他就很想嚐嚐了。

兩個人也沒聊什麼，只是慢慢吃著東西，一個喝酒，一個喝茶，氣氛相當和諧。

過了好一會兒，賀語瀟才說起準備在店裡賣濕敷水的事。

「是應該賣起來了，冬季氣候乾燥，我母親用得也比平時勤。」

「那一會兒我再兌一瓶，你給長公主帶回去吧。你的面油呢？還有嗎？」

「我這兒還有，妳不準備在京中賣面油嗎？」傅聽闌覺得這個應該也是很有市場。

「暫時不賣，你的商隊帶回來的種子我還在研究，等確定了功效，重新調配後再賣，應該要到明年了。」她希望自家商品不只是價廉，也一定要物美。「到時候還得傅公子多幫我試試了。」

傅聽闌忙答應。「放心，包在我身上。」

兩人話剛說完，之前幫公主來傳話的嬤嬤又來了。

看到傅聽闌在店裡，一點也沒覺得意外，反而笑咪咪地行禮，一副欣慰的模樣。

「嬤嬤突然過來，是長公主有吩咐？」賀語瀟起身問。

嬤嬤樂道：「不是長公主有吩咐，是宮裡的主子想請您去化妝呢。」

這突來的生意一下讓賀語瀟迷糊了，一時不知道怎麼回話——宮裡？那是什麼地方，是她一個庶女能隨便進的嗎？這萬一沒伺候好，是不是要掉腦袋？

傅聽闌見她傻在原地，便幫她問道：「是皇后娘娘請她去？」

「是呢。因為不知道怎麼找五姑娘，只能派了貼身的宮女來找咱們長公主幫忙了。」嬤嬤笑說，似乎覺得這對賀語瀟來說是天大的好事。

傅聽闌略一想，便又問：「是千秋節那日嗎？」

「是。」嬤嬤答。

傅聽闌看向賀語瀟，問：「可以去嗎？」

賀語瀟有些猶豫。「化妝我是不怕，但我沒進過宮，不知宮中的規矩，怕失了禮數。」

平日她禮數不周，是自己丟人，但如果在宮中衝撞了誰，恐怕一家都得遭殃。

「無妨，母親定會幫妳安排好，出不了差錯。」傅聽闌此時已經有了主意。

賀語瀟又考慮了一會兒，若不去，恐怕皇后會不高興，她依舊得罪不起。如果有長公主安排，應該不會出大問題，於是她點了點頭。

傅聽闌微笑著對嬤嬤道：「去給母親回話吧，請母親幫忙安排一二。」

「是，那老奴就先告退了。」

嬤嬤走後，賀語瀟還是有些緊張，畢竟進宮這事，她心裡真的是一點譜都沒有。

傅聽闌悠然地坐著，笑道：「別擔心，到時候我陪妳一起進宮，保證錯不了規矩。」

得知賀語瀟要進宮去給皇后化妝，賀家人全傻了。

對賀複來說，這是無上的榮耀，天下有幾個妝娘能夠進宮給皇后化妝的？恐怕從有大祁到現在，一隻手就能數得過來。但同時，他也有些複雜的情緒，一方面是賀語瀟進宮萬一錯了規矩，或者化得不合皇后心意，那麼好事也要變壞事；另一方面是這榮耀說白了是給自己女兒的，他這個做父親的心裡多少有點空落落。

而賀夫人都笑不出來了，賀語瀟進宮對她來說那就是有脫離掌控的意味在了。如果賀語瀟得了皇后青眼，有皇后撐腰，萬一賀語瀟不樂意讓她拿捏親事，就很麻煩。

臉色最難看的當然要數賀語芊，她現在唯一的底氣就是覺得自己是家中姑娘裡嫁得最好的。但現在賀語瀟得到給皇后化妝的機會，這是多少人作夢都不敢想的。這樣一比，她的婚事就顯得沒那麼了不起了。

賀複搓著手。「我得託人找個宮中的嬤嬤教妳些規矩才成，別到時衝撞了皇后娘娘。」

賀語瀟自己倒挺淡定的，主要是傅聽闌說會陪她進宮，她一下就有了主心骨兒，規矩上不怕，化妝技術上自然也沒有什麼可擔心的。

賀語瀟說：「父親，三日後就是千秋節，您現在找嬤嬤教我怕也是來不及的。不過您不必擔心，皇后是託惠端長公主找我，長公主那邊的人與我說會負責我進宮的事宜，讓我不必擔心。」

賀複一下就放心了，點頭道：「也好，長公主身邊的人肯定都是懂規矩的。」

賀夫人努力露出笑意，道：「妳可想好為皇后娘娘化什麼樣的妝了？」

賀語瀟搖頭。「還沒有。公主府的人來得突然，我沒有準備，想著這兩天考慮一下。」

這一趟賀語瀟也有自己的想法，只有得到皇后娘娘的賞識，她的名聲才會從被賀語芊拖累中脫離出來。她是不想要一個只看名聲的男子，但也不希望在遇到喜歡的人時，因為名聲問題而受到來自長輩的重重阻礙，所以這是她爭取到好名聲最好的機會，就算有壓力，也不能錯過。

千秋節是皇后的生日，京中雖然不會鋪張地慶祝，但晚上會在城樓上放煙火，邀百姓共賞。

一早，惠端長公主府的馬車就來到賀府接賀語瀟。

賀語瀟並沒有看到傅聽闌的人影，不免有些忐忑，又不好多問，只能抱著妝箱上了車。等車子行到宮門，賀語瀟才看到早已經等候在那裡的傅聽闌。

今日傅聽闌穿了身暗紫色繡君子蘭的長袍，外披一件黑色銀絲暗紋鶴紋大氅，整個人看著精神又穩重。

賀語瀟下車，到這兒她就只能步行入宮了。

「傅公子。」賀語瀟向他行禮。

「五姑娘。」傅聽闌笑著回了禮。「今日穿得挺多。」

賀語瀟笑說：「父親說要步行一段路，叫我穿暖和些。」

「賀大人是有遠見的。五姑娘請。」傅聽闌說完，便在前面帶起了路。

賀語瀟提著妝箱走在他身後，全程低著頭，儘量不引起任何人的注意。

「別緊張，宮中母親已經打點好了。」傅聽闌輕聲對賀語瀟說：「這邊都有侍衛看守，我們有進宮腰牌，他們不會過來問話的。到了後宮我們就直接去皇后娘娘的宮殿，不會遇到不相干的人。」

讓他這麼一說，賀語瀟心中就有譜，人也沒有那麼緊張了。不過她還是不好跟傅聽闌多說話，以免讓人看到傳出閒話，只能道：「我知道了，你別說話了，我得安靜一些，一會兒才能定心化妝。」

傅聽闌失笑，倒是很聽話地沒有再多言。

走了一段距離，賀語瀟發現自己還是多慮了。宮裡沒人認識她，但都認識傅聽闌。一路上避讓的、行禮的、問安的，一個個頭低得比她還低，估計這些人只能看到她的裙襬。

一路暢通無阻地來到皇后宮中，掌事嬤嬤見傅聽闌來了，趕緊迎上來請安，笑道：「公子直接進去吧，娘娘知道您來，特地讓人煮了暖身的茶，怕您這一路過來冷著了。五姑娘也隨公子進去吧。」

「是。」賀語瀟老老實實應道。

傅聽闌向嬤嬤點點頭，就帶著賀語瀟進去了，他要送賀語瀟過來的事，母親已經提前跟皇后娘娘說過了。

「給皇后娘娘請安，願娘娘千歲安康，福澤綿長。」傅聽闌率先行禮。

賀語瀟也跟著行禮。「小女子拜見皇后娘娘，願皇后娘娘吉祥安樂，福壽千載。」

皇后樂道：「快起來吧。」

「謝皇后娘娘。」兩個人起身。

「這就是賀五姑娘？抬頭讓本宮看看。」皇后娘娘語氣很溫柔，聲音卻很有大家風範。

賀語瀟微微抬起頭。

「二姊說妳是個絕美的，今日一見果然如此呢。」皇后今日生日，自然是高興的。加上惠端長公主有意向她透露了傅聽闌的心思，並請她暫時保密。作為一個知道秘密的人，她當然更高興了。

「皇后娘娘過譽了，小女子實不敢當。」賀語瀟從不以美貌自傲。

「這有什麼不敢當的？好看就是好看，是別人羨慕不來的。」說完，皇后的目光又轉向傅聽闌。「你今日倒是勤快。若是天天都能勤快地來一回，皇上肯定特別高興。」

這兩個人站在一起，皇后覺得簡直郎才女貌，實在相配。她當初也想過，像她家外甥長得這麼好的小子，得要多漂亮的姑娘才配得上？如今見到賀語瀟，覺得正適合。

傅聽闌笑道：「娘娘這可難為我了，我這一天天閒散慣了，偶爾進宮，您與皇上看著我新鮮，自然高興。若天天來，皇上見我這樣遊手好閒，恐怕看不慣，要給我安排差事了。」

「你啊！也就皇上慣著你，不讓你當值受累。」皇后無奈地指了指他。

「時辰差不多了，娘娘快上妝吧，別耽誤了宴席，您可是今日頭等重要的人。」傅聽闌想著時間充裕些，賀語瀟也能慢慢來。

「行。你是去宴席那邊，還是在我這兒坐著吃點心？」皇后問。

「外甥先去給皇上請安，然後回娘娘這兒吃茶。」傅聽闌想著自己在這兒，賀語瀟應該能更安心些。

皇后不動聲色地看了賀語瀟一眼，傅聽闌什麼心思她作為長輩不可能一點都猜不到，便笑道：「行，快去吧。」

傅聽闌離開後，賀語瀟恭恭敬敬地問：「不知皇后娘娘喜歡什麼樣的妝容？」

她依舊低著頭，讓自己不要亂看。

「沒有特別的要求，妳看著化就好。」皇后這話聽著就很好說話了。其實她是問過了惠端長公主的，但長公主跟她說什麼要求都不用提，讓賀語瀟自己發揮。

「好，小女子這就為您上妝。」她不敢拖太久，萬一耽誤宴席時間，就算是好事也變得不那麼美妙了。

皇后的長相不屬於極驚豔的那種，倒是和她說話時給人的感覺一樣沈穩大氣、剛柔並濟，沒有那麼嬌媚，也不會過於硬冷，給人一種平常感和親切感。

皇后見她在打量自己，笑道：「妳看著化就好，是本宮請妳來的，合不合適都怪不到妳頭上。」

這聽著就非常講道理。賀語瀟放鬆許多，微笑道：「既然娘娘肯讓小女子化，小女子自然應盡心盡力，讓每一個小女子經手化妝的女子滿意，是小女子的責任。若不能讓人滿意，只能說小女子技藝不精，還需多練習。」

她要先多觀察皇后的長相，確定五官比例要如何通過光暗度進行調整，再決定出這樣的長相適合什麼樣的妝容。每個人都有最適合自己的一類或幾類妝，只要在這個範圍內，就不會不協調。

這邊賀語瀟打開妝箱開始動手了，那邊傅聽闌也到了御書房給皇上請了安。

「你來得正好，陪朕下會兒棋，這會兒朕一個人正無聊呢。」

皇上看到傅聽闌很高興，心裡正稀罕傅聽闌今天進宮早，哪知傅聽闌卻道：「外甥和皇后娘娘說好了，給您請完安，就去皇后娘娘那兒吃點心。」

他放心不下賀語瀟，覺得自己得在皇后宮裡待著才行，萬一她需要什麼，他也能搭把手。

皇上一臉不贊同。「她那兒有的，朕這兒難道就沒有嗎？跟朕一起吃點心不是更好？」

傅聽闌笑道：「外甥已經先答應娘娘了。要不皇上和外甥一起去？」

皇上擺擺手。「她在那兒收拾打扮，也不願意讓朕在側，朕就不去了，以免打擾她慢慢打扮的自在。」

傅聽闌又提議。「若皇上無聊，不如叫皇子來陪您下棋？」

皇上嘴角抽了抽。「算了算了，那倆啊！一個沒個笑臉，一個頑劣不堪，沒一個能讓朕開心的。」

「皇上太過嚴格了，依外甥看，兩位皇子都很好。」傅聽闌說。

「品性是不差，但性格都不像朕，只有你，性格才像朕，外甥肖舅這話，放在咱倆身上，真是一點錯都沒有。」皇上拍了拍傅聽闌的肩膀。

兩位皇子都是皇后所出，之後宮中的妃子又陸續生了幾位公主，前幾年才又有妃嬪誕下皇子，但年紀都還小，根本看不出資質。所以即便皇上沒有立太子，當朝官員心裡都有數，繼位的應當是大皇子。

加上所有人都知道，皇上最喜歡的是傅聽闌，傅聽闌這閒散的性格和深藏不露的才能與年輕時的皇上簡直一模一樣，所以就算大皇子已經確定穩穩繼承皇位了，且德才兼備，也不敢驕傲自滿，且時常自省，謙恭肯學，是皇子中的典範。

也是因為傅聽闌並不是皇子，所以就算皇上再喜歡他，大皇子與二皇子對他也沒有敵意，只是每每想親近，總是說話到一半，傅聽闌就被皇上叫去陪著，根本輪不到他們。

第五十三章

等傅聽闌回到皇后宮中，賀語瀟的妝已經完成大半了。

今天是皇后的生辰，妝面穩重是一方面，但顏色也要夠出眾才行，所以眼妝賀語瀟用了飽和度不算高的紅黃兩色來強調眼形，明亮又自然。

為了突出一抹別致的、適合這個季節又不會太暗的顏色，賀語瀟選了帶有很強珠光感的藍色在下眼影的位置拉出一條略有起伏的線，讓整體眼妝在熱情中多了一絲冷靜，與這個季節更為相配。為了配合這個珠光感，上眼皮中間也點了些金色的珠光，只不過珠光感沒那麼強，要在光線下的某個角度才能看清楚。

賀語瀟仔細端詳了一下眼妝，最後選擇在上眼頭的位置又點了一點珠光藍，這樣上下有個呼應，更為協調。

花鈿則是用藍黃兩色畫了一朵長壽花，啞光的黃與珠光的藍色左右各占一半，中間暈染過渡得自然乾淨。因為眼妝和花鈿是妝容的重點，所以腮紅和口脂賀語瀟只用了不搶眼，又很溫柔的玫瑰豆沙色。

「白天光線明亮，口脂顏色不必太重。晚上娘娘若要在席中補妝，可以選擇紅色口脂，這樣整個人的氣色在光線暗時會顯得更好些。」賀語瀟提醒。

皇后看著鏡中的自己，別提多滿意了。

她這些年妝容不能說不用心，但作為中宮皇后，還是以穩重為主。如今用上這些她根本不常用的顏色，一是的確感覺很新鮮，二是發現原來這些不常用的顏色也能化出沈穩大氣的妝面。之前她很羨慕惠端長公主讓賀語瀟化的妝，如今她也有了，不用再羨慕別人，感覺更自信了。

「娘娘真美！」進來送茶的掌事嬤嬤看到基本完妝的皇后娘娘，不由自主地讚道。

皇后笑了。「五姑娘果然是巧手。」

賀語瀟忙道：「是娘娘自己能駕馭這樣的顏色，所以小女子才敢用。」

有些人用藍色會顯得整個妝髒髒的，皇后皮膚很白，用這個藍色就很合適。

皇后欣賞著鏡中的自己，又問：「這花鈿是長壽花？」

「正是。」

「賞！」皇后愉快地道。這樣的好寓意，誰能不高興呢？

傅聽闌在隔壁聽到皇后說要賞，就知道賀語瀟今天發揮得一如既往穩定。

賀語瀟跪謝後，又道：「髮型還得煩勞嬤嬤幫娘娘梳了，小女子並不知道娘娘素日喜歡什麼髮型，怕做得不夠穩重。」

嬤嬤扶起賀語瀟，笑道：「這個交給老奴就好。」

賀語瀟做完自己應該做的，就老老實實告退了。

皇后笑道：「讓聽闌送妳出去吧。以後趕上年節，本宮少不得要找妳。」

賀語瀟動作很快，不需要她坐到腰瘦，妝面就完成了。現在離開席還有好一段時間，她可以慢慢梳頭上飾品。

「娘娘喜歡，就是小女子最大的榮幸。不打擾娘娘了，小女子告退。」賀語瀟完成任務肯定是越早離開越好，宮中規矩多，實在不適合她。

「去吧。」

傅聽闌已經在門口等她了，兩個人按來時的路往宮門走。

「聽娘娘的語氣很滿意，妳可以放鬆一些了。」傅聽闌說。

賀語瀟點點頭，露出一個輕鬆的笑容。「娘娘人很好。」雖沒與她說什麼話，但從頭到尾都很配合，也沒有刁難她，所以她才能發揮得這樣穩定。

「皇后娘娘母儀天下，自然是最和善不過了。」傅聽闌道，若不是這樣的性格，也不會與他母親和姨母相處得那樣融洽。

與來時一樣，沒有宮人敢多看他們一眼。一路順利到宮門，長公主府的馬車一直沒走。

「上車吧，賞賜晚一些會直接送到妳府上。」傅聽闌說。

「多謝傅公子相送，若不是你，我今日可真是要成無頭蒼蠅了。」賀語瀟笑眼彎彎，宮中的路實在複雜，好在有傅聽闌帶，又不會走得很快，她跟起來一點都不費勁。

傅聽闌被她感染得也跟著笑起來。「五姑娘釀的石榴酒味道很好，若下次五姑娘再釀酒，多送我些，就當這次的謝禮了。」

「沒問題。」賀語瀟答應得很痛快。

在家中的賀複坐立不安，生怕賀語瀟沒發揮好。皇后應該不至於怪罪到他們家頭上，只不過若傳出去，實在沒臉面。

「老爺、夫人，五姑娘回來了。」看門的婆子先一步來報。

沒一會兒，賀語瀟就進了夫人的院子。

「如何？皇后娘娘可滿意？」賀複忙問，連賀語瀟的行禮都給免了，那樣子實在是沒有賀夫人看著穩重。

賀語瀟微笑著點點頭。

賀複明顯鬆了口氣。「那就好，那就好。」

賀夫人見賀語瀟什麼都沒帶回來，心想可能皇后只是普通滿意，不然怎麼連賞賜都沒有呢？這樣也好，這樣賀語瀟就不能脫離她的掌控了。

「皇后可有與妳說什麼？」賀夫人問，這也是為了確認她的猜想。

賀語瀟平靜地回道：「沒有，娘娘忙著去宴席，沒與女兒說什麼。」

賀夫人笑了。「行了，妳回百花院休息吧。」

話音剛落，剛離開的看門婆子又來了，這回明顯緊張中透著興奮，大聲道：「老爺，夫人，皇后娘娘的賞賜到了！」

皇后娘娘賞的東西那是相當實在，除了幾串珠子、首飾外，最讓賀語瀟驚喜的是整整一百兩銀子！

這一百兩或許在別人眼裡並不多，怎麼說也是皇家賞賜，一百兩只算普通。可賀語瀟就是個普通人，這對她來說一點也不少，而且只是化個妝就得了這麼些錢，就跟白撿的一樣！

謝過恩後，送賞的太監又拿出一塊玉珮，說是皇后娘娘格外賞的，賀語瀟若有急事，可憑這塊玉珮直接入宮覲見一回。

這可是天大的恩寵，賀複聽得都快飆淚了，雖然這個玉珮不是給他的，但賀語瀟拿著，那關鍵時刻，說不定能保他們賀家一回！

給了太監豐厚的賞錢，賀複親自將人送了出去。

賀語瀟站在正廳，不動聲色地打量著這些賞賜，琢磨著哪些能歸她，哪些可能會被收走。她最想要的只有那一百兩銀子，珠串、首飾都是皇家賞的，不能變賣成銀子，對她來說用處不大。而實打實的銀子才是最能流通周轉的。

賀夫人臉上沒什麼表情，但明顯沒有先前別人因為賀語瀟妝化得好，送來謝禮時顯得高興。這就很反常了，這可是皇后娘娘賞的，賀夫人只應該更高興才對。

一邊的羅嬤嬤注意到賀夫人的表情，輕輕點了點她的胳膊，賀夫人的臉上才露出一絲笑意，看著正常多了。倒是賀語芊已經完全控制不住自己的表情，不知道的人看著還以為賀家不是受了賞，而是挨了罰。

不一會兒，賀複回來了，看著這些賞賜，笑著對賀夫人道：「這些既然都是給語瀟的，那就讓她帶回去自己收著吧。」

他這樣說不是為了偏袒賀語瀟，而是這些東西既然是皇后賞給賀語瀟的，那別人戴著也不合適，還是賀語瀟自己處置為好。

賀夫人這會兒實在不想讓賀複看出異樣，便點頭說好。

賀語瀟一臉驚喜——就這麼都給她了？未免也太容易了吧?!

之後賀夫人藉口擔心了賀語瀟一早上，這會兒放鬆下來反而有些乏了，要回去小睡一會兒。賀複也同樣乏了，但他還有公務要處理，只能打著哈欠出門去了。

回到百花院，一直很擔心她的姜姨娘早在後院得知了皇后娘娘的賞賜，可直到看到賀語瀟進院子，她的心才安定下來。

「累不累？要不要睡一會兒？」

賀語瀟微笑道：「女兒不累，您讓符嬤嬤給女兒做碗麵片湯吧，吃完女兒就去店裡了。」

天冷了，她就喜歡吃點熱呼呼帶湯的。今天一早，露兒去店裡開店了，她這也是想多鍛鍊露兒，讓她能夠早日適應自己經營的日子，這對露兒以後有好處。

「成。」姜姨娘去叫了符嬤嬤，符嬤嬤二話沒說就去忙了。姜姨娘這才又回到屋裡，摸著皇后賞賜的東西，笑道：「宮裡的東西果然精緻，且不說妳用不用得上，以後做嫁妝也是很有面子。」

賀語瀟笑著點頭，她沒想那麼遠，以後的事以後再說。

姜姨娘為賀語瀟高興之餘，也不忘提醒她。「妳今天得了賞識，也要留心別人嫉妒。通過四姑娘的事，咱們知道了夫人不是個會為妳著想的，妳多留幾個心眼，別到時候外人沒害著妳，卻被家裡人害了。」

「女兒知道。」賀語瀟點頭，從那次在順山寺看到夫人祭奠一個不認識的男子牌位後，她就已經開始留心眼了。

賀語瀟受賞的事很快就在官門女子家中傳開了，於是當天下午開始，賀語瀟的店裡簡直比京中最大的脂粉鋪還熱鬧。誰過來都會和賀語瀟說上兩句，買上幾件妝品，能不能結交上另說，至少在賀語瀟這兒混了個臉熟。

連著忙了好幾天，賀語瀟覺得自己臉都笑僵了。以前店裡沒幾個客人，但都是誠心來逛或者買東西的，但現在這些姑娘真心來買東西的少，想看看她到底是什麼樣的人占多數。所以皇后娘娘這通賞賜，對她來說貨是賣了不少，卻也真的心累。

不過有一點讓她很開心，那就是京中再有人提到妝娘，她賀語瀟也成了會被提及的那個，這對她來說就是打開了知名度。所以即便每日要應付許多人，賀語瀟也覺得很值得。

一小壺了。

傅聽闌正坐在窗前看書，手邊溫著一壺酒，正是賀語瀟送他的石榴酒，現在就只剩下這

長公主見傅聽闌已經好幾天沒出門了，覺得奇怪便去了他的院子看情況。

惠端長公主府裡——

貓冬是說躲在家裡過冬，足不出戶，一般冬季寒冷之地的村民都是這麼過冬的。

「你整天待在家裡幹什麼？貓冬嗎？」惠端長公主進門就數落他。

跑，可如今她的妝店在京中炙手可熱，我去找她讓人看到，怕是會說她的閒話。」

傅聽闌起身給母親行禮，然後笑道：「反正也沒什麼事，我一出門就想往五姑娘那兒

你打著我的名義去買東西，別人能說什麼？再說了，咱們家是想娶她進門，又不是放任你去

長公主一臉嫌棄地看著兒子。「你平時想主意的時候一個頂倆，怎麼現在啥也不是了？

撩撥人家之後不負責，有什麼好躲著的？」

在長公主看來，就算傅聽闌常去，別人也不會以為他們家會對賀語瀟有意思，畢竟只是

個從四品官的庶女，真論起來，就算她兒子之前娶了個牌位回來，以賀語瀟的身分也是很難

嫁進來做正妻的。

「您這話說得沒錯，但店裡姑娘太多，遇上心思多的也是麻煩，等過一陣子風頭過了我

再去。」傅聽闌想的是既然自己要議親，那最好不要再與其他不相干的姑娘有瓜葛。

惠端長公主樂了。「你小子考慮得還挺周全。那成，若有什麼話想傳達，就讓我的人

去，也方便些。對了，關於賀夫人的事，我這邊得了點新消息，正好跟你說說。」

「您說。」傅聽闌扶著長公主坐下，讓她慢慢說。

「賀夫人早年有個心儀的男子，但家中看上的是賀複，覺得賀複以後為官定能平步青雲，加上賀複能說會道，不知道怎麼把曹家人哄得非他不可了，最後硬生生把賀夫人與那男子的緣分給扯斷了。」說到這個，惠端長公主不免唏噓，她與駙馬兩情相悅，最看不得棒打鴛鴦的事。

傅聽闌皺了皺眉。「那位男子現在何處？」

「聽說死了。」

「死了？怎麼死的？」傅聽闌眉頭皺得更緊了。

「說是感情受挫後在京中待不下去了，回老家路上遇到土匪，被殺了。」

「這未免太巧了吧？土匪劫商隊的的確不少，但劫一個平頭百姓卻不多見。」傅聽闌總覺得事情沒那麼簡單，再說一個百姓回鄉肯定要走官道，不可能不顧安全只為省路程就走小路，官道又怎麼會有土匪？

「你的意思是這中間還有隱情？」惠端長公主倒真沒往這方面想。

「土匪不會一個百姓、一個百姓的劫，百姓身上能有幾個錢？次數多了，當地官府不可能不管，只要不是一窩土匪都是傻子，就不可能幹出這種事。」傅聽闌自己有商隊，自然知道土匪山賊們的「規矩」，大多數商隊路過時，只要稍微打點一二，雙方都不想惹麻煩，這一路也就順利過了。

「你說得也是。」長公主點點頭。「看來還得繼續查。」

「嗯。不過通過已知的這些，也能做出一些猜想。若賀夫人真是被逼嫁給賀複的，自己的心上人又因此慘死在外，她不可能無動於衷。為心上人報仇應該是人的本能，就算這事與賀複無關，被逼嫁給一個不喜歡的人，心裡能不恨嗎？若真恨極了，不想讓賀複的女兒嫁得好，也就說得通了。」傅聽闌分析道。

長公主點點頭。「如果是這樣，你想娶五姑娘，以咱們的家世，賀夫人肯定不樂意，所以只能從另一方面下手了。」

傅聽闌笑了。「的確，如果讓賀夫人覺得我只是到了年紀不得不娶妻，對五姑娘沒有什麼感情，只想找個好拿捏的當擺設。而五姑娘對我也沒什麼感情，不太樂意嫁給我，想必賀夫人預想著五姑娘以後在公主府吃苦受累，格格不入的日子，就會同意這門婚事。」

「我兒聰明。正好，你這段時間也不用去找五姑娘了，趕明兒我就找人去提親。五姑娘知道咱們府上去提親肯定很驚訝，加上對你又沒有多餘的想法，估計不會願意嫁進來，到時便能騙過賀夫人。」長公主道。

賀語瀟怎麼說都是個沒經過大事的姑娘家，只有自然的情緒流露才能更讓人信服。

「那就有勞母親費心了。」傅聽闌雖然很想見賀語瀟，但為了大局，這幾天必須忍住。

第五十四章

由於賀語瀟近來風頭無兩，信昌侯府似乎是想打鐵趁熱，給三孫少爺娶賀四姑娘這事添幾分面子，所以比預計時間更早地就把婚期選好，並送到了賀府。

這次千秋節過後，皇后娘娘的妝容沒少被皇家女子和誥命夫人們私下讚賞討論，都覺得素日穩重著稱的皇后，沒想到化這樣的妝也非常合適，而且氣場非凡，就像換了個人似的。就連那些年輕的妃嬪在皇后面前，也不再占有年輕的優勢，反而讓人覺得嬌媚有餘，氣度不足，皇后就是皇后，無人能與之相比。

同時還聽說皇上也驚豔不已，因為朝政繁忙，已經很少留宿後宮的皇上，近幾日每天晚上都會宿在皇后宮裡，夫妻恩愛羨煞旁人。

即便不希望賀語瀟出風頭，但看到信昌侯府送來的婚期帖子，賀語芊還是非常高興。現在家中看似平靜，但無論父親還是母親，待她還不如從前，什麼原因她心裡當然清楚，所以才想盡快離開這個家。

原本日子就這樣按部就班地過著，但惠端長公主府請的媒婆一上門，徹底打折了賀府中每個人的小算盤。

知道對方是惠端長公主府請來的，賀夫人的表情只能用五顏六色來形容。賀語瀟是得了惠端長公主和皇后娘娘的賞識，可她萬萬沒想到，惠端長公主居然會讓人來問親事！

羅嬤嬤見賀夫人沒回過神來，趕緊主動招待媒婆先坐下喝杯茶，這是長公主府請來的媒婆，不管這門親事成沒成，都是萬萬不敢怠慢的。

好在賀夫人沒有愣神太久，這會兒恢復了平日的模樣，問道：「之前沒聽語瀟提起過與長公主府或者傅公子有額外接觸，長公主怎麼就選上她了呢？」

媒婆樂得一臉喜氣。「那是，賀五姑娘和傅公子私下是沒多少往來，但子女婚事不都是父母之命，媒妁之言嗎？所以只要家中長輩商議便是了。」

「妳的意思是，長公主喜歡語瀟，傅公子態度不明？」賀夫人向她確認。

媒婆笑容不變。「我們作媒的都是跟家裡長輩接觸，哪知道人家傅公子什麼想法呀？」

賀夫人覺得這和一般人家說親沒區別，她當初給嫡出的兩個姑娘看親事，也是自己與對方家裡先定好，再讓孩子們見面。

不過與長公主結親並不在賀夫人的計劃之內，她甚至還沒開始為賀語瀟的婚事操心。

「恕我直言，我家不過小門小戶，長公主要娶兒媳婦，自然有更好的選擇，怎麼會挑到我家語瀟呢？」這個時候就不用不好意思問了，往往這個時候越含蓄越難瞭解對方家中情況，日後容易生事端。

媒婆沒回避，撫了撫鬢角，笑道：「長公主家門戶已經夠高了，說是沒想找一個同樣高門的，只希望有個聽話乖巧的兒媳婦，安安分分的便可以了。原是沒考慮過五姑娘的，但五姑娘給長公主化過妝，是個話少謹慎的，加上貴府往來簡單，賀老爺為官清廉，與長公主的期望一致。」

賀夫人心裡有數了，說白了，長公主府就是想要個聰明但好拿捏的兒媳婦，這樣的兒媳婦，自然不可能從高門大戶裡挑了。

賀夫人沒有立刻同意，也沒有拒絕，只說：「長公主的意思我們明白了，請代我回稟長公主，就說我雖是嫡母，但女兒的婚事還是要問一問姑娘家自己的意思。若語瀟願意，我當然沒有意見，若她不願意，我也不想強求。」

「明白明白，都道賀夫人是京中少有的和善嫡母，聽聽五姑娘的意思也好。那改天我再來，到時夫人再給我信就成。」媒婆也不極力幫長公主爭取，似乎如果賀府不樂意，公主府還有別的候選。

其實賀夫人的種種反應，媒婆去了要怎麼說，長公主都與媒婆交代過了。媒婆做這一行三十多年，自然知道話要怎麼說，語氣要怎麼用，而且那是長公主府，給她一百個膽子，她也不敢把事搞砸了，所以從頭到尾都很謹慎。

賀夫人的回答都在長公主的預料之中，媒婆現在只需要回長公主府回話就成了。

在媒婆到賀府這段時間，在店裡的賀語瀟收到了長公主身邊嬤嬤送來的信，是藏在點心籃子裡的。嬤嬤說籃子要帶回去，賀語瀟聞弦歌而知雅音，應著說去後院把點心放好，便一個人走開了。

打開籃子，裡面除了點心，還有傅聽闌寫給她的書信。

這幾日傅聽闌都沒過來，這對賀語瀟來說倒是沒所謂，商隊已經出發，等到地方才能傳來關於面脂的消息，她並不著急，所以傅聽闌的這封信倒讓她摸不著頭腦了。

沒耽誤時間，賀語瀟把信拆開了，信的內容不長。

五姑娘，展信安。今日可能會有一件讓妳意外的事，或許妳會因此不高興，但我並沒有惡意，也是我心之所願。若到時真有為難，亦可告之，我們再細聊。

落款是傅聽闌，還蓋了他的私章，顯然是告訴她這信是他親筆所寫。

賀語瀟看得一頭霧水，根本不知道他要表達什麼。不過跟傅聽闌相處這些時間，她知道傅聽闌不是個衝動的人，既然沒有惡意，又可再商量，那她還是可以接受的。

手頭沒有紙筆，她回去拿很容易引起店裡其他客人的注意，這秘密送來的信恐怕就失去秘密的意義了。

於是賀語瀟扯了根稻草，又從地窖裡找出她調色用的鮮花汁，在那封信的背後回了信。然後放進籃子一併還給了嬤嬤。

長公主府——

「點心她可喜歡？」傅聽闌問嬤嬤，那可是他特地讓廚房準備的。

嬤嬤如實道：「店裡的客人挺多，五姑娘還沒騰出工夫來嚐。」

傅聽闌笑了，想來也是，賀語瀟受追捧的熱度還沒過去呢。

看著被拆開又歸還的書信，傅聽闌沒有疑惑地打開，就看到上面賀語瀟不知道用什麼寫的亂七八糟的字跡。

「只要有可商量的餘地就好。」

有賀語瀟這句話，傅聽闌就安心了。正常來說，他應該先知會賀語瀟，但他也是怕賀語瀟到時候裝得不像，騙不過賀夫人。至於他們的親事，如果賀語瀟不樂意，他願意主動加深兩個人的瞭解，爭取讓賀語瀟看得上他。可如果到最後賀語瀟依舊沒看上他，那他也不會過度糾纏，讓賀語瀟去過她想過的生活，等那個她喜歡的人。

因為傅聽闌的這封信，搞得賀語瀟一天都謹慎非常，但直到關店也一切如常，完全看不出有什麼事要發生的樣子。

照常關門回家，一進家門，她就覺得家裡氣氛似乎有些不對，具體哪裡不對她也說不上來，就感覺有目光在注意她的舉動，但並沒有惡意。

管不了那麼多，賀語瀟去了賀夫人院子問安。

這回賀夫人沒有立刻讓她回去，而是讓羅嬤嬤給她上了茶，一副有話要說的樣子。

賀語瀟仔細觀察了賀夫人的表情，沒看出門道。只能老實喝茶，等賀夫人後續。可她現在一點也不想喝茶，只想吃飯！

賀夫人不時打量著她，並未發現任何異樣，和平日沒有區別。

賀夫人說：「今日惠端長公主府來人了。」

說話間，她還在觀察賀語瀟的反應，就見賀語瀟依舊如常，沒有特別高興，眼神也依舊一副不藏事的樣子。

「是又叫女兒去化妝嗎？」賀語瀟能想到的只有這個了。

賀夫人直接道：「是來問妳的婚事，想給妳和傅公子議親。」

「啪嚓——」賀語瀟的茶盞直接翻倒在地，砸得四分五裂的同時，茶水還濺到了她身上，燙得賀語瀟「嘶」了一聲，人也站了起來。

看她這反應，顯然之前不知道。這會兒被燙到了，除了輕呼外，眼神還是木的，一看就沒反應過來。如此賀夫人斷定賀語瀟是真的什麼都不知道，這樣看來這事純粹是惠端長公主一個人的心思了。

「怎麼這麼不小心？快快，看看燙傷沒有！」賀夫人這才擺出一副擔心的樣子。

賀語瀟一臉慌亂和茫然。「母親，女兒無事，容女兒先回去換身衣服。」

賀夫人點頭。「快去吧。」

走出棠梨院，賀語瀟才恍然意識到傅聽闌給她送的那封信到底什麼意思。

這可真是要好、好、聊、聊、了！說好的純友誼呢？

賀語瀟走後，賀夫人眼裡透出一絲寒意，問身邊的羅嬤嬤。「看語瀟這個反應應該是一點都不知道吧？」

羅嬤嬤點頭。「看起來是不知道呢。以五姑娘的年歲和閱歷，如果早知道自己被長公主府看上了，肯定難掩喜色，是逃不過夫人您的眼的。」

賀夫人點點頭。「說得也是。妳去百花院，讓她換完衣服再過來，我的話還沒問完。」

「是。」羅嬤嬤應著就出去了。

於是賀語瀟剛換好衣服，還沒跟姜姨娘說上話，就又去了棠梨院。

賀語瀟毫無辦法，賀夫人讓她去她就得去，而且事關自己的婚事，她也想看看賀夫人是什麼意思。

羅嬤嬤給賀語瀟新上了茶。

賀夫人才繼續問：「妳還沒說妳對公主府前來議親怎麼想呢？」

這話看似在問她意見，但賀語瀟覺得肯定沒那麼簡單，她猜賀夫人不會願意讓她嫁到長公主府，這身分躍得太高，賀夫人以後就管不了她了，賀夫人能願意？

「女兒並不願意嫁入長公主府。女兒只是一普通官員家中庶女，哪有資格嫁入高門？德不配位，早晚要被反噬。女兒沒那麼大野心，也想過得自在些。母親能問女兒的意見，女兒很開心。但門不當，戶不對的，女兒實在不敢。還請母親回絕了吧。」賀語瀟想著自己這樣說，應該會如了賀夫人心意，想來賀夫人回絕起來應該不會拖泥帶水。

聽賀語瀟這麼說，賀夫人就更確定賀語瀟和傅聽闌之間沒什麼事了。正如賀語瀟說的，按賀語瀟的身分地位，嫁到長公主府肯定是要吃苦頭，說不定惹長公主不高興了，沒幾年就

「病逝」了呢！若真如此，那她還挺高興的。

「這事我還得和妳父親說一聲才行。」賀夫人不想表露出自己的想法，如果能通過賀複把這事定下來，那是最好的。賀語瀟要怨也是怨賀複，從此心生恨意那就再好不過了。

賀語瀟點頭。「那就勞母親告知父親後，再從旁勸說一二。以免父親怕得罪了長公主，不敢開口。」

見她這樣堅決不願，賀夫人的心反而更堅定了。「好。妳先回去吧，等與妳父親商議完，我會再和妳說。」

「是。」賀語瀟告退，心中大石並沒有完全放下，她不確定賀夫人到底什麼心思，還是要再為長遠計才行。

回到百花院，姜姨娘總算能跟賀語瀟說上話了。

賀語瀟太餓了，兩個人便邊吃邊說。

「聽聞惠端長公主府請了媒婆來問親事，我真是嚇了一跳。」姜姨娘到現在都覺得這事不太真實。

賀語瀟跟姜姨娘說了棠梨院裡賀夫人問她的話，又問：「家裡有多少人知道啊？」

「看門的婆子和夫人身邊的人肯定都知道，我這邊也是符嬷嬷向夫人身邊的人打聽了才知道的。這些人不至於對外亂說，不過恐怕用不了幾天，府中上下大多數都能知道。」姜姨娘嘆氣，原本這事越少人知道越好，可外面瞞得住，家裡這些貼身伺候的估計都能知曉。

「這也是沒辦法的事。」賀語瀟無奈，若對方是一般府邸，可能下人們還不稀罕傳呢。

「姨娘覺得這事夫人會回絕嗎？」賀語瀟想聽聽姜姨娘的想法。

姜姨娘臉上難掩愁容。「這個我也說不好。正常來說，夫人應該不會希望妳嫁入高門，可想到妳嫁入高門後日子恐怕過得艱難，夫人說不定會同意。」

賀語瀟愣了一下。她怎麼沒想到這一層呢？

姜姨娘繼續道：「我說句私心的話，長公主府的確可能是龍潭虎穴，但好歹妳與傅公子還有些往來，對他多少是有些瞭解的。若應了這門親事，也不是一點好處都沒有，至少夫人以後就沒機會拿捏妳了。若妳拒絕了這門親事，之後夫人會給妳找個什麼樣的還難說。」

賀語瀟點頭，姜姨娘的分析不無道理。

姜姨娘又勸。「我知道妳想找個自己喜歡的，妳若現在有喜歡的，那為娘肯定會幫妳爭取一把。可妳現在並沒遇上喜歡的，到明年夫人還是要為妳看親事的，到時候妳連個能拖延的藉口都沒有。縱然妳賺得夠多，可以拿不用家裡給妳出嫁妝博個機會，那也不能一直拖下去不是？」

「我明白。」她能用自己在銀錢上的獨立拖一時，但不能一直拖下去。如果今天來提親的不是長公主府，到了實在不行的地步，她也能厚著臉皮去求一求長公主為自己再爭取些時間，然而現在這個選項就算徹底廢了。

考慮了一會兒，賀語瀟說：「待女兒見到傅公子，與他聊聊再說吧。好在他不是個霸道的，與他好好講，他應該能明白女兒的處境。」

就算回絕，她也得把話和傅聽闌說清楚，以免有不必要的誤會，耽誤他們的後續合作。說到合作，賀語瀟願意相信傅聽闌不會因為這事而取消與她的合作，否則也不會提前送信過來。只是有一點她實在想不通，京中姑娘千千萬，惠端長公主府怎麼偏偏選了她？

賀語芊的屋子裡，被絞碎的布扔了一地，賀語芊雙眼通紅地坐在繡墩上，手裡握著剪刀，表情扭曲，似笑似哭，咬牙切齒。

「她賀語瀟憑什麼能得到長公主的青眼？我費了這麼多勁，花了這麼多心思，折了身邊的丫鬟，才得已踏進侯府大門，她賀語瀟憑什麼什麼都沒做，就能讓長公主府派人來問親事？」

院裡的丫鬟靜如鵪鶉，生怕自己發出一點點聲音引來賀語芊注意，把火撒到她們身上。

第五十五章

之後幾天，賀夫人那兒都沒跟賀語瀟說賀複的意思，賀複倒是每天神采奕奕地去當值，還連續兩天買了甜食回來讓人送到百花院。

一天，賀語瀟和露兒正收拾著準備關門的時候，傅聽闌來了。

「五姑娘。」傅聽闌進門目光便鎖在了賀語瀟身上。

幾日不見，傅聽闌氣色不錯，依舊是那副翩翩公子的樣子。

賀語瀟見他來，並不太驚訝，既然傅聽闌說可以再談，肯定會再找時間過來。

讓露兒把門關好，賀語瀟沒有特地泡茶招待他，只說：「傅公子請坐吧，我這兒要關門了，爐火也熄了，就不為傅公子備茶了。」

「無妨。」傅聽闌並不介意，也不繞彎子。「我還是得先向妳道歉，沒有提前與妳說，是不是嚇著妳了？」

賀語瀟搖搖頭。「若說議親這事，是沒嚇著我，畢竟誰到我們府裡議親，也不可能提前通知我。但長公主府請媒婆來議親，的確是嚇到我了。」

傅聽闌有點笑不出來，他不確定賀語瀟的意思。

不過沒等他開口，賀語瀟就先問道：「我能知道長公主為什麼選我嗎？我與傅公子雖有合作，但還沒到非常瞭解的地步。為長公主化妝也只有兩回，長公主應該不會那麼草率，覺得我妝化得好，就想讓我做兒媳吧？」

和傅聽闌說這些比她預想的容易，或者說傅聽闌並沒表現出高高在上或者會因為她的拒絕而羞惱的樣子，所以她能放心說。

傅聽闌嘆了口氣，娓娓道：「這事說簡單也簡單，說複雜也複雜。我們家不想要個家世過高的女子，當然了，主要還是得我中意。」

「高門女子怎麼了？」賀語瀟不解，在她看來，傅聽闌就得配個高門女子吧。

「我雖深得皇上喜愛，但也是因為如此，家中風頭不能太盛了，我的妻子最好是在地位上不爭不搶的那種，以免惹人忌憚。皇上待我好，皇子們與我也沒有過節，但人這一輩子很長，沒有人能保證自己做的所有選擇都是對的，也沒人能保證自己盛寵不衰。」傅聽闌不怕與賀語瀟多說些。「『最是無情帝王家』這句話妳應該聽說過，所以越是被寵愛，越要低調，這也是皇家保持和諧關係的方法之一。」

賀語瀟琢磨了一下，覺得傅聽闌的說法沒有任何問題，不是只有功高震主的才會被忌憚，受寵而不知收斂示弱的也一樣。

「皇上催了好幾次我的婚事，為了不讓皇上給我指婚，挑個我不喜歡的，母親才急於為我議親。我娶過一個牌位回府，妳應該是知道的，所以我的續弦位置比較尷尬，一般高門大戶不一定願意，加上我本就沒有意願娶高門之女，所以妳對我來說是最合適的。」

傅聽闌接著又道：「妳很聰明，很有自己的想法，性格也好，與妳相處我覺得很開心。無論從人品，還是家世，我都覺得妳最合適。母親知道了我的心思，她也非常喜歡妳，所以就趕緊叫人上門去問妳的親事了。」

傅聽闌看著賀語瀟，眼神非常認真。

他沒和賀語瀟說查過賀夫人的事，以免在賀語瀟根本不知道賀夫人的事的情況下把人嚇著。另外，他家沒有直接去請旨賜婚，也是因為以賀語瀟的家世和身分，皇上無論出於哪種考量，恐怕都不會同意。讓他娶個從四品官的庶女為正妻，皇上會怕群臣覺得他非真心待傅聽闌，才會賜這麼一門削弱長公主府勢力的親事。

可如果是他母親先把這事定了，再去找皇上賜婚，那皇上就沒有反對的理由了，群臣也不會議論，畢竟是長公主自己看上的。

「你這太突然了，我一點準備都沒有。而且我與你瞭解得不算多，平時生意合作，不涉及個人性格、習慣等問題，自然沒什麼合不合得來一說。」既然傅聽闌把話說開了，那賀語瀟也就直說了。「我開這個店就是希望自己能多賺點錢，獲得一些婚姻的選擇權。我不想盲目地議親，也不想與一個和我想法不合的人成親。」

傅聽闌點頭。「我明白。我尊重妳的想法，婚後我的銀錢可以全交給妳管，妳也可以繼續開妳的店，我不干涉妳。」

賀語瀟心裡一亮，這點對她來說還是挺有誘惑力的，畢竟大祁的男子婚後還肯讓妻子在外經營的實為少數。

不過賀語瀟並沒表現出來，只道：「我的重點是我希望能更多地瞭解對方，再確定是不是適合議親。」

傅聽闌沈默了一會兒，說：「要不這樣吧，如果妳同意，我們先定下議親的事，這樣皇上不會催我，妳的嫡母應該也不會為妳相看他人。這段時間我們相處看看，如果妳覺得我還成，那我們府就正式下聘；如果妳覺得不成，事情若傳出風聲，就說我們八字不合，我認妳做義妹，送上豐厚的嫁妝讓妳去找個妳喜歡的人，這樣別人也不會說閒話。如何？」

既然他想娶賀語瀟，肯定要做出讓步。他不忍心讓賀語瀟難過，同時也有信心得到賀語瀟的芳心。

傅聽闌能做到這一步，賀語瀟已經很意外了。堂堂長公主的兒子能這樣為她著想，且尊重她的想法，真的非常難得。

賀語瀟嫣然一笑，道：「讓我稍微考慮一下吧，等我想好了再告訴你。」

她沒辦法說出「對不起，不約」這樣的話，因為傅聽闌做出的讓步與重視已經在她的預料之外，她不能得寸進尺。

傅聽闌沒有緊逼，只道：「好，我等妳消息。」

沒有糾纏，沒有冷淡，也沒有任何其他負面情緒，傅聽闌就這樣接受了她的想法，這讓賀語瀟心情挺不錯。

傅聽闌願意為她著想，她自然也不希望傅聽闌兩手空空，帶著失望回去。既然要相互瞭解，她不可能一直處於被動。

於是就聽賀語瀟道：「給你的石榴酒喝完了嗎？我這兒還有，你要不要再拿一罈？」

傅聽闌笑了，點頭。「喝完了，那就不和妳客氣了。」

賀語瀟跟著笑起來。「那你稍等，我去拿。」

「妳拿得動嗎？」傅聽闌起身想自己去搬。

賀語瀟擺擺手。「自然拿得動，我若搬不動，店裡的客人就喝不上酒了。」

傅聽闌笑得露出整齊的牙齒，沒有跟上去。「有勞。」

「客氣。」

賀語瀟親自去抱了罈酒。她看著石榴酒不禁一笑，想到店裡的新品，還有曾經給客人做的巧果、燈籠也幾乎都是傅聽闌先得了，或許這就是緣分？

原本露兒應該上前幫忙的，但她現在還沒回過神呢。她都不知道自家姑娘怎麼幾句話的工夫，這婚事從不樂意就變成了相處看看。不過看賀語瀟開心，她就開心。同時她也有一點點發愁，若以後進了長公主府伺候，規矩肯定特別多，她不知道自己能不能做好，希望別給姑娘丟臉。

「妳有什麼喜歡吃的？」得了酒，傅聽闌問起了賀語瀟。

賀語瀟眨眨眼睛，說：「上次的油炸糕就不錯。」

傅聽闌喜歡賀語瀟這種直言的性格，雖然就算賀語瀟讓他猜，他也不會覺得厭煩，可直接得到答案，就讓他心裡很有底，不用煩惱就能送禮送進賀語瀟心裡，這樣就不會有矛盾和沒送到心裡的不滿。兩個人若真心相處，肯定不希望有任何阻礙。偶爾猜一猜，那叫情趣，總讓對方猜，還很難猜中的話，就很容易疲憊。

「那明天送給妳。」傅聽闌乾脆地說。

賀語瀟想到自己不用排隊就能吃到想吃的，對明天充滿了期待。「下午吃到就好。」

「好。」傅聽闌笑得格外好看，暖得似乎這個冬天都不冷了。「那我先回去了，妳也快點回府吧。」

他先走，賀語瀟再關門回府，是最不容易引人注意的。即便他很想送賀語瀟回府，也要忍住。

賀語瀟點頭，微笑著朝他揮揮手。

之後幾天，傅聽闌幾乎每天都會送吃的給賀語瀟，分量不多，夠她和露兒下午加餐。而且送東西來的都是長公主身邊的嬤嬤，根本不會有人懷疑。

這天，賀語瀟出門後，賀夫人把姜姨娘叫了去。

「惠端長公主府來人問語瀟親事一事，想必妳已經知道了。妳是她姨娘，又是家中貴妾，所以這事我想聽聽妳的想法。」賀夫人一副大度相商，沒有正妻架子的樣子。

姜姨娘想都沒想，立刻道：「請夫人聽妾一言，語瀟的確不適合嫁進公主府。她琴棋書畫一竅不通，除了化妝，也沒有其他本事。雖然說『女子無才便是德』，放在尋常人家，這不是壞事，也無人在意，可那是長公主府，是應該配名門貴女的人家，語瀟嫁過去可以說是格格不入，恐怕在府上生活艱難。」

不等賀夫人說什麼，姜姨娘就繼續道：「若她是個肯聽話的就罷了，之前與她說起親事，她還與妾說婚後想繼續開店。且不說普通人家能不能同意，那長公主府是萬萬不可能同意的，到時候她強脾氣上來，恐怕不只婆媳不睦，夫妻關係也會不睦。若真惹怒了長公主，妾怕語瀟沒好果子吃。

「另外，長公主府上規矩肯定多，她若嫁給傅公子，進宮是在所難免，宮中的規矩就更多了。萬一她哪裡沒做好，或者哪句話沒說好，惹來殺身之禍，可能會殃及全家。再者，傅公子是全京第一美男，多少姑娘盯著呢，語瀟若真與他成親，日後怕樹敵頗多，對她，對賀府都是不利的。」姜姨娘的語氣是極力反對，那副著急的樣子，就差跪下求賀夫人回絕了。

她這樣正合了賀夫人的心意，姜姨娘擔心的，正是賀夫人最想看到的。

賀夫人克制著嘴角的笑意，語氣很是無奈。「我與妳想的一樣，也覺得語瀟嫁個尋常人家，日子會過得順遂些。但老爺的意思是，惠端長公主府咱們府得罪不起，對方有意，咱們府也不好駁了長公主的面子。而長公主能讓人來提親，必是瞭解過語瀟，覺得語瀟適合，才想定下的。」

姜姨娘惶惶地說：「能得長公主青眼的確是語瀟的福氣，可語瀟與傅公子並沒有太多接觸，聽聞傅公子有大才，這樣的人語瀟是萬萬配不上的，傅公子也未必會喜歡語瀟這種胸無點墨的女子，實在是不合適啊！」

賀夫人欣賞著姜姨娘的慌張，依舊是那副無可奈何的語氣。「婚事都是家中長輩定的，至於傅公子……說不定與語瀟相處一段時間，也能發現她的優點，妳不要太杞人憂天了。」

姜姨娘急得紅了眼眶，直接跪了下來。「請夫人再心疼心疼語瀟，勸勸老爺，她真的不合適。」

「妳這是幹麼？快起來。」賀夫人作勢要去扶她，最後還是羅嬤嬤快了一步，去扶姜姨娘，但姜姨娘一副賀夫人不答應她就不起來的模樣。

賀夫人嘆了口氣。「說來也是我的不是，家裡四個姑娘都尋了人家，卻沒有一家在官場上能幫到老爺的，可能老爺也是發現官場艱難，才希望有棵大樹靠一靠。」

姜姨娘一臉絕望，直接哭了出來。

賀夫人勸慰道：「妳別怪老爺，老爺是為自己的官途著想。只有他官途順遂，咱們府才能繼續過好日子不是？」

姜姨娘哭得說不出話來。

賀夫人見達到了目的，把事情全推到了賀複頭上，她也懶得再看姜姨娘在這兒哭哭啼啼的，便叫羅嬤嬤把姜姨娘送回百花院冷靜一下。

回百花院這一路上，姜姨娘一直在掉眼淚，羅嬤嬤看在眼裡，臉上卻沒什麼表情。直到把姜姨娘送回屋子，羅嬤嬤才道：「夫人知道姨娘捨不得五姑娘，但最後定下這事的是老爺，夫人也沒別的辦法。姨娘還是好生休息，也勸勸五姑娘，別壞了好日子。」

姜姨娘哭得趴到了桌上。

羅嬤嬤不再多說什麼，便帶人離開了。

人一走，姜姨娘立刻沒了眼淚，只出聲假哭，並悄悄挪到門口看人是不是真走了。見一行人出了院子，姜姨娘立刻換了一副表情，一點哭相都看不到了。

賀語瀟已經跟她說了與傅聽闌相商的結果，她是贊同的。眼下她要做的肯定是為女兒和傅聽闌爭取更多的相處時間，要爭取自然得讓賀夫人同意這門親事才最保險，之後怎麼樣，傅聽闌不是都有安排嗎？所以她琢磨了一晚上，覺得她表現得越不願意，夫人應該越能同意。

果然一切都在她的預料中，估計等媒婆再上門問，這事就能定了。只不過讓她意外的是，賀夫人居然把這事全推到了賀複頭上，看來她對這位夫人瞭解得還遠遠不夠啊！

為了演得夠真實，當天下午姜姨娘就對外稱病了。賀語瀟回來知道經過後，孝女人設也得立上，還得是因自己的婚事不如意而傷心的孝女。於是之後的兩天她都待在家裡，不僅沒去開店，非請安連院子都不出，見誰都是一副無精打采的樣子。

就在她沒開店的第二天，媒婆又上門了。賀夫人同意了議親之事。

媒婆笑道：「這可太好了，先給賀夫人道喜了。」

說著，媒婆拿出一個盒子，打開來裡面是一塊玉珮。「這是長公主給的信物，不過長公主說五姑娘年紀還小，事先定下，具體的事宜等到明年再議。」

賀夫人沒有意見，今年賀語彩和賀語芊相繼出嫁，就算不考慮年紀，賀語瀟的婚事也得排到明年去，家裡要辦婚宴至少要有半年時間準備才行。

「好，代我回長公主，多謝長公主厚愛，語瀟是個孝順的孩子，相信嫁到長公主府，一定能孝順長輩，夫妻和睦。」這些都是客套話，賀夫人張口就能說。

「自然，自然。那我就去回長公主的話了，賀夫人留步吧。」媒婆笑嘻嘻地說。

送走媒婆，賀夫人又打開盒子看了一眼，是一塊上好的羊脂玉，不過雕刻的款式很尋常，估計長公主府這樣的玉一抓一大把。如此看來，長公主府對賀語瀟的確沒有多重視。

賀夫人舒心地將盒子一闔，隨手遞給羅嬤嬤。「給五姑娘送去吧，告訴她事定下了，雖然時間尚早，但該她準備的也提前準備起來吧。」

「是。」

羅嬤嬤來到百花院送玉珮，露兒說賀語瀟正在伺候姜姨娘喝藥，讓羅嬤嬤別進去了，以免沾染了病氣過給夫人就不好了。

羅嬤嬤沒多想，把東西交給露兒便走了。

房間裡，賀語瀟正和姜姨娘吃著點心、聊著天，姜姨娘一點也看不出生病的樣子。

露兒把盒子交給賀語瀟，說了是信物。

賀語瀟打開盒子，入手細膩溫潤的玉她很喜歡。仔細一看，玉的背面非常不起眼的地方還刻了「聽闌」二字，放在玉上還挺合適。

同時，賀語瀟也注意到這盒子挺深，但放玉的這一層卻很淺。微微一動腦子，賀語瀟用簪子一撬，果然下面還有一層，裡面放著一張字條。

展開，是傅聽闌的字跡——

近日妳的鋪子沒開門，可是身體不適？若有任何需要都可告知我，將書信放到店鋪後門的雜物堆裡，我會讓人去取。順安。

賀語瀟笑了，按傅聽闌說的，讓露兒藉口出門取藥，將信放好。

第五十六章

當天傍晚，傅聽闌就拿到了賀語瀟的信。

一切安好，為讓母親同意議親，需要在家裝裝樣子，待見面細說。亦願君安。

知道賀語瀟無恙，傅聽闌就放心了，讓人每天去賀語瀟店裡看看，若哪天開店了，就趕緊告訴他。

親事已經定下，賀語瀟和姜姨娘再怎麼不樂意也沒用了，於是又在家中裝了幾天，便一切如常了。只不過賀語瀟和姜姨娘為了糊弄賀夫人，還是要不時在她面前露出愁容，挺考驗演技的。

好在賀語瀟要開店，不用天天待在家裡，而姜姨娘畢竟閱歷在那兒，裝起來不說得心應手，也是毫無壓力的。

重新開門營業，要做的第一件事當然是打掃。冬季風大，灰塵多，幾天沒開門，店裡就落了一層灰。

賀語瀟邊擦邊跟露兒道：「要是三不五時就歇業，這生意想做大還真挺難的。」

「姑娘解決了終身大事，以後夫人就沒有事能拿捏姑娘了，姑娘能自在不少。」

露兒這幾天已經想明白了，她跟去長公主府伺候恐怕只是早晚的事，她家姑娘嫁給京城第一美男，除了對方家世過高外，露兒完全不覺得自家姑娘配不上傅聽闌，她家姑娘也很美！而且人美心善！

「這倒是。」想想以後自由的日子，賀語瀟擦桌子都變得有勁了。「對了，一會兒把濕敷水上架吧。」

「好咧！」露兒應道。歇了好幾天，的確得拿出個特別的東西來挽回客人才成。

一上午沒等來幾個上門的客人，倒是把傅聽闌等來了。

見到他，賀語瀟便笑了，彷彿猜到了他會來。

「打擾了妳嗎？」傅聽闌也跟著笑起來，今日他穿了件月色的袍子，整個人看著很素雅，格外平易近人。

「一個客人都沒有，何來打擾？快進來吧。」賀語瀟給他倒了杯茶。

傅聽闌這次依舊沒有空手，將一個紙包放到桌上。「這是我新得的普洱，想著妳喜歡吃甜的，冬季配上這茶剛剛好。」

「你應該剛才就拿出來，我就給你泡這茶喝了。」東西不在貴重，主要是傅聽闌有這樣的心，她就很開心。

「無妨，下次來再泡也是一樣。」坐到桌前，即便喝了許多次賀語瀟泡的茶，他還是一點都不覺得膩。「妳之前信中說要在家裝樣子，是怎麼回事？」

賀語瀟沒有隱瞞，把情況說了。

傅聽闌這才知道，原來賀語瀟對賀夫人的做法不是一點覺察都沒有，既然如此，傅聽闌便把長公主查到的事告訴了賀語瀟。

賀語瀟驚得下巴差點掉下來。「居、居然是這樣……我姨娘提過，母親不是自願嫁給父親的，但具體怎麼回事，我們並不清楚。有一日，我無意撞見母親到順山寺祭奠一牌位，牌位是妻子給丈夫立的，而妻子正是母親。我當時也沒想明白是怎麼回事，更不敢和別人說，萬萬沒想到還有這一段。」

如此，一切似乎都能說得通了。她的嫡母似乎是因為那位男子的死和自己的被逼嫁人，性格變得偏執了。

「我本不欲說賀夫人的閒話，只是見妳已經有覺察，覺得還是告訴妳比較好。妳回家可別露餡了，我怕賀夫人覺察到，會對妳不利。」這是傅聽闌現在唯一擔心的。

「放心，我平時在家都待在自己的院子裡，不常往母親那邊去。而且我老實著呢，絕對是家裡最低調的那個。」說著自己低調，賀語瀟眼裡卻透出了幾分狡黠，顯得活潑又可愛。

與之前的克己復禮相比，現在的賀語瀟願意更多地表現出真實的自己，這讓傅聽闌很欣喜。

「以後我必讓妳做自己，不用再那樣小心翼翼了。」傅聽闌語氣頗為鄭重。

賀語瀟沒說什麼，只是那樣明豔地笑著。

一杯茶喝完，傅聽闌才道：「後日我要隨皇上去冬獵，大約五、六日才能回來。」

「冬獵？這個季節會有獵物嗎？」賀語瀟知道有春秋兩獵，沒想到冬天也有，正常來說這個季節，動物們不是應該冬眠了嗎？

傅聽闌回道：「冬獵其實不是為了獵野物，只是找個理由在大雪來臨前活動一番，為明年萬物復甦祈個好彩頭。」

「原來如此，那你可要注意安全，怕是會有冬季食物沒囤夠，還沒冬眠的野獸。處於捕獵期的野獸很凶猛，你要當心。」賀語瀟提醒他。

傅聽闌笑著點點頭，原本這次他準備去跟著吃吃喝喝幾天就回來，但這幾天他有了新想法，希望自己的運氣好些，能夠如願吧。

這日，嬤嬤像往常一樣按傅聽闌的吩咐給賀語瀟送吃的。

「嬤嬤，請幫我把這個轉交給傅公子。」知道傅聽闌明天就出發去冬獵了，這是她今天一早特地去買的。

「好啊，五姑娘買的什麼？」嬤嬤笑著接過去，作為幫家裡公子與五姑娘聯絡感情的人，嬤嬤當然樂見自家公子也能收到來自五姑娘的禮物。

「不是什麼貴重東西，只是山楂糕和醃梅子。他去冬獵，每日肯定都是以肉食為主，吃多了怕不好消化，用些酸甜助消化的東西，能舒服些。」賀語瀟大大方方地說。

「五姑娘這樣細心，是我們公子的福氣。」嬤嬤樂道。

賀語瀟沒有謙虛。她關心傅聽闌還需要謙虛嗎？

下午，賀語瀟店裡客人不少，濕敷水雖然沒做額外的宣傳，但和面脂一樣，用過的人覺得好，自然告訴了身邊的人，所以這幾日賀語瀟店裡一點也不缺客，露兒上前招待也變得越發嫻熟了。

送走了買濕敷水的客人，賀語瀟給茶壺裡續上水，剛放下茶壺，華心蕊就來了。

「華姊姊？好長時間沒見妳了，快進來坐。」賀語瀟趕緊招待。「冷不冷？」

「的確不怎麼暖和。」華心蕊比之前看著瘦了些許，小臉都沒有那麼圓了，但精神很好。「入冬後給家中置辦冬衣的事交到了我手上，我這是剛忙完，就趕緊過來了。」

「這是好事啊，說明崔夫人信得過姊姊。」賀語瀟接過她解下的披風放到一邊。沒有哪家的媳婦不想管理府上事務的，哪怕只是管一、兩件事，在家中也是有話語權的。

「婆母待我很好，只是我第一次管這事，實在沒什麼經驗，來回折騰了兩次，好在沒出什麼大紕漏。」賀語瀟的店裡有炭火，還是暖和的，只不過一時半刻身上的寒氣還褪不去，華心蕊捧起茶杯暖手，等茶涼一涼才好入口。

「一回生，兩回熟。」賀語瀟拿了點心招待她。

華心蕊一看這點心的精緻程度，立刻笑起來，小聲道：「妹妹和傅公子的事我可是聽說嘍。」

賀語瀟略意外，這事倒不是不能對外說，只不過她沒想到這麼快就被人知道了。不過也能理解，崔恒是傅聽闌的好友，傅聽闌肯定會與他說，華心蕊自然也就知道了。

「還沒多少人知道呢。」賀語瀟不見羞澀，反而坦坦蕩蕩。

「我相公必然得是頭一個知道的呀。我聽到消息驚訝得不得了，之前都沒聽到風聲。不過妳和傅公子還是挺配的，他自在隨意，妳聰明爽利，實是沒什麼可挑的。」華心蕊自然希望賀語瀟嫁得好，如果賀語瀟真和傅聽闌成親了，那她們的關係又更近了一些，多好呀。

「還要相處看看呢，人又不只一面，要多瞭解一下，如果大的想法上兩個人都能合得來，那就是最好的。」賀語瀟並不苛求所有想法都要保持一致，只要大致價值觀差不多就可以了，大家都是人，都有自己獨立的思想，哪有完全一樣的人呢？

「肯定能合得來，你倆都不是矯情的人。」華心蕊喝了口茶，這才切實地感覺到身體跟著暖起來了。

「傅公子去冬獵了，崔公子沒去嗎？」賀語瀟問。就算崔恒沒有官職在身，也是三品官員之子，這種場合是有資格參加的。

「去了，不過他就是去湊個熱鬧，打獵之類的，他不在行。」華心蕊並不在意自己的相公不擅武。

賀語瀟幫她添茶。「入冬後本就沒有什麼活動，能乘機出去走走，也是好的。」

「是呀。」華心蕊笑道：「不過他突然不在家，我還有些不習慣，加上沒事可做了，整天就想往外跑。」

「左右不過幾日，崔公子很快就回來了。」賀語瀟沒打趣她，只覺得夫妻感情好。

「對了，我來是有另一件事要和妳說。」華心蕊收了笑意，表情嚴肅起來。

「怎麼了？」賀語瀟眨了眨眼睛，等她下文。

「妳四姊姊和盧三孫公子的婚期快到了吧？」

賀語瀟點點頭。「明天打的家具就要送到府上了。」

華心蕊嘆了口氣。「我聽說是因為盧三孫公子的通房丫鬟懷孕了，信昌侯府才著急把婚事辦了，好把那丫鬟扶成妾。」

「什麼？」賀語瀟眉頭一下皺了起來。

給家中公子配幾個通房丫鬟是以前很多大戶人家都會做的，最初為的是讓公子們知人事，以後成親不至於兩眼一摸黑。但後來因為通房丫鬟鬧出的事端多，大部分人家就取消了這事。

「這個通房什麼來頭，華姊姊知道嗎？」賀語瀟問。

現在就算是安排通房，也絕對不會允許有孕，正室進門前就有了庶出，這不是打正室的臉嗎？

「聽說是那位平夫人給三孫公子挑的大丫鬟，大三孫公子幾歲，從小就在三孫公子身邊伺候了。」說到這兒，華心蕊頭湊過去一些，聲音壓得更低了。「聽說是三孫公子先與那丫鬟有了魚水之歡，後為掩人耳目，才說是通房丫鬟的。」

賀語瀟非常想爆粗口。

男子不自愛，不如爛白菜！到底是什麼樣的家裡能養出這樣的公子？就算大丫鬟多半會成通房，但還沒成婚就搞上了，是正人君子所為嗎？

「多謝華姊姊告訴我這些。」賀語瀟道。華心蕊能知道，估計知道此事的人應該不在少數。她是看不慣賀語芊的行徑，但這一齣打的可不只賀語芊的臉，恐怕在別人看來，賀家姑娘連這樣的男子都肯嫁，可見有多麼不挑不揀。

「我也不是要說妳四姊姊的壞話，只是怕這事她知道後鬧起來，影響到妳的名聲，希望妳心中有點數，跟家中知會一聲，別鬧大了不好收場。」華心蕊道。賀語瀟如果想和傅聽闌成親，自然名聲越乾淨越好，那畢竟是皇上的外甥，肯定要請皇上賜婚，皇上也不可能不聞不問，至少名聲得說得過去，才能過皇上那一關呀！

「我知道了，今天回去就和父親說。」賀語瀟點頭道。

這事跟母親說恐怕沒用，母親怕是巴不得賀語芊鬧起來，把父親的臉丟個一乾二淨！

送走華心蕊，賀語瀟實在等不住了，就讓露兒留下看店，自己趕回府跟父親說這事。皇上冬獵，像她父親這種不需要跟著去的，也不必天天去上值了。

然而賀語瀟還是晚了一步，她回到府裡時，賀語芊已經鬧開了，而她父親根本不在家。

「母親，您去和信昌侯府說，哪有正室還沒進門，就有了個庶子的？這不是打女兒的臉嗎？」賀語芊雙眼通紅，聲音都變得尖銳起來。

「妳現在知道要臉了？當初妳和盧三公子不清不楚的時候，怎麼沒想到嫁個不懂敬原配的平妻之子肯定要面臨這些污糟事？現在想給自己找臉面了，那是信昌侯府，是我能去給妳找臉面的地方嗎？」賀夫人的聲調也不低。

賀語芊似乎這時才意識到嫁與平妻之子，並沒有她想得那麼簡單。

「這門婚事是妳自己爭來的，只有妳自己覺得別人會羨慕妳，其實別人只會笑話妳。整個信昌侯府都沒去約束那個平妻，就注定了她再怎麼作妖，妳也得接受，忍著。由此也能看出信昌侯府根本沒拿妳當回事，知道就算如此，妳也會嫁過去！」賀夫人似乎就是想往賀語芊心裡扎刀子。

賀語瀟看賀語芊整個人都抖了起來，彷彿下一刻就要提刀發瘋了，她趕緊出聲叫了「母親」。

賀夫人這才注意到她。「妳怎麼這個時候回來了？」

這個時候賀語瀟肯定不能再提盧三公子的事了，賀夫人明顯是想火上澆油，根本沒有想勸賀語芊的意思，如果此時她說自己已經聽說了，賀語芊恐怕會覺得人盡皆知，顏面掃地，直接瘋起來。

「女兒回來拿些東西，母親和四姊姊這是怎麼了？」既然來了，她若不問一句就顯得很奇怪了。

賀夫人沒和她細說，只道：「沒什麼，去忙妳的吧。」

既然賀夫人沒想讓她摻和，賀語瀟自然順坡下，離開了賀語芊的院子，佯裝回百花院拿東西。

一進門，賀語瀟就悄悄和姜姨娘說了華心蕊來找她的事，並問姜姨娘賀夫人是怎麼知道的。姜姨娘說是華夫人來做客，告訴了賀夫人。

賀語瀟相信華夫人應該沒什麼壞心，就是知道了這個消息通知自己的好姊妹，。

賀語瀟嘆氣。「事到如今，我看母親是巴不得四姊姊鬧到信昌侯府去，讓人退婚才好。姨娘幫著看住四姊姊吧，在家鬧就算了，可別鬧到外面去，等父親回來定奪吧。」

傅聽闌告訴她的關於賀夫人的過往，她已經和姜姨娘說過了，如此要如何與賀夫人相處，姜姨娘心裡就更有數了。

「好，我儘量。」姜姨娘臉上有了愁容，其實無論賀語芊去不去，賀家這臉已經丟定了。她現在只希望長公主府不要因這事怠慢或者輕看了女兒。

賀語瀟眼下也做不了什麼，便回了店裡。

第五十七章

姜姨娘則藉著勸賀語芊的名義去了她的院子看著她。哪知道姜姨娘就去廚房看看甜湯做得怎麼樣了，回來就不見賀語芊的人影了。

於是姜姨娘立刻去找賀夫人。

賀夫人一臉負氣地道：「讓她鬧去，因為她，這都生了多少事了？她自己不要臉，我這個當嫡母的也管不了。」

賀夫人都這麼說了，姜姨娘能怎麼辦呢？只能希望賀語芊別幹蠢事，出門散散心，想明白了就趕緊回來。

賀複回來聽說這事，氣得眼睛都瞪圓了，他氣得當然不是信昌侯府，而是異想天開的賀語芊。他不可能為了賀語芊去得罪信昌侯府，也不可能要求信昌侯府把那通房肚子裡的曾孫打掉，就算他要求，信昌侯府也不會聽，不然也不會留著那通房了。

賀語瀟回來聽完姜姨娘的複述，已是沒話可說了，只能靜待發展。

賀語芊直到晚飯後才失魂落魄地回來，賀夫人叫了跟她同去的丫鬟來問話，才知道賀語芊沒蠢到直接去信昌侯府，而是讓丫鬟去約盧三孫公子見面。

原本三孫公子答應赴約，但到了時間人卻沒來。又過了一個時辰，三孫公子的小廝前來回話，說府裡有人身體不適，三孫公子走不開，讓賀語芊回家安心待嫁，成親前不要再找他了。

想來整個信昌侯府除了那個通房，還會有誰身體不適？

賀夫人冷笑一聲。「行了，看好四姑娘，讓她別折騰了。」

轉眼冬獵就結束了，這天下午，傅聽闌風塵僕僕地來到店裡，交給賀語瀟一個包袱。因為店裡有客人，傅聽闌沒多留，只和賀語瀟站在店外低聲道：「這次冬獵運氣不錯，打了不少狐皮，妳做件大氅穿，能暖和些。」

賀語瀟看他這樣，就知道是一回來就帶著東西過來了，說不開心是假的。「知道了，你趕緊回去休息吧，等歇好了再過來。」

傅聽闌笑道：「好。最近連續幾天都是陰天，估計今年的雪來得早，妳出門多穿些，別著涼了。」

「知道了。」賀語瀟笑應了。

傅聽闌還是有些捨不得走，好幾天沒見賀語瀟，還怪想的。「妳送我的山楂糕和醃梅子味道很好，我都吃完了。」

賀語瀟笑得眉眼彎彎。「也不知道你喜歡吃什麼，我就按自己想的買了。下回我帶你一起去，你挑些喜歡的，我買給你。」

傅聽闌絲毫沒有覺得賀語瀟給自己花錢傷他臉面，現在賀語瀟也是生意人，手上有活錢，願意給他用，也是對他重視。

「好，改天我再來找妳。」

「嗯，去吧。」看著傅聽闌上了馬車走遠了，賀語瀟才回到店裡。

店裡的客人都注意到了傅聽闌，也看到賀語瀟拿回來一個大包袱，但因為賀語瀟實在太坦蕩，客人們反而沒什麼可多想的，自然也就沒傳閒話。

等送走了所有客人，賀語瀟才打開包袱看那些狐狸皮子，一張張油光水滑的，這個數量足夠拼成一張大氅還有多。至於多出來的要做什麼，賀語瀟心裡也有了計劃。

「露兒，妳先看著店，我去趟布行。」賀語瀟說罷，就披上斗篷出門了。

花了五天時間，賀語瀟給傅聽闌做了一副手套，除了用狐狸皮外，還加了防水的鹿皮，內襯用了柔軟的棉布。

「妳這做得挺精細，也夠特別，冬天戴著肯定暖和。」姜姨娘稱讚了賀語瀟的手藝，並問：「這叫什麼？」

「手套。」賀語瀟摸了摸外層光滑的狐狸毛。大祁沒有手套這種東西，天冷的時候女子多用袖籠，男子則多把手藏於長袖之中，而條件好些的會帶個手爐。

「傅公子用得上嗎？」姜姨娘不是想給賀語瀟潑冷水，只是怕傅聽闌不喜歡，辜負了賀語瀟的心意。

「平時或許用不上，不過他騎馬時手露在外面，應該是用得上。」賀語瀟也是因為傅聽闌去打獵才想到的，想著如果冬天傅聽闌有興致去打個兔子、野雞之類的，戴著手套騎馬拉弓不至於凍手，只是不知道會不會影響到他用弓箭的手感。

「還是妳想得周到。」這點姜姨娘還真沒留意到。

「四姊姊那邊怎麼樣了？」賀語瀟問了一句。

從那日賀語芊沒見到盧三孫公子回來後，本來就沈默寡言的她變得更不愛說話了。

「還是那樣，不過沒有再往外跑已經算不錯了。」姜姨娘對於賀語芊跑出去的行為也很惱火，可好在她沒直接找上門，算是留住了一點名聲。

賀語瀟點點頭。「明眼人都看得出來，盧三孫公子找不到老婆，不僅是因為他是平妻之子。那平妻能壓原配一頭，侯府卻無動於衷，這是家風有問題，誰樂意與這樣的人家沾邊呢？」

姜姨娘無奈地嘆了口氣，無法否認賀語瀟的話。

又過了兩日，傅聽闌歇息好了，冬獵時積攢下來的事也處理得差不多了，這才空出時間來賀語瀟這兒。

「大氅去做了嗎？」傅聽闌見這幾日依舊烏雲籠罩，感覺如果有雪，可能會驟然冷下來。

「在做了，過兩天就能取。這個給你。」說著，賀語瀟拿出手套給他。

「這是什麼？」傅聽闌沒見過這東西，但握在手裡感覺很厚實。

賀語瀟解釋。「這是手套，你戴上看看大小合不合適。」她做的是五指分開的，這種對尺寸的合適度要求會高一些，大一點無妨，別小了才好。

「這怎麼戴？」傅聽闌表現得很感興趣。

賀語瀟笑道：「伸手，手指張開，一個指頭套進一個空隙裡。」

第一次戴手套，傅聽闌的動作顯得有些笨拙，但還是挺快就戴好了。

傅聽闌雙手交握了幾下，因為有皮毛的關係，手很快就暖和起來，雖然活動不如徒手靈活，但不做細緻的事倒沒有任何妨礙。

「這東西不錯啊。」傅聽闌很喜歡。「這樣冬天就不用把手放在袖子裡了，也不用到哪兒都得帶個手爐，騎馬、拿東西也不凍手。」

「你用得上就好。」賀語瀟笑說。

「必然是用得上，我很喜歡，會好好戴的，謝謝。」傅聽闌反覆看著手套，這副手套並不顯得笨重或者厚重，針腳細密卻沒有多餘的刺繡花紋，顯然是用心做了，只是為了讓他盡快戴上，沒做過多裝飾。

「不客氣。你若覺得好，也可以讓人多做幾副送人。女子大概不喜歡這樣的，你可以做那種只有拇指單分出來的，那樣的簡單，也更可愛。」賀語瀟給傅聽闌比劃了一下，這東西大祁之前雖沒有，但不是難做的東西，並不特殊，誰都可以做出來，賀語瀟就沒想做這個生意。

傅聽闌笑道：「妳這腦子裡的主意可真多，我想我母親一定會喜歡的，先讓人給她做一副，她必然高興。」

「那你可得挑好皮毛和料子。」手套要說有普及難度，那肯定是因為皮毛，皮毛並不便宜，比起用皮毛做手套，大家可能更喜歡做一條毛圍脖。

「好。」傅聽闌想著正好回去的時候順路看看料子，若有合適的就買回去，讓家裡的繡娘再做幾身適合賀語瀟的衣服，這樣明年開春賀語瀟就能第一時間穿上新衣了。

「對了，我過來還有一事，商隊傳來消息，已經抵達北邊了。妳的面脂兩天就搶空了，因為面脂賣得好，不少顧客也順便買了商隊帶去的其他商品，所以這次貨比之前賣得快。信傳到我這兒花費了幾天時間，估計這個時候他們已經起程往回走了。」到了冬季，北邊就沒有什麼東西能帶回京中了，所以這次商隊沒有花時間在那邊收貨，早早地就可以往回趕了。

「那真是太好了。」賀語瀟很開心，面脂有市場就表示她的東西可以持續往北方運。

「這樣的話，商隊年前應該能趕回來吧？」

傅聽闌點頭。「臘月二十五左右就能回來了。」

「那樣最好，大家都能好好過個年，明年開春才能更積極地跑商。」賀語瀟知道只有讓手底下的人收入豐厚，每年有個盼頭，新一年才會更加賣力，人心也更團結。

「是啊。那我先回去了，大氅做好妳就穿上，別等著過年，沒必要。」傅聽闌叮囑她。

「好。我姨娘說看這天氣，估計近幾日就會下雪。下了雪你出門要當心路滑，能坐車就別騎馬了，萬一馬蹄打滑，容易受傷。」可能是因為在意，賀語瀟不免嘮叨幾句。

傅聽闌笑著點頭，一點也不覺得她囉嗦。「知道了。若雪大了，妳也別出門開店了，路不好走，估計別的姑娘也不會冒著雪過來。」

「好。」

回到長公主府的傅聽闌手裡抱了好幾卷布，和同樣剛回來的惠端長公主遇個正著。剛想問他怎麼買了這麼多布料，就注意到了他手上戴著的東西。

「這是什麼？看著挺暖和啊。」長公主抓起傅聽闌的手看了看，又摸了摸。

傅聽闌笑著向她解釋了這東西叫手套，是賀語瀟特地給他做的，還脫下來讓母親試一試。

這副手套長公主戴起來有些大，但並不影響保暖效果。戴著的時候感覺還不是那麼明顯，等摘下來，手與清冷的空氣一接觸，就知道什麼是暖和了。

「這東西真不錯，這樣冬天就不用費事地抱著個手爐了。」手爐也有缺點，要是出門時間長，手爐裡的炭熄了，那就沒東西取暖了。

「正是，語瀟還給兒子說了別的手套樣式，更適合母親您戴，所以兒子去買了些布料，給母親也做一副。」傅聽闌不忘提賀語瀟的好。

惠端長公主笑得可開心了。「語瀟是個有心的，那我可就等著戴了。」

「是。」傅聽闌應道。

當晚，天空就飄起了雪。一開始還只是零星小雪，到後半夜時就變成了鵝毛大雪，天亮了也沒有要停的跡象。

賀語瀟記得傅聽闌的叮囑，今天不準備出門了。

姜姨娘坐在屋裡繡荷包，房間裡燒著炭火，並不冷，窗子稍微開了些縫隙，可以看到外面的雪景。

「天陰的時間越長，這雪越有得下。再過幾天就是四姑娘出嫁的日子了，希望今天雪就能停，否則積起雪來，恐怕路不好走。」姜姨娘道。

賀語瀟往小茶壺裡添了紅棗和枸杞。「前兩年雪都不算多，今年應該也不會多雪吧？」

「正因為前兩年沒什麼雪，所以今年才格外容易有大雪。」姜姨娘喝著熱茶，身上很暖和，這樣的冬季，能有一隅暖地，就足夠讓人開心了。

正如姜姨娘所說，這雪足足下了兩天，積雪厚度都快到膝蓋了。

到了賀語芊添妝這日，因為雪厚路滑，來的人格外少，而且多是家中下人送來的，畢竟誰家夫人、姑娘都不想在這種天氣出門，若馬車打滑傷了人，就更不划算了。

添妝人少倒無所謂，賀語芊是個庶女，平日也少與貴女結交，少便少了。成婚那日人來得多就好。

哪知成婚那日又下起了鵝毛大雪，風吹得呼呼作響。百姓們在這樣的日子也不樂意出門，所以迎親的隊伍一路上連個要喜糖、搶喜錢的都沒有。

這便罷了，最艱難的是轎伕和隊伍還要保證一路上不能摔了，新娘子摔不得，嫁妝也摔不得，所以一路頂著風雪，走得小心翼翼，也格外慢，更沒精力吹吹打打了，能把人送到侯府就算不錯了。

等賀語芊到信昌侯府時，險些誤了吉時，進了府也是匆匆忙忙地趕著時辰拜堂，賀語芊的扇子都險些沒拿住，直到送入洞房，才終於讓這忙亂的儀式告一段落。

這雪斷斷續續地又下了好幾日，雪一停就開始颳風，風停了雪就又來了。賀語瀟院子裡的雪都掃了好幾輪了，累得丫鬟、婆子們肩膀都疼。但不掃又不行，否則連走路都困難。

賀複這幾日很忙。這雪已經釀成了災，京城中的房子還好，可周圍村裡很多不夠結實的房子都被雪壓塌了，導致許多村民無家可歸。這還只是京郊，其他地方還不確定什麼情況，下雪肯定不可能只下在城中。

所以戶部和工部都忙了起來，一個忙著撥款賑災，一個忙著安排人手幫百姓修繕房屋，以及瞭解周邊府縣的情況。賀複所在的司農寺雖然主要負責農耕，可到這個時候作為工部的一員，也得投入到修繕的工作中。

「不知道要有多少人受此影響，恐怕今年都難過個好年了。」賀語瀟嘆道。無論何時，百姓的冷暖溫飽，還是要看老天爺的臉色。

「是啊，也不知道朝廷這回會不會放糧賑災。」姜姨娘看著又下起來的雪，心中難免不安。若災民過多，且都往京中湧，很容易亂起來。

「就算朝廷放糧，恐怕也是不足夠。若是春夏，災民們隨便找個能避雨的地方，蓋著舊衣服也能安置。可現在這個季節，又這樣冷，就算拿到糧，也得有能避風煮飯的地方才行。不然糧還沒吃到嘴裡，人恐怕就要凍沒了。」賀語瀟說。

冬季難熬，尤其是對普通百姓來說，若失了住所，那真是天大地大卻無一容身之地了。

姜姨娘也很無力，很多東西她只能聽說，同情，卻什麼都做不了。

第五十八章

第二天，雪終於停了，天空透了晴，萬里無雲的，彷彿之前的風雪只是幻象。

賀語瀟披著新做好的大氅，和裹得像個球的露兒一起去了店裡。幾日沒去，她都懷疑店門是不是被雪堆得都要打不開了。

實際情況比她預想得要好，周圍的住戶為了走路方便，已經把巷子裡的雪掃了堆在牆根下。怕屋頂的雪落下來砸到人，屋上的雪大多也都清下來了。賀語瀟只要把店門前的雪掃一掃就可以了。

簡單清理了積雪，賀語瀟打開店門，店裡一切正常，後院積雪厚一些，但院中的東西並沒有因為颳風被吹得亂七八糟，只要把雪堆起來就成了。

「妳先收拾一下，我去趟米鋪，這一大早應該人少，我過去肯定能買到不少米。」

「好，姑娘走慢些，路上還是有些滑。」露兒提醒她。

「知道，妳也不用著急收拾，一時半刻不會有客人來的。」賀語瀟說完，就離開了。

一般像這種大雪或者暴雨過後，米漲價是很正常的，這次也不例外。賀語瀟比了幾家的價格，都差不太多，她沒全買精米，而是精米、糙米都買了一些，還買了不少紅豆、黃豆和糯米。如今除了精米和糙米漲價多些外，其他的基本沒什麼變化。

留了店鋪地址，讓對方送貨上門，賀語瀟又去了鐵匠鋪買了炭火爐子和大鍋——是的，她準備到城外施粥。

一般遇上有災的時候，京中都會有人家去城外施粥，救濟災民。因為一般朝廷放糧給的都是生米，只有遇上大批災民湧入時才會開粥棚，災民若沒地方煮飯，拿了米也是白搭。

賀夫人沒提施粥的事，賀複忙得沒時間回府，自然也管不上。賀語瀟是自己想做，跟姜姨娘說過後，一早就跑來買米了。

不到中午，一切就準備妥當了。符嬤嬤帶著百花院的其他婆子都到了。賀語瀟留露兒看店，自己則和婆子們一起，把爐子、鍋碗、米豆和乾淨的水一起搬到馬車上，前往城外通往各村的岔路口。施粥一般都在這邊，只要消息傳出去，災民很容易就能找到地方。

因為米價高，所以賀語瀟將精米、糙米和紅豆一起煮粥，這樣能吃飽，營養較多元，也降低了成本。

不一會兒，就有災民聞訊趕來了，多是些體弱的孩子婦孺，一個個蓬頭垢面的，衣服髒亂得很，不至於破舊，畢竟是周圍村落的人，和那些逃難趕到京中的不一樣。

因為怕災民多了生事，朝廷早早就派了禁軍在這邊維持秩序，也是因為知道各家施粥都在這邊，所以提前就能做出安排。

賀語瀟是最早到的，但因為她的米裡有豆子，煮起來沒有那麼快，所以原本排隊的災民看到後來別家的精米煮得快，就立刻湊去別家隊伍了。到後來，賀語瀟這兒就剩下一些搶不過那些身體尚佳者的瘦弱婦女、老人和孩童。

賀語瀟並不著急，別人用的雖是精米，但煮得稀，不抗餓。她這兒雖然慢一些，但煮得厚實，豆子又富有蛋白質，一碗就能頂飽。

她還準備了些凍瘡膏，和符嬤嬤一起給排隊的有凍傷的人塗一些。

一陣孩子的哭聲引起賀語瀟的注意，循聲看去，就見一個瘦弱的穿著單薄的婦人懷裡抱著個不到一歲的孩子，孩子不知是餓了還是凍著了，哭得臉都紅了起來。

那婦人輕聲哄著、拍著，都沒效果。可能因為幾天沒吃到飽飯，婦人的力氣也有限，懷裡的孩子直往下掉，婦人一遍一遍往上抱，吃力得很。

賀語瀟趕緊讓人拿了個小凳子給婦人坐，免得把孩子摔了。

「謝謝……」婦人小心翼翼坐下，很是拘束地說：「孩子這些天奶水不夠，餓得快。」

「沒關係，一會兒妳吃飽了，孩子就有得吃了。」說完，賀語瀟把凍瘡膏交給另外一個婆子，自己則去鍋邊拿碗，舀了勺米湯端過去，對那婦人道：「米湯吹涼先給孩子喝一些吧。」

婦人連連道謝，眼淚都快掉下來了。排隊的人見賀語瀟如此親切，也不往別家看了，只在這兒老實排隊，肯定能吃上一頓飽的。

又等了一會兒，煮粥的婆子向賀語瀟回話說粥熬好了，可以分了。

賀語瀟點頭道：「那就開始分吧，都盛得多些，讓大家吃飽。」

「是！」婆子應著，就去忙了。

她這邊排隊的人終於移動起來了，有的自己帶了碗，有的則用賀語瀟準備的，拿到粥的就在附近找個地方蹲著吃，安安靜靜的，沒人生事。

賀語瀟見狀也是心酸，今年京中收成其實不錯，結果來了這麼一場雪，許多農戶今年賺到的錢恐怕都要投進房屋修繕，甚至不一定夠用。

「姑娘，您明天還來嗎？」一位老婆婆抖著手，努力地捧好自己的碗，生怕摔了。

賀語瀟趕緊幫她穩住碗，道：「來的，婆婆慢些，我扶您到那邊吃吧。」

老婆婆趕緊搖頭，為難了幾秒，又堅定地說：「姑娘，這粥我想拿回去給我孫女喝，她被倒塌的房子砸傷腿，這會兒動不了。這碗粥我不吃，留給她。只是這碗我能不能帶回去，明天洗乾淨再來還給您。」

一只最普通的碗真算不了什麼，賀語瀟能看出這是位老實善良的婆婆，在這個時候還記掛著孫女，已經相當不容易了。

賀語瀟勸道：「婆婆，您先把粥喝了，吃飽了才有力氣回去呀。等您吃完，我讓人再給您盛一碗帶回去。」

「這怎麼好呢？我一個人來排隊，說好了一個人只能拿一碗的。」婆婆一看就是個守規矩的人。

賀語瀟笑說：「事有輕重緩急，您這事關重大，當然應當例外。您先吃，一會兒我安排人送您回去，您帶著吃的，萬一遇上心思不正的搶了您的，可怎麼好？」

「太麻煩您了。」老婆婆實在不好意思給賀語瀟添麻煩，賀語瀟這粥給得多，一看就是個實在的，她怎麼能給這麼心善的姑娘再添事呢？

「沒什麼麻煩的，您看我帶了這麼多人來，就是給大家幫忙的。您快吃，一會兒涼了您吃了對胃不好。」賀語瀟邊勸邊將她扶到剛才那位婦人身邊。

孩子喝了米湯已經不哭了，婦人也能安心吃粥。見老婆婆過來，趕緊讓了些地方。

賀語瀟笑道：「您先吃，我肯定給您安排妥當了。」

老婆婆還是很不好意思，還是旁邊的婦人道：「姑娘善心，婆婆收了姑娘的善心，就當是為姑娘積福了。」

老婆婆一聽，便不再拒絕了，笑道：「那我便不與姑娘客氣了。」

賀語瀟很滿意，笑應。「應該的。」

她這邊正忙著，華心蕊來了。

「華姊姊？來找我的嗎？」看到她，賀語瀟挺開心。

「可不是來找妳的嗎？原本去店裡找妳，妳的丫鬟說妳在這兒施粥，我就趕緊過來看看。」她也是怕出什麼亂子，畢竟餓極了的人什麼事幹不出來？

「放心吧，這邊很多禁軍看著，沒人敢生事。」賀語瀟將她拉到一邊。「姊姊找我有事呀？」

「還不是妳給傅公子做的手套，讓我相公看到了，也想要一副，纏了我好幾天了。好不容易今日雪停了，我就趕緊出門找妳問問怎麼個做法。」她沒看到那個叫手套的東西，只是聽她相公描述了一番。

賀語瀟樂了。「回頭我給妳畫張圖，妳一看就能明白了。」

「成，妳明天還在這兒施粥？」華心蕊又問。

賀語瀟點頭。「至少要施五、六日才成呀，也不知道這天什麼時候能暖一些，有口熱的吃，災民們也能心安。」

華心蕊點頭。「那我明日再來找妳。」

「行。」

於是到了第二天，來的不只有華心蕊，還有崔乘兒和馮惜，這兩個人都是聽說賀語瀟在這兒施粥，怕她一個人忙不過來，就過來幫忙了。

賀語瀟沒拒絕，人多效率高，而且她們都帶了婆子和米，人手和米更充足了！別人都是一府一府的設粥棚，到她這兒就各府姑娘聯合。因為有昨天賀語瀟打下的好印象，所以今天老人、婦女和孩子都愛到她這兒來排隊，隊伍比其他粥棚安靜，但人卻一點都不少！

她們這邊掌事的都是姑娘，雖然不是煮純米粥，但摻了糙米和紅豆的粥濃厚之餘，也實在香甜，所以婦孺孩童都喜歡到她們這邊排隊。

賀語瀟今天還另做了豆漿和糯米糕。

豆漿煮得快，排隊時喝上一碗，身上暖和，人就更有精神和耐心。而糯米糕每人也可以領一塊帶回去吃，雖然不大，卻是聊勝於無，而且糯米格外抗餓，應該能讓災民們睡個好覺，不至於半夜餓醒。

昨天帶碗回去的老婆婆今天來還碗了，這次她自己帶了個有破損的碗，對著賀語瀟又是一頓感謝，說吃了粥，自己的小孫女精神好多了。

賀語瀟讓盛飯的婆子記得給老婆婆多盛一碗帶回去。現在這種情況，在這個重男輕女的社會中能惦記給孫女帶吃的，賀語瀟很欣慰，自然樂意多照顧一二。

昨天抱孩子來的婦人今天也來了，還帶了好幾個和她一樣帶孩子的婦人。這些婦人的孩子都很小，她已經是這些婦人裡看著衣服最體面的了，其他的衣服上都有補丁，有的凍得手都紫了。

賀語瀟趁排隊的工夫問她們的相公都去哪兒了，正常來說一家人一起來的比較多。

昨日那婦人道：「我們村在河邊，這次大雪壓塌我們村不少房屋，男人們留在村裡修繕屋子了，想著怎麼也要修出幾間還能住人的，這樣大家擠一擠，還能有個地方燒飯取暖。還有幾個男人去收稻草了，想先弄個稻草屋住著。」

「那有吃的嗎？」賀語瀟想著不能光幹活不吃飯吧？不過能夠積極修繕，知道哪怕先建個茅草屋也行，可見這一村人有腦子，也有行動力。

「村民每家出了些糧，村長家煮飯給他們幾個男人吃。就算吃不飽，也不至於餓著。」

婦人眼裡有光，顯然對未來沒有感到無望。

「那就好。」賀語瀟想著有口吃的，就不至於有騷亂。

馮惜端了幾碗米湯過來給小孩子喝，這個大小的孩子已經可以喝些米湯了。小孩子吃飽了，不容易哭鬧，排隊的人才不會因為孩子的哭鬧產生焦急情緒。

華心蕊和崔乘兒見一口鍋實在不夠分，等下一鍋的時間又長，於是回了趟城裡，又搬來一套爐和大鍋。

等到了放粥的時候，就能明顯感覺到隊伍前行的速度快了不少。賀語瀟心想，果然人多力量大，她帶的人能顧好一口鍋就不錯了，現在人手多了，哪怕架三口鍋都不成問題。

長公主府裡——

「聽闌還沒好嗎？」今天她要和傅聽闌一起進宮一趟，給皇上和皇后送府裡做好的手套，只是正常這個時間傅聽闌應該已經過來了，也不知道他在幹麼，到現在人影都沒見著。

嬤嬤道：「老奴去公子那兒催一催吧。」

惠端長公主點頭，她想早點去，然後趁天黑前回來。現在這天氣，太陽一下山，外面待不住人。

還沒等嬤嬤出門，傅聽闌就到了，進門便說：「母親，兒子不和您一起進宮了。」

「你幹麼去？」惠端長公主問。如果不是有特別的事，傅聽闌不會突然說不去了。

傅聽闌笑了笑，說：「我聽說語瀟在城外施粥，兒子不放心，想去看看。」

長公主既驚訝又欣慰。「她手裡才有多少錢啊，就去設粥棚？」

「她心善，這次開粥棚，應該是妝店賺到了些錢。聽說昨天就做了，今天馮姑娘、崔少夫人和崔姑娘都過去幫忙了。那邊有禁軍維持秩序，應該沒有大問題，但兒子想去看看有什麼能幫得上忙的。不見到她，總是不放心。」傅聽闌已經是一身要騎馬出門的裝扮了。「皇上、皇后那邊您去也是一樣，兒子就不隨您進宮了。」

長公主點頭道：「也好，你去看看吧。注意分寸，別讓人傳了閒話。」

「是，母親放心吧。」說完，傅聽闌就匆匆走了。

第五十九章

等傅聽闌到設粥棚的地方，遠遠地就看到了披著狐皮大氅的賀語瀟。

賀語瀟身形纖細，穿著大氅也不顯得厚重，頭上沒有太多裝飾，還是那樣素淨，可就是能讓他一眼看到。

這邊都是災民，又趕上冬季，普通老百姓不會往這邊來，也沒有商隊出行，所以傅聽闌一人一馬出現在這兒，就格外惹眼了。

華心蕊最先看到傅聽闌，笑著撞了一下賀語瀟。

賀語瀟順著她下巴指的方向看過去，才看到傅聽闌。

傅聽闌下了馬，拉著韁繩走到賀語瀟面前。

賀語瀟笑了。

這一笑在傅聽闌眼裡比春天的陽光還暖，彷彿這個冬天已經過去，此時已經春暖花開。

「你怎麼來了？」賀語瀟問。一般到這邊來安排施粥的都是女眷。

馮惜和崔乘兒看到傅聽闌突然出現，看樣子還是來找賀語瀟的，臉上都有掩飾不住的驚訝。

華心蕊把兩個人拉遠了些，好方便賀語瀟和傅聽闌說話。

「聽說妳在這兒施粥，我不放心，過來看看。」傅聽闌如實說。

「有什麼不放心的？這邊禁軍多，災民們只是想吃頓飽飯而已，都挺有序的，無須擔憂。」見到傅聽闌，賀語瀟還是挺高興的。既然說要多瞭解對方，肯定還是要時常見面才是。

「有什麼我能幫得上忙的嗎？」傅聽闌問。雖然賀語瀟這兒看起來一切都井井有條，不過說不定有什麼是只有他能做的事呢！

賀語瀟琢磨了一下，笑說：「還真有，不過有點麻煩，看你能不能安排了。」

「妳說。」傅聽闌道。

「這裡有不少災民都染了風寒，還有家裡有傷患的，如果能在此處設個醫棚，給災民免費開些祛寒的藥，那災民之間就能減少相互傳染，一些受了外傷的災民也能得到救治，避免傷情惡化。」賀語瀟之所以和傅聽闌說這個，是因為傅聽闌手裡有愈心堂這個為窮苦人看病的地方。

傅聽闌點頭。「這不難辦，我原本想著如果有災民需要看大夫，可以直接進城找愈心堂。還是妳想得周到，如果讓大夫過來設醫棚，應該更方便些。」

賀語瀟笑說：「不是你想得不周到。的確，災民們可以直接去愈心堂找大夫，但他們也會有自己的顧慮。比如災情當前，各種物資都緊缺，愈心堂是否還能免費看病。再者，也是怕大量災民進城，會被官兵攔下，徒生事端。」

「妳說得有道理，那我現在就回去安排。」能和賀語瀟一起做善事，傅聽闌求之不得。「對了，妳設這粥棚，銀兩可夠用？」

「夠，之前皇后娘娘賞了我銀子，正好派上用場。加上有馮姊姊她們幫襯，能給我省下不少呢。」賀語瀟當時並沒想那麼多，只是傅聽闌這麼一提，她想讓對方放心，才提起了這筆銀子。

「好，若有困難記得和我說。」傅聽闌見她氣色還不錯，就徹底放心了，還不忘逗她說：「我可不希望妳把妳的嫁妝都用進去了。」

聽得出傅聽闌是玩笑話，賀語瀟便順著他的話說：「傅公子這就惦記上我的嫁妝了？是不是太早了點？」

「早晚的事罷了。」傅聽闌一副對自己很有自信的樣子。

嫁妝是每個女子的底氣，傅聽闌並不惦記賀語瀟的嫁妝，以後賀語瀟嫁給他，嫁妝肯定也是由賀語瀟自己管。他只是希望賀語瀟能拿住這份底氣，不要因為嫁妝太少被人輕看。

不遠處的馮惜和崔乘兒從華心蕊那兒知道了兩人議親的事，驚得下巴都要掉下來了。馮惜見崔乘兒也不知道，心裡就平衡了，也說明這事這兩個人都沒準備張揚。

賀語瀟送走傅聽闌一走回去，馮惜立刻搭上了賀語瀟的肩膀。「傅聽闌這人的確挺不錯的，把妳交給他，我放心。」

馮惜因為懷遠大將軍的關係，對傅聽闌的瞭解比一般女子要多。

賀語瀟笑而不語，她不能說自己和傅聽闌的事八字還沒一撇，也不能說自己對傅聽闌沒那麼多想法，現在就是一撇有了，想法也有了，但都處在一半，另一半還需要慢慢補齊。

崔乘兒笑說：「若京中其他家的姑娘知道這個消息，恐怕眼珠子都得瞪出來。」她是為賀語瀟高興的，像賀語瀟這種人美心善，又很有想法的姑娘，配傅聽闌完全可以。

馮惜樂道：「妳啊，說不定會成為許多京中姑娘的眼中釘。」她這說法可不誇張，像傅聽闌這個情況，大多數人家不希望自己的嫡姑娘去給他做續弦，可即便沒希望，也禁不住傅聽闌受歡迎，遭人惦記啊！

賀語瀟哪裡不知道這個道理，無奈地道：「所以我什麼都不敢說啊。」

她知道傅聽闌覺得她不同，是因為她有很多他想不到的想法。也是因為傅聽闌能接受並理解她的想法，所以她對傅聽闌也是有好感的。她自信自己的特質是其他姑娘不具備的，所以她不覺得配不上傅聽闌，也不覺得別的姑娘能替代她。正因如此，低調就是她對自己最好的保護，畢竟京中多是她得罪不起的人，只要她還沒嫁進長公主府，誰都不會真的忌憚她。

皇上看到這名為手套的東西，十分驚訝，也十分好奇。往手上一戴，大小正好，還很暖和。

「這雙厚實些的，皇上外出時可以戴著。這雙薄的批奏摺的時候戴著，屋裡有炭火，但手難免還是會冷，尤其是入夜時，這雙薄的用棉布製成，不影響握筆，也能起到保暖作用。」惠端長公主說。

「皇姊這巧思真是沒人能比。」皇上又趕緊試了試那雙薄的，點點頭。「的確不影響握筆，很是不錯。」

「哪是我的巧思啊？是一個我很喜歡的姑娘做出來的東西，我見著實在不錯，就學著給你和皇后都做一副。」惠端長公主要把功勞留給賀語瀟。「聽闌說若是邊疆的將士們都能用上手套，就不容易生凍瘡，手也能更靈活。」

皇上聞言，大手一拍。「甚是！朕這就讓人著手趕製！」

「若皇上下旨趕製，想必不日就能將手套送到將士們手中，將士們也能過個暖和年了。」惠端長公主笑說。

「不知做出這手套的是哪位姑娘，朕應賞她才是。」皇上開心又激動，誰都知道，只有邊疆戰士們的日子不那麼艱苦，才能更好地保家衛國。

「那姑娘不愛張揚，皇上記得她的功勞就是了，等以後有機會，皇上再風風光光地賞她吧。」惠端長公主有自己的打算，不急於一時。

皇上想了想，點頭道：「也好。說到這個，聽闌的親事二姊看得怎麼樣了？」

惠端長公主笑得格外舒心。「已經有一個不錯的了，聽闌的意思是與那位姑娘再相處看看，畢竟是要嫁到我們府的，以後也代表著皇家顏面。我和聽闌都不想要個張揚的，但遇事也得能擔得住，所以再讓他們彼此瞭解瞭解。若成了，還得請陛下賜婚呢。」

一聽有眉目了，皇上也高興。「好，只要聽闌喜歡，我必是同意。」

「行，陛下就等著他們的好消息吧。」惠端長公主笑得一點負擔都沒有。

兒子已經跟她說了，賀語瀟想要再加深些兩人之間的瞭解，她也贊同，這樣穩重不著急的姑娘她很欣賞。

到了皇后那裡，惠端長公主就直接說了已經和賀家初步議親的事，讓皇后為她保密，到時沒事吹吹皇上的枕邊風，讓皇上別覺得賀語瀟配不上傅聽闌就成。

皇后心裡高興啊，二姊能跟她說這事，說明她們關係好，都是自家人。她與賀語瀟接觸不多，但印象還是很深刻，加上傅聽闌喜歡，她這個做舅母的肯定得幫著外甥說話。

這一雙手套也讓皇后十分新鮮，上面用了兔毛看著也格外可愛，在得知這東西是賀語瀟想出來的後，她就更覺得賀語瀟是個不可多得的聰明姑娘了。

隔天，醫棚就在施粥的地方架好了，賀語瀟也將豆漿換成了薑湯，這樣更易祛寒。

知道是愈心堂開的醫棚，又是真的不收錢，各處災民紛紛趕來求醫，一時間醫棚前排起了長隊。醫棚後面停了好幾輛騾車，上面放的都是草藥。一些需要配藥的，可以現場抓藥，而像普通的風寒和外傷，都有現成的藥可以用。

賀語瀟見許多無家可歸的災民抱著草藥兩眼茫然，不知道去哪兒煮這些藥。於是請馮惜幫忙，去拉了一批小爐子和藥罐子過來，免費給這些災民熬藥用。

災民們感恩戴德，賀語瀟不敢受他們的禮，趕緊勸他們去熬藥，早些喝上早些好。

崔乘兒看著這些衣衫破舊的災民，心裡很不是滋味。

「需要幫助的人這麼多，而我們有心卻不能處處周全啊。」崔乘兒語氣頗為傷懷，她一個官員家的姑娘，平時是見不到這些的。這次是因為賀語瀟施粥，她嫂子要過來幫忙，這才得了家中同意帶她一起來。這次也是她第一次意識到，人在天災面前有多脆弱。

「雖不能處處周全，但能幫一些、是一些。這次大雪好在波及不是太大，否則大批災民湧入京中，就不是咱們這點東西夠用的了。」賀語瀟並不糾結是不是做得完美，她只是儘可能地提供災民可能需要的東西，一些她做不到的，便不強求。

至於朝廷的救濟為什麼這麼慢，這也不能怪朝廷。這時代消息傳遞本就慢，工部能在第一時間組織人手幫村民做房屋修繕就已經算很有效率了。

崔乘兒再次嘆氣，看著那些瑟瑟發抖的孩子們，抿緊了嘴唇。

「其實妳也有可以做的事。」賀語瀟說。

「什麼事？」崔乘兒立刻問，她想再多做些什麼，來安撫現在的這種無力感。

「妳認識的世家姑娘多，大可以去找她們要些家中下人不穿的舊衣服。那些衣服對府中丫鬟、小廝來說是舊衣，但給這些災民保暖卻是足夠了。」賀語瀟說。

崔乘兒眼睛一下就亮了。「這個好！我可以去要。」

她知道一般人家丫鬟、小廝的衣服穿個兩年就不大穿了，一是沒那麼保暖了，二是府裡下人長年穿舊衣，主人家面子上也過不去，所以這樣的衣服對她來說不難收。

賀語瀟笑了。「那這事就交給妳了。」

「沒問題！」崔乘兒立刻就帶著人回京中忙活了。

愈心堂在這邊開醫棚的事很快在京中傳開了，到了中午有不少老醫者自願來幫忙，還有不少年輕的學徒也聞訊而來希望能出力。

傅聽闌正好過來看情況，詢問了他們的所學之後，老大夫們留在了醫棚幫忙看診，年輕的、經驗不足的，則在外傷區給傷者上藥、分薑湯。而那些經驗足且年輕力壯的，則編成隊伍，一起去給各村那些無法移動的災民看診。

賀語瀟感嘆傅聽闌辦事效率之高，可能別人還在考慮階段，傅聽闌就已安排妥當了。

「西邊有間破廟，那些無家可歸的可以讓他們先住那裡。我帶人跟著這些大夫們去各個村看看，太陽快下山了妳就趕緊回去，天黑路不好走。」傅聽闌緊了緊身上的大氅。

賀語瀟點頭。「你要當心些，現在路面都是冰，走慢些。對了，你們吃飯怎麼辦？」

「放心吧，各村應該都有朝廷的官員在安排修繕工作，那邊應該有吃的。」傅聽闌對周邊的村落比這些年輕的大夫們熟，他跟著一起去，能保證不落下一處。

「好。若缺吃的或其他，找人到這邊來報個信，我差人給你送過去。」賀語瀟說。因為馮惜府上有不少年輕力壯的家丁，這些家丁晚上會在這兒守夜，這樣爐灶、鍋子有人看著不容易丟，有什麼事也能第一時間傳到各府。

「知道。」傅聽闌笑著點點頭。「去忙吧，別送我了，不然我怕自己不想走了。」

賀語瀟跟著笑起來，朝他揮揮手。

傅聽闌戴著手套，牽上自己的馬，跟著醫隊一起出發了。

之後一連三天，賀語瀟都沒再見到傅聽闌，也不知道他們走到哪個村子去了，不免擔心。她在粥棚這兒遇到的村民多是體弱的，能吃飽飯就成，不會起別的心思。但傅聽闌去的是村落，每個村落的民風大多不盡相同，萬一遇上窮極了、不安分的，以多打少，想搶他們東西換錢的，那便相當危險了。

崔乘兒已經帶著第二批衣服過來了，雖然都是舊衣，但好歹是放了棉花的，穿上總比不穿暖和。衣服不算多，災民們沒能每人一件，都是先給衣服單薄的和老人、孩童，加上有風寒藥和薑湯頂著，發燒的情況只是少數，算是比較理想的結果了。

賀語瀟沒加入分配衣服的行列，而是站在路口張望。她想著這麼多天了，傅聽闌怎麼也應該給她捎個口信才是吧？可轉念一想，長公主府都沒派人過來找，那應該就是沒問題，是她自己太擔心了。

想來，像傅聽闌這樣的人，她怎麼可能不擔心呢？這個男人和她在大祁接觸到的男人都不同。他的想法能跟得上她，沒有大男人主義，有什麼想法也會及時與她溝通，她與傅聽闌相處，從頭到尾都沒覺得有壓力，這非常難得。

而且傅聽闌雖對她照顧，也會給她獨立空間，不會事無鉅細地安排，自然也不會讓她有那種「如果不按傅聽闌的話做，就會辜負他好意」的進退兩難。

「發什麼呆呢？」華心蕊見她在這兒站了好長時間都沒動，走過來問道。

賀語瀟笑了笑，說：「沒什麼。」

華心蕊作為一個剛成親沒幾個月，還處在甜蜜期的新婦，哪有什麼不明白的？笑著撞了賀語瀟一下，說：「在擔心傅公子？」

賀語瀟沒否認，卻也沒多說。

華心蕊安慰她道：「傅公子那可是能為皇上辦事的，無論智謀還是身手，都差不了，妳不必擔心。」

經她這麼一說，賀語瀟覺得很有道理，她這是關心則亂了。

正想說點什麼，就見之前借碗給孫女帶粥的老婆婆來了。

這位婆婆每天都給孫女帶粥回去，據她說，他們周家村本就是周遭最窮的村子，沒幾家有結實的房子，這次大雪一來，村裡房子倒了大半。村裡的人大多都出來討救濟了，有些人乾脆住在了破廟裡，想等開春了再回去蓋屋子。而她惦記家中孫女，哪怕是來回要走許久的路，她也堅持每天回去。

「五姑娘，傅公子請我給您帶個話。」老婆婆一副過來人的樣子，笑看著賀語瀟。

賀語瀟一愣，隨後臉上有點熱。「他現在在你們村子嗎？」

「是呢，傅公子帶的大夫雖然看著年輕，但手腳麻利，醫術也不差，村裡受外傷的都重新上了藥，我家孫女的腿也重新固定了，說養兩、三個月就能正常走路了。」說到這兒，老婆婆臉上難掩激動。

「他怎麼樣？」賀語瀟忙問。

老婆婆笑說：「傅公子說讓五姑娘放心，他很好。各村的情況比他預想得要好，估計再兩日，他便能回來了。」

賀語瀟心放下大半。「多謝婆婆幫忙帶話。看樣子今晚他應該會留宿你們村子吧？」

老婆婆點頭。「我們村受傷得多，估計要忙到晚上，應該就住下了。」

「我知道了，婆婆快去打粥吧，剛煮好一鍋呢。」賀語瀟提醒她，趁著天亮，這路也能好走些。

「哎，那我先過去啦。」

老婆婆離開後，華心蕊打趣她。「這下放心了？」

賀語瀟笑了。「我要回一趟店裡，麻煩姊姊先在這兒看著了。」

華心蕊忙點頭道：「去吧，妳都在這兒好幾天了，今天早點回去休息吧。」她們三個都輪流休息了半天，只有賀語瀟每天從早待到晚。

第六十章

兩個時辰後，周家村——

「公子，喝些熱水吧。」小廝端著剛燒好的水給傅聽闌。

傅聽闌接過水碗放到一邊晾涼。「工部的人說什麼時候能把安置的茅草房蓋好？」

因為周家村房屋損壞太多，工部準備先建個大的茅草屋，好讓村民有個棲身之所。

「估計還要一天時間，明天能開始上頂了。」小廝說。

工部已經加緊趕工了，但就算是最簡單的茅草屋，也不是三兩天就能建成的。

傅聽闌知道大家都很辛苦，並沒有催促的意思，只是點點頭，又問：「大夫那邊還忙得過來嗎？」

「可以。」小廝道：「只是晚飯可能得委屈公子和大夫們了。周家村本就窮，這會兒房子一塌，糧都壓在下面了，大部分村民都是靠粥棚的救濟。工部自己帶了米來，可這麼多天也吃得差不多了，朝廷的補給糧還沒送過來。」

「無妨。」傅聽闌並不挑剔，他餓一、兩頓也沒事，這些百姓可比他苦多了，百姓都沒抱怨，他有什麼好抱怨的。

正想著朝廷的糧明天能不能送達，就看到一輛馬車在村口處停了下來。

傅聽闌正想著誰會這個時候坐著馬車過來，就見馬車門打開，賀語瀟從車上跳了下來。

傅聽闌頓時愣住了。

賀語瀟一眼就看到了他，立刻露出笑臉，向他揮手。

傅聽闌向前走了兩步，然後變成了跑，直到跑近了，他才放慢了腳步，克制著想擁她入懷的衝動，認真看著眼前的賀語瀟，生怕自己是出現幻覺了。「妳、妳怎麼來了？」

賀語瀟笑說：「婆婆給我帶了話，說你在周家村。好幾日沒見你，總是不放心，得親眼看到才成呀！」

下一秒，賀語瀟就被傅聽闌拉進了懷裡。

傅聽闌的懷抱是涼的——這是賀語瀟的第一感覺。

大氅裡是暖和的，但外面卻滿是這個時節的寒，所以這個擁抱，隔著兩件大氅，賀語瀟的臉貼在傅聽闌胸前，首先感覺到的自然是涼。

也是這時，賀語瀟才發覺原來傅聽闌比自己高那麼多，她在姑娘裡並不算小個子，但被傅聽闌抱住，她只到他的胸口。

傅聽闌身上有一股好聞的檀木香，應該是身上香包的味道熏進了衣服裡。賀語瀟耳朵有點熱，大庭廣眾之下被這樣一抱，還是傅聽闌這樣讓她認為難得的男子，她不免會覺得不好意思，好在這邊沒什麼人，別人也看不到她從耳朵蔓延到臉上的紅。

過了好一會兒，見他還沒有放開的意思，賀語瀟才小聲說：「讓人看到多不好。」

傅聽闌輕笑出聲。「沒有別人，村民都在幫忙蓋臨時住處，老人、婦人和孩童不是去粥棚那邊了，就是待在自己家，沒人往這邊來。」

賀語瀟伸手推了推他。「休想糊弄我，去粥棚的村民回來看到，我以後還怎麼在那邊待著呀？」

賀語瀟的語氣裡難得多了些嬌氣，傅聽闌笑著放開她，逗她道：「有什麼待不得的？我們可算是訂親了的。」

「訂親也是要臉的。」賀語瀟往後退了一步，打量起傅聽闌。「這幾天沒吃好吧？看著臉都瘦了，若是讓長公主看到，要心疼了。」

帶著大夫每個村子跑，不瘦才怪了。

「我還好，回去補兩天就成了。」傅聽闌並不太在意這個。「倒是妳，穿著大氅沒覺得，剛才……嗯，感覺真的輕減不少。」

傅聽闌沒提剛才抱了賀語瀟的事，怕她姑娘家臉皮薄，聽到又要臉紅。

「哪有？我每天回去好歹還能吃頓家裡的熱飯呢。」賀語瀟覺得還好，雖然最近她每天早出晚歸，到粥棚的路程也不短，每天沒有多少能坐下休息的時候，但她吃得飽，睡得香，就算瘦了點也還在正常範圍。

傅聽闌笑了。「有好好吃飯就好。」

等他回去了，讓府裡的廚房多給賀語瀟做些好吃的點心，每天送到店裡，應該很快能補上幾斤。

說到吃，賀語瀟忙道：「我給你帶了些吃的，正好晚上可以給你和大夫們加餐。」

「跑這一趟，就是特地給我送吃的？」傅聽闌高興賀語瀟心裡惦記他，但同時也有諸多不放心。比如這一路過來，像今天他在周家村留宿還好，若非如此，賀語瀟不是白跑一趟嗎？再比如，賀語瀟來一趟，回去的時候天肯定已經黑了，夜路不好走，若再遇到危險，讓他怎麼安心？

「一是不放心你，得來看看，也想看看各村現在修繕得如何了；二是給你送吃的，你若萬分憔悴的回去，長公主心裡肯定不好受；三嘛……」賀語瀟笑了一下。「也沒什麼特別的原因，就是想見你一面，見一面就好。」

傅聽闌沒忍住，摸了摸賀語瀟的頭髮。「怎麼這麼傻？我一個大男人，在外面怎麼都能過一天。妳一個姑娘家，太晚回去不安全。」

賀語瀟故作輕鬆地道：「所以我不能久待，一會兒就要往回趕了。不過你也不必擔心，這裡離粥棚不算遠，到了粥棚，馮姊姊安排的護衛們都在，還有禁軍，沒什麼好擔心的了。」

「下次不許這樣了，妳若想見我，就讓人捎個信，反正去妳粥棚的各村村民都有，只要妳請他們帶話，總有人能把話帶到。」傅聽闌語氣嚴肅了幾分，他希望賀語瀟能聽他的話，至少在這件事情上。

賀語瀟沒有駁他面子，也沒有給自己找再來的理由，只道：「知道了，你不是說過兩天就能回了嗎？」

傅聽闌道：「還有幾個村子沒轉到，主要是草藥不夠用了，得回去補貨。妳今天過來也好，幫我帶個話給愈心堂的大夫，讓他們提前把草藥準備好，到時候讓大夫們休息一日，第二天就能早早出發了。」

「好啊。」早去就能早回，賀語瀟應道，又問：「需要給長公主帶話嗎？」

傅聽闌笑了笑，說：「不用，我母親不是幾天不見我就會焦急不已的性子。」

「長公主見過大場面，自不拘泥於這些細節，你又是出來救助百姓的，長公主必然以你為傲。可我是想著，再怎麼說長公主也是你的母親，兒子在外，哪有母親能真的不擔心呢？你若能給長公主報個平安，想必長公主也能睡個好覺吧？」賀語瀟不知道自己的顧慮是不是多餘的，不過她自己的習慣是出門在外，必要跟家裡保持聯繫。

傅聽闌考慮了片刻，道：「也好，那妳幫我帶話去吧。」

賀語瀟建議。「你還是寫封信吧，我差人送到長公主府，這樣不引人注意，長公主能安心，你也能專心做事。」

「也好。那妳……」傅聽闌怕賀語瀟一個人等得無聊。

賀語瀟笑說：「快寫你的去吧，我正好把帶來的東西送到你們吃飯的地方，具體怎麼分你自己來弄吧，等我送完，你估計也寫好了。」

「行。」傅聽闌給賀語瀟指了他們臨時放東西的地方，跟來的愈心堂的夥計在粥棚那邊見過賀語瀟，會把賀語瀟送來的東西收好。

等忙完這些，已經是兩刻之後了。賀語瀟也要回去了，傅聽闌送她到村口。

「還沒跟妳說什麼，妳就要回去了。」傅聽闌和賀語瀟並肩走著。「天氣雖冷，但晚上這邊的星星特別亮，很是漂亮。有機會的話，我再帶妳來看。」

「好啊。粥棚那邊你不必擔心，一直都很有序。醫棚也幫了不少百姓，現在每天來看診的人數都在減少，說明大部分人一副藥下去，都好轉不少。」賀語瀟說著情況。

「好。這些村落的傷者有的傷得很重，有的則只是輕微外傷，重傷的人是少數，情況比預想得要好。」傅聽闌總覺得自己有很多話想跟賀語瀟說，但奈何沒時間讓他都說完。

「那就好。乘兒收到不少冬季舊衣，已經分給了災民們，尤其是那些暫住在破廟裡的人和孩童，應該足夠讓他們撐過這個冬天了。等到明年春來，房屋就可以建起，一切就都能回到原貌了。」賀語瀟其實也有很多話要說，但時間不允許，她只能挑著要緊的說。

「是啊，希望今年這場大雪下完，明年雨水不要氾濫吧。」傅聽闌道。

說著話，兩個人就到了馬車邊。

傅聽闌扶著賀語瀟上馬車，並叮囑她。「路上當心些，別耽擱了，早點回府。」

賀語瀟點頭。「知道了，去忙你的吧。」

沒有太多離別的不捨，因為很快就能再見了，剩下的話，留到再見面的時候再說吧。

門。

惠端長公主拿到信的時候挺驚訝的，細問之下，看門的說是五姑娘讓車伕把信送到了側

長公主樂了，對駙馬道：「訂親後心思都變細膩了，還知道給我寫信報平安啊。」

長公主把信拆開，信沒有很長，字裡行間都是報平安的意思。

駙馬笑說：「這也不能怪兒子，妳心裡擔心又不願意跟他說，還總說男子漢在外辦事就少惦記家裡，專心做事，所以兒子哪兒都挺細心的，就在寫信這事上很不上心。」

「我不是希望他出門在外能顧好自己嘛，總惦記家裡難免分心。」長公主將這短短的書信看了三遍。「不過這樣也好，以後娶了媳婦，出門在外若一封信都沒有，媳婦該傷心了。」

「咱們兒子聰明著呢，這點妳不用擔心。」駙馬握住惠端長公主的手，道：「知道兒子挺好，妳也能睡個好覺了。早些睡吧，明天不還要進宮嗎？」

「嗯，安置吧。」長公主應著，小心翼翼地將傅聽闌的信放進床頭的小抽屜裡，像得了什麼寶貝一樣。

之後兩天，粥棚這邊和之前一樣，災民們有序地來盛粥，只是愈心堂的病人肉眼可見地減少了，可見大夫醫術精湛。

因為這幾日的共同出診，一些雲遊或者賦閒回家含飴弄孫的老大夫們都體會到愈心堂是真的在為窮人看病，而且藥的品質一點都不含糊，草藥好，效果才能事半功倍。所以他們也開始打聽起愈心堂還要不要大夫，他們要求也不高，管飯就成。

這等於是白讓傅聽闌得了幾位杏林高手，雖說具體的還要傅聽闌回來拿主意，但大夫儲備有了，以後需要的時候就不至於找不到可靠的人。

讓賀語瀟比較意外的是，這兩天又陸續來了幾家施粥的。正常來說，現在情況穩定下來，施粥的人家應該會在自己家準備的米用完後，就撤掉粥棚。現在才加入進來，未免太晚了些吧？再晚一點，朝廷就接手了呀。

賀語瀟看著好幾家人在那兒忙活，一臉茫然。

馮惜見她總往那邊張望，笑說：「怎麼？看不明白了是吧？」

賀語瀟點頭。「這難道還有什麼說法嗎？」

馮惜戳了一下她的腦袋，壓著聲音笑說：「妳以為他們是為了災民來的？妳也不看看這裡除了粥棚，最顯眼的是誰家的棚子。」

經馮惜這麼一提醒，賀語瀟一下就了悟，但還是不確信地問：「為了傅公子來的？不至於吧，要來也應該早點來才是。」

馮惜樂道：「妳與傅公子的事外面人都不知道，這幾家現在參與進來，就算不是打著與傅公子結親的主意，也是想藉機與傅公子搭上話的。萬一得了傅公子青眼，以傅公子在皇上心裡的地位，那可不是簡單幫襯的好處。」

賀語瀟真是第一次見到為了攀關係出來幫災民的。

「之前愈心堂背後是傅聽闌撐著這事可能只有部分人知道，這次他出現在這邊，做了各種安排，還帶著大夫去了周邊村落，之前聽說的、沒聽說的，信的、不信的，這回都知道了，想攀關係的哪能錯過這個機會？平時他們找不到接近傅公子的機會，這次可以說是現成的機會擺在面前。之所以現在才來，妳也得給這些人家騰出買米準備的時間不是？」馮惜的語氣裡全是對這幾家人的嘲諷。

「不是說傅公子是續弦，各府都比較猶豫嗎？攀關係的應該有，但結親的應該不至於吧？」賀語瀟沒有什麼危機感，她知道自己和傅聽闌的相處方式與別人不一樣。

「猶豫是肯定會有的，但這麼多年他們應該也看出來了，皇上對傅公子的盛寵是衰不了的，尤其是在傅公子幫皇上辦完舞弊之事之後。與其瞻前顧後，不如主動出擊，所以都開始動心思了，又不想落人口實，就開始搞『偶遇』了。估計是想著自家姑娘若是在這兒得了傅公子的青眼，那怎麼說都是一段佳話呀。」馮惜語氣嘲諷，她最看不上這種人，心思不用在正確地方，還妄想用救災美化自己的名聲。不僅心思不純，動機也令人作嘔。

想想這些人的美好願景，賀語瀟就樂了。她並不覺得傅聽闌是會被美色迷惑的人。

——未完，待續，請看文創風1182《妝點好日子》3（完）

2023年7月出版

老古板的小嬌妻

文創風 1177～1179

穿越成被夫家集體霸凌的小媳婦，新時代女性簡直不能忍。
她硬起來要求和離，包袱款款回家當她的大小姐去。
結果娘親生怕她大齡滯銷，整天催婚，
開玩笑，不婚不生，幸福一生！人不能笨第二次——

妙趣橫生，絲絲甜蜜　／清棠

顧馨之一覺醒來，發現自己穿越成功臣孤女，已婚。
欺她娘家無人撐腰，丈夫厭棄她，婆婆苛待她，
就連府中下人都能踩在她頭上，當真是活得不能再憋屈。
氣得顧馨之一把揪住渣男丈夫的領子，逼他簽下和離書，
她大小姐揮揮衣袖，不帶走一點嫁妝，下鄉重溫農莊樂去了。
只是快樂的單身生活才過沒幾天，當初替她主婚的謝家家主，
竟帶著她的前夫登門謝罪，要她重回謝家當大少奶奶，
顧馨之看著眼前嚴肅正直的謝家家主——謝慎禮，
靈機一動，語出驚人的要求他娶她，她才願意回去！
果然嚇得這循規守禮的讀書人大罵荒唐，氣沖沖走了。
誰知，她親娘卻把她的胡言亂語當真，亂牽紅線——
別別別，她才沒有想嫁給那個老古板呢！
可他竟當著滿朝文武百官的面承認，是他違禮背德，心悅於她。
讓她一下成了京城的大紅人，眾人圍觀的焦點——
顧馨之傻眼了，這、這，不嫁給他，好像不能收場啊？

2023年7月出版

一縷續命

文創風 1175～1176

既然重活一世，就要好好達成自己的任務……
儘管不明白為何亡故之後沒有墜入因果輪迴，
但是該向哪些人展開復仇大計，她卻是再清楚不過！

情境氛圍營造達人 ／鍾白榆

十歲的顧嬋漪不知人心險惡，傻傻地被送到寺廟苦修；
過了七年，她看清局勢卻為時已晚，就這麼在深秋寒夜被滅口。
幸好老天給了機會，讓她的魂魄附在親手為兄長編的長命縷上，
伴他在邊疆弭平戰亂，直到他不幸遭奸佞害死；
又許她以靈體之姿陪在他們一家的恩人——禮親王沈嶸身旁，
看著他為黎民百姓鞠躬盡瘁，默默燃盡生命之火。
如今，顧嬋漪回來了，她要向那些用心險惡的人討回公道，
而沈嶸不僅搶先一步安排好所有細節，讓她能守護自家兄長，
那句「本王護得住妳」，更令她闖出自己的一片天。
可當她發現沈嶸跟自己一樣是「歸來」的人時，頓時呆住了……

1181

妝點好日子 2

國家圖書館出版品預行編目資料

妝點好日子 / 顧紫著. --
初版. -- 臺北市 : 狗屋出版社有限公司, 2023.07
冊 ; 公分. --（文創風 ; 1180-1182）
ISBN 978-986-509-442-3（第2冊 : 平裝）. --

857.7　　112008678

著作者　顧紫
編輯　林俐君
校對　沈毓萍
發行所　狗屋出版社有限公司
地址　台北市104中山區龍江路71巷15號1樓
電話　02-2776-5889～0
發行字號　局版台業字845號
法律顧問　蕭雄淋律師
總經銷　知遠文化事業有限公司
電話　02-2664-8800
初版　2023年7月
國際書碼　ISBN-13　978-986-509-442-3

本著作物由北京晉江原創網絡科技有限公司授權出版

定價280元
狗屋劃撥帳號：19001626
網址：love.doghouse.com.tw　E-mail：love@doghouse.com.tw